PRIX: 3 fr.

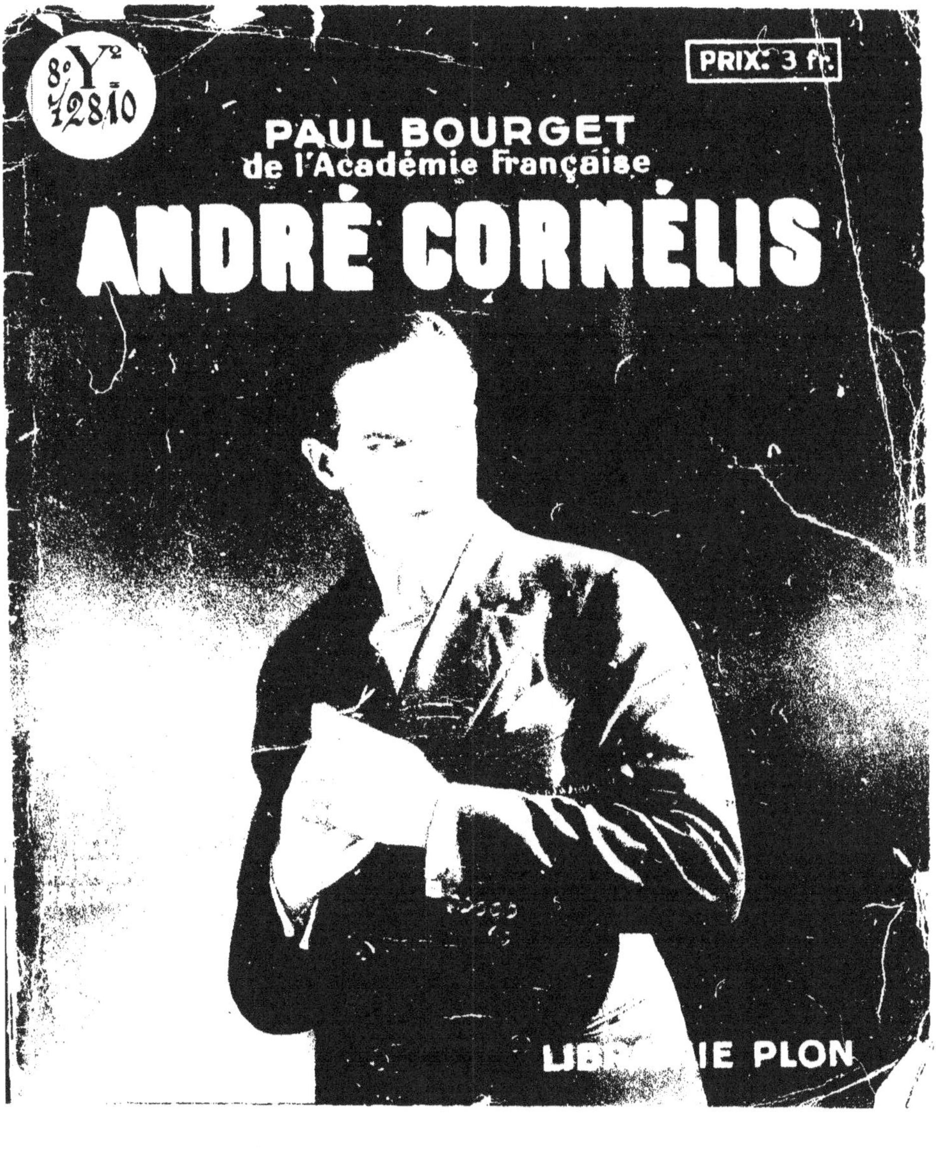

PAUL BOURGET
de l'Académie Française

ANDRÉ CORNÉLIS

LIBRAIRIE PLON

ANDRÉ CORNÉLIS

ANDRÉ CORNÉLIS

MON PÈRE AVAIT ÉTÉ SOUCIEUX DURANT LE REPAS (p. 5)

PAUL BOURGET

DE L'ACADÉMIE FRANÇAISE

ANDRÉ CORNÉLIS

ILLUSTRÉ

D'APRÈS LE FILM PARAMOUNT

PARIS

LIBRAIRIE PLON

LES PETITS-FILS DE PLON ET NOURRIT

IMPRIMEURS-ÉDITEURS — 8, RUE GARANCIÈRE, 6ᵉ

Ce volume a été déposé à la Bibliothèque Nationale en 1927.

ANDRÉ CORNÉLIS

A MONSIEUR HIPPOLYTE TAINE

« *L'ouvrage auquel on a le plus réfléchi doit être honoré par le nom de l'ami qu'on a le plus respecté...* » *Permettez-moi, mon cher Maître, d'emprunter cette phrase à la dédicace de votre livre de l'Intelligence, pour vous offrir celle de mes études qui, me semble-t-il, s'éloigne le moins de mon rêve d'art : — un roman d'analyse exécuté avec les données actuelles de la science de l'esprit. Certes, la différence est grande entre votre vaste traité de psychologie et cette simple planche d'anatomie morale, quelque conscience que j'aie mise à en graver le minutieux détail. Mais le sentiment de vénération qu'exprime votre dédicace à l'égard du noble et infortuné Franz Wœpke n'était pas supérieur à celui dont vous apporte aujourd'hui un faible témoignage votre fidèle*

P. B.

Paris, 7 janvier 1887.

I

Quand j'étais enfant, je me confessais. Combien j'ai souhaité cent fois être encore celui qui entrait dans la chapelle vers les cinq heures du soir, cette vide et froide chapelle du collège avec ses murs crépis à la chaux, avec ses bancs numérotés, son maigre harmonium, sa criarde *Sainte Famille*, sa voûte peinte en bleu et semée d'étoiles. Un maître nous amenait, dix par dix. Quand arrivait mon tour de m'agenouiller dans l'une des deux cases réservées aux pénitents sur chaque côté de l'étroite guérite en bois, mon cœur battait à se rompre. J'entendais, sans bien distinguer les paroles, la voix de l'aumônier en train de questionner le camarade à la confession duquel succéderait la mienne. Ce chuchotement me poignait, comme aussi le demi-jour et le silence de la chapelle. Ces sensations, jointes à la honte de mes péchés à dire, me rendaient presque insupportable le bruit de la planchette que tirait le prêtre. A travers la grille, je voyais son regard aigu, son profil si arrêté, quoique le visage fût gras et congestionné. Quelle minute d'angoisse à en mourir, mais aussi quelle douceur ensuite ! Quelle impression de suprême liberté, d'intime allégeance, de faute effacée, et comme d'une belle page blanche offerte à ma ferveur pour la bien remplir. Je suis trop étranger aujourd'hui à cette foi religieuse de mes premières années pour croire qu'il y eût là un phénomène d'ordre surnaturel. En tout cas le principe de délivrance qui me rajeunissait l'âme tenait certainement au fait d'avoir dit mes fautes, jeté au dehors ce poids de la conscience qui nous étouffe. C'était le coup de bistouri qui vide l'abcès. Hélas ! Je n'ai pas de confessionnal où m'age-

nouiller, plus de prière à murmurer, plus de Dieu en qui espérer ! Il faut que je me débarrasse pourtant de ces intolérables souvenirs. La tragédie intime que j'ai subie pèse lourdement sur ma mémoire. Et pas un ami à qui parler, pas un écho où jeter ma plainte. Certaines phrases ne peuvent pas être prononcées, puisqu'elles ne doivent pas avoir été entendues... C'est alors que j'ai conçu l'idée, afin de tromper ma douleur, de me confesser ici, pour moi seul, sur un cahier de papier blanc, — comme je ferais au prêtre. Je jetterai là tout le détail de cette affreuse histoire, morceau par morceau, comme le souvenir viendra. Une fois cette confession finie, je verrai bien si l'angoisse est finie aussi. Ah ! diminuée seulement !... Qu'elle soit moindre ! Que je puisse aller et venir, avoir ma part de la jeunesse et de la vie ! J'ai tant souffert et depuis si longtemps, et je l'aime, cette vie, malgré ses souffrances. Un verre de cette noire drogue, de ce laudanum que j'ai dans un flacon, pour les nuits où je ne dors pas, et cette lente torture de mes remords cesserait du coup. Mais je ne veux pas, je ne veux pas. L'instinct animal de durer s'agite en moi, plus fort que toutes les raisons morales d'en finir. Vis donc, malheureux, puisque la nature te fait trembler à l'image de la mort. La nature ?... Et c'est aussi que je ne veux pas aller encore là-bas, dans cet obscur monde où l'on se retrouve peut-être. Non, pas cette épouvante-là. Je me suis promis de me posséder, et déjà je me perds. Reprenons. Voici donc mon projet : fixer sur ces feuilles cette image de ma destinée que je ne regarde qu'avec trouble dans le miroir incertain de ma pensée. Je brûlerai ces feuilles quand elles seront couvertes de ma mauvaise écriture. Mais cela aura pris corps et se tiendra devant moi comme un être. J'aurai mis de la lumière dans

3

ce chaos d'atroces souvenirs qui m'affole. Je saurai
où j'en suis de mes forces. Ici, dans cet appartement
où j'ai pris la résolution suprême, il m'est trop aisé
de me souvenir. Allons ! Aux faits ! Je me donne ma
parole de tout écrire. — Pauvre cœur, laisse-moi
compter tes plaies.

II

Me souvenir ? — J'ai l'impression d'avoir, durant
des années, gravi un calvaire de douleur ! Mais quel
fut mon premier pas sur ce chemin tout mouillé de
taches de sang ? Par où prendre cette histoire du long
martyre dont je subis aujourd'hui les affres dernières ?
Je ne sais plus. — Les sentiments ressemblent à ces
plages mangées de lagunes qui ne laissent pas deviner
où commence, où finit la mer, vague pays, sables
noyés d'eau, ligne incertaine et changeante d'une
côte sans cesse reformée et déformée. Cela n'a pas
de bornes et pas de contours. On dessine pourtant
ces contrées sur la carte, et nos sentiments aussi,
nous les dessinons après coup, par la réflexion et
avec de l'analyse. Mais la réalité, qu'elle est flottante
et mouvante ! Comme elle échappe à l'étreinte !
Énigme des énigmes que la minute exacte où un
ulcère s'ouvre dans le cœur, — un de ces ulcères qui
ne se sont pas refermés dans le mien. — Afin de tout
simplifier et de ne pas sombrer dans cette douloureuse torpeur de la rêverie qui m'envahit comme un
opium, attaquons cette histoire par les événements.
Marquons du moins le fait précis qui fut la cause première et déterminante du reste : cette mort de mon
père, si tragique et si mystérieuse. Essayons de retrouver la sorte d'émotion qui me terrassa dès lors, sans
y rien mêler de ce que j'ai compris et senti depuis...
J'avais neuf ans. C'était en 1864, au mois de juin,
par une brûlante et claire fin d'après-midi. Comme
d'ordinaire, je travaillais dans ma chambre, au
retour du lycée Bonaparte, toutes persiennes closes.
Nous habitions rue Tronchet, auprès de la Made-
leine, dans la septième maison à gauche en venant de
l'église. On accédait à cette petite pièce, coquettement
meublée et toute bleue, où j'ai passé les dernières
journées complètement heureuses de ma vie, par
trois marches cirées sur lesquelles j'ai buté bien souvent. Tout se précise : j'étais vêtu d'un grand sarrau
noir, et, assis à ma table, je recopiais les temps d'un
verbe latin sur une copie réglée à l'avance et divisée
en plusieurs compartiments... J'entendis soudain un
grand cri, puis des voix affolées, puis des pas rapides
le long du couloir contre lequel donnait la porte de
ma chambre. D'instinct, je me précipitai vers cette
porte, et, dans le corridor, je me heurtai contre le
valet de chambre, qui courait, affolé, une pile de linge
à la main. — J'en compris l'usage ensuite. — Je n'eus
pas à questionner cet homme. Il m'eut à peine vu
qu'il s'écria comme malgré lui :
— « Ah ! monsieur André, quel affreux malheur !... »
Puis, épouvanté de ses paroles et reprenant son
esprit :
— « Rentrez dans votre chambre, rentrez vite... »
Avant que j'eusse pu répondre il me saisissait
dans ses bras, me jetait plutôt qu'il ne me déposait
sur les marches de mon escalier, refermait la porte à
double tour, et je l'entendais s'éloigner en grande hâte.
— « Non, » m'écriai-je en me précipitant sur la
porte ; « dites-moi tout, je veux tout savoir... »
Pas de réponse. Je pesai sur la serrure, je frappai
le battant de mes poings, je m'arc-boutai contre le
bois avec mon épaule. Vaines colères ! Et, m'asseyant
sur la seconde marche, j'écoutai, fou d'inquiétude,
aller et venir les gens qui savaient, eux, « l'affreux
malheur » ; — mais que savaient-ils ? Tout enfant
que je fusse, je me rendais bien compte de la terrible
signification que prenait le cri du domestique, dans
les circonstances actuelles. Il y avait deux jours que
mon père était sorti, suivant son habitude, après le
déjeuner, pour se rendre à son cabinet d'affaires,
installé depuis quatre ans rue de la Victoire. Il avait
été soucieux durant le repas ; mais, depuis des mois,
son humeur, si gaie jadis, s'était assombrie. Au m.-
ment de cette sortie, nous étions à table, ma mère,
moi-même et un des familiers de notre maison, un
M. Jacques Termonde, que mon père avait connu à
l'École de droit. Mon père s'était levé avant la fin du
repas, après avoir regardé la pendule et demandé
l'heure exacte.
— « Voyons, Cornélis, vous êtes si pressé ? » avait
dit Termonde.
— « Oui, » avait répondu mon père, « j'ai rendez-
vous avec un client qui se trouve souffrant, un
étranger... Je dois passer à son hôtel pour y prendre
des pièces importantes... Un singulier homme et que
je ne suis pas fâché de voir de plus près... J'ai fait
pour lui quelques démarches, et je suis presque tenté
de les regretter... »
Et depuis lors, aucune nouvelle. Le soir de ce jour,
quand le dîner, reculé de quart d'heure en quart
d'heure, eut lieu sans que mon père rentrât, lui,
si méticuleux, si ponctuel, ma mère commença de
montrer une inquiétude qui ne fit que grandir, et
qu'elle put d'autant moins me cacher que les dernières phrases de l'absent vibraient encore dans mes
oreilles. C'était chose si rare qu'il parlât ainsi de ses
occupations. La nuit passa, puis une matinée, puis une
après-midi. La soirée revint. Ma mère et moi, nous

nous retrouvâmes en tête à tête, assis à la table carrée où le couvert, dressé devant la chaise vide, donnait comme un corps à notre épouvante. M. Jacques Termonde, qu'elle avait prévenu par une lettre, était arrivé après le repas. On m'avait renvoyé tout de suite, mais non sans que j'eusse eu le temps de remarquer l'extraordinaire éclat des yeux de cet homme — des yeux bleus qui d'habitude luisaient froidement dans ce visage fin, encadrés par des cheveux blonds et une barbe presque pâle. Les enfants ramassent ainsi de menus détails, aussitôt effacés, mais qui réapparaissent plus tard, au contact de la vie, comme certaines encres invisibles se montrent sur le papier à l'approche du feu. Tandis que j'insistais pour rester, machinalement j'observai avec quelle agitation ses belles mains, qu'il tenait derrière son dos, tournaient et retournaient une canne de jonc, objet de mes plus secrètes envies. Si je n'avais pas tant admiré cette canne et le combat de centaures, travail de la Renaissance, qui se tordait sur le pommeau d'argent, ce signe d'extrême trouble m'eût sans doute échappé. Mais comment M. Termonde n'eût-il pas été saisi de la disparition de son meilleur ami? Sa voix cependant était calme, cette voix si douce qui veloutait chacune de ses phrases, et il disait :

— « Demain, je ferai toutes les recherches, si Cornélis n'est pas revenu... Mais il reviendra... Tout s'expliquera après coup... Qu'il soit parti pour l'affaire dont il vous parlait, confiant une lettre à un commissionnaire, et que cette lettre n'ait pas été remise... »

— « Vraiment ! » disait ma mère, « vous croyez que c'est possible?... »

Que j'ai souvent évoqué ce dialogue dans mes mauvaises heures, et revu la pièce où il se prononçait, — un étroit salon qu'affectionnait ma mère, tout garni d'étoffes à longues raies rouges et blanches, jaunes et noires, que mon père avait rapportées d'un voyage au Maroc; et je la revoyais, elle aussi, ma mère, avec ses cheveux noirs, ses yeux bruns, sa bouche tremblante. Elle était blanche comme la robe d'été qu'elle portait ce soir-là. M. Termonde était, lui, en redingote ajustée, élégant et svelte. Que cela me fait sourire quand on parle des pressentiments ! Je m'en allai rassuré par ce qu'il avait dit. Je l'admirais d'une manière si enfantine, et, jusque-là, il ne représentait pour moi que des gâteries. J'avais donc assisté aux deux classes du lycée, le cœur sinon tranquille, au moins plus apaisé... Mais, tandis que j'étais assis sur les marches de mon petit escalier, toutes mes inquiétudes avaient recommencé. De temps à autre, je frappais de nouveau sur la porte, j'appelais. On ne me répondait pas, jusqu'au moment où la

bonne qui m'avait élevé entra dans ma chambre.
— « Mon père? » m'écriai-je, « où est mon père? »
— « Pauvre ! pauvre !... » fit la vieille femme en me prenant dans ses bras.

On l'avait chargée de m'annoncer l'atroce nouvelle. Les forces lui manquaient. Je m'échappai d'elle et courus dans le couloir. J'enfilai deux pièces vides, et j'arrivai dans la chambre à coucher de mon père avant qu'on pût m'arrêter. Ah ! sur le lit ce corps dont le drap moulait la rigidité; sur l'oreiller cette face exsangue, immobile, avec ses yeux fixes et grands ouverts, comme de quelqu'un à qui l'on n'a pas fermé les paupières ; cette mentonnière blanche et cette serviette autour du front, et, au pied, agenouillée, écrasée de douleur, une femme encore vêtue de couleurs gaies, — c'était mon père et c'était ma mère ! Je me jetai sur elle comme un insensé. « Mon fils, mon André ! » dit-elle en m'étreignant avec passion. Il y avait dans ce cri une si ardente douleur, une si frénétique tendresse dans cet embrassement, son cœur était si gros de larmes dans cette minute, que j'ai encore chaud jusqu'au fond de l'âme, lorsque j'y pense. Puis, tout de suite, elle m'emporta hors de la chambre, pour que je ne visse plus le spectacle horrible. Ses forces étaient décuplées par l'exaltation. « Dieu me punit ! Dieu me punit !... » répétait-elle sans prendre garde aux paroles qu'elle prononçait. — Elle avait toujours eu des moments de piété mystique. — Et elle couvrait mon visage, mon cou, mes cheveux, de baisers et de larmes. Ma mère, pour la sincérité de ces larmes à cette seconde, que toutes nos souffrances, celles du mort et les miennes, te soient pardonnées ! Vois-tu, même aux plus noires heures, et quand le fantôme était là, qui m'appelait, du moins ta douleur d'alors a plaidé pour toi plus haut que sa plainte. J'ai pu croire en toi toujours, ma mère, malgré tout, à cause des baisers de cette seconde. Oui, ces larmes et ces baisers ne cachèrent pas une arrière-pensée. Ton cœur tout entier se révolta contre la terrible aventure qui me privait de mon père, J'en jure par nos sanglots unis de cette seconde, tu n'étais pour rien dans l'affreux complot. Pardonne-moi d'avoir, encore aujourd'hui, besoin de m'affirmer cela, de redoubler cette évidence. Si tu savais comme on a soif et faim de certitude, quelquefois — jusqu'à l'agonie !

III

Quand je demandai à ma mère, à ce moment-là, un récit de l'affreux événement, elle me dit que mon père avait été frappé d'une attaque dans une voiture, et, comme il n'avait point de papiers sur lui, on était

J'ameuré deux jours sans le reconnaître. Les grandes personnes croient trop volontiers qu'il est également aisé de mentir à tous les enfants. J'étais de ceux qui travaillent longuement en pensée sur les discours qu'on leur tient. A force de mettre ensemble une masse de petits faits, j'arrivai bien vite à voir que je ne savais pas la vérité. Si mon père était mort comme on me l'avait raconté, pourquoi le valet de chambre m'avait-il demandé, un jour qu'il me ramenait chez nous, « ce que l'on m'avait dit »? Et pourquoi cet homme avait-il ensuite gardé le silence, lui si loquace d'ordinaire? Ce même silence, pourquoi le sentais-je flotter autour de moi, s'abattre sur toutes les bouches, dormir dans tous les regards? Pourquoi changeait-on sans cesse de sujet de conversation lorsque j'approchais? Je le devinais à vingt menus signes. Pourquoi ne laissait-on plus traîner un seul journal, tandis que, du vivant de mon père, les trois feuilles auxquelles nous étions abonnés se trouvaient toujours sur la table du salon? Pourquoi surtout, lorsque je rentrai au collège, dans les premiers jours d'octobre, près de quatre mois après ce malheur, les yeux de mes camarades et même ceux des maîtres se fixèrent-ils sur moi si curieusement? Ce fut cette curiosité qui me révéla toute l'étendue de la catastrophe. Il n'y avait pas deux semaines que les cours avaient recommencé. Je me trouvais, un matin, à jouer avec deux nouveaux. Je me souviens de leurs noms : Rastouaix et Servoin. Je revois leurs visages, la grosse face bouffie du premier et la mine chafouine du second. C'était dans le quart d'heure de récréation que nous pronions, quoique externes, à l'intérieur, entre la classe de latin et celle d'anglais. Les deux enfants m'avaient retenu, depuis la veille, pour une partie de billes, et voici qu'à la fin de cette partie, s'approchant de moi, s'encourageant du regard, ils me demandent, comme cela, sans préparatifs :

— « Est-ce que c'est vrai qu'on vient d'arrêter l'assassin de ton père?... »

— « Et qu'on va le guillotiner?... »

Après seize ans, je ne peux pas me rappeler sans horreur la sorte de battement de cœur qui me saisit à ces deux questions. Je dus devenir affreusement pâle, car les deux étourdis qui m'avaient porté ce coup avec la légèreté de leur âge — de mon âge — restèrent là tout décontenancés. Une colère aveugle s'emparait de moi, qui me poussait à leur ordonner de se taire et à me jeter sur eux à poings fermés, s'ils continuaient ; une curiosité folle, en même temps ; — si c'était là l'explication de ce silence dont je me sentais enveloppé? — une timidité aussi, la peur de l'inconnu. Et un flot de sang me monta au visage, tandis que je balbutiais :

— « Je ne sais pas. »

Le tambour qui appelait les élèves en classe nous sépara. Quelle journée je passai, perdu d'angoisse, à prendre et à reprendre les deux phrases qui m'avaient bouleversé! Il eût paru naturel que je questionnasse ma mère. Le fait est que je me sentis incapable de lui répéter ce que mes deux bourreaux inconscients m'avaient dit. Chose étrange! Dès cette époque, cette femme que j'aimais pourtant de tout mon cœur exerçait sur moi une influence paralysante. Elle était si belle dans sa pâleur, si royalement belle et fière! Non, je n'aurais jamais osé lui montrer le doute irrésistible que deux simples demandes d'écoliers avaient soulevé en moi, et instinctivement, sur le récit qu'elle m'avait fait. Mais comme j'aurais étouffé de silence, je pris le parti de m'adresser à Julie, la bonne qui m'avait élevé. C'était une vieille fille de cinquante ans, petite, avec une face plate et ridée comme une pomme trop mûre. Que de bonté dans ses yeux noirs et sur toute cette face, quoique ses lèvres un peu rentrées, à cause de la chute de ses dents de devant, lui donnassent une bouche de sorcière! Elle avait pleuré mon père auprès de moi, l'ayant servi autrefois, bien avant son mariage. On la gardait pour mon service particulier et de menus ouvrages, à côté de la femme de chambre, de la cuisinière et du domestique mâle. C'était elle qui me couchait le soir, bordant mon lit, me faisant dire mes prières et me confessant de mes petites peines. « Ah! les mauvais!... » s'écria-t-elle naïvement quand je lui eus ouvert mon cœur et répété les phrases qui m'avaient tant remué. « Mais quoi? On ne pouvait pas te le cacher toujours... » Et c'est là qui dans ma chambrette de petit garçon, à voix basse, et tandis que je sanglotais dans mon lit étroit — oui, ce fut elle qui me raconta la vérité. Du moins elle en souffrait autant que moi, et sa vieille main sèche de travailleuse aux doigts piqués par l'aiguille était bien douce aux boucles de mes cheveux, qu'elle caressait en parlant.

Cette lugubre histoire, et qui mit le poids de son mystère impénétrable sur toute ma jeunesse, — je l'ai retrouvée écrite dans les journaux de l'époque, mais pas plus nette qu'elle ne sortit de la bouche fanée de ma vieille bonne. La voici, dans l'aridité de ses détails, telle que je l'ai tournée et retournée, des jours et des jours, avec la stérile espérance d'éclairer d'un rayon ce mystère. Mon père, avocat distingué, avait depuis quelques années quitté la cour et acheté, dans l'intention d'arriver plus vite à la grande fortune, un important cabinet d'affaires. Quelques relations officielles, une probité scrupuleuse, une entente accomplie des questions les plus ardues, une puissance rare de travail, lui avaient assuré bien vite une place à part. Il occupait cinq secrétaires, et le million et demi dont nous héritâmes, ma mère et moi, n'était que le commencement d'une richesse qu'il voulait considérable, un peu pour lui, beaucoup pour son fils, mais surtout pour sa femme, dont il était follement épris. Les notes et les lettres trouvées dans ses papiers attestèrent qu'il était, à l'époque de sa mort, en correspondance depuis un mois avec un certain William Henry Rochdale, ou soi-disant tel, chargé par la maison Crawford, de San-Francisco, d'obtenir du gouvernement français une concession de chemin de fer dans la Cochinchine, alors tout récemment conquise. C'était à un rendez-vous avec ce Rochdale que mon père allait en nous quittant, après avoir déjeuné avec ma mère, M. Termonde et moi-même. Cela, l'instruction n'eut aucune peine à l'établir. Le lieu de ce rendez-vous était l'hôtel Impérial, — un grand bâtiment à longue façade situé rue de Rivoli, pas très loin du ministère de la marine. Les incendies de la Commune ont détruit ce paquet de maisons ; mais que de fois, durant mon enfance, j'ai demandé à ma bonne de passer là pour regarder, avec une émotion poignante, la cour garnie de verdures, l'escalier et son tapis, la plaque de marbre noir incrustée de lettres d'or, l'entrée de cette funeste demeure vers laquelle ce pauvre père s'acheminait, tandis que ma mère causait avec M. Termonde et que je jouais auprès d'eux ! Mon père nous avait quittés à midi un quart. Il avait dû aller à pied en un quart d'heure, car le concierge de l'hôtel, après avoir vu le cadavre, le reconnut et se rappela que mon père lui avait demandé le numéro de la chambre occupée par M. Rochdale, aux environs de midi et demi. Cet étranger était arrivé de la veille, et, après quelque hésitation, il s'était décidé pour un appartement au second étage, composé d'une chambre à coucher et d'un salon, le tout séparé du couloir par une petite pièce. Il n'était pas sorti depuis ce moment, et il avait pris dans son salon le dîner du soir, puis le déjeuner du lendemain. Le concierge se rappelait encore que, vers deux heures, ce même Rochdale était descendu seul ; mais, habitué aux continuelles allées et venues, cet homme n'avait même pas songé à se demander si le visiteur de midi et demi était ou non reparti. Rochdale avait remis la clef de son appartement, en donnant l'ordre, si quelqu'un venait pour lui, qu'on fît attendre en haut. Il était parti ainsi, de son pas tranquille, une serviette sous le bras, fumant un cigare, et il n'avait point reparu.

La journée se passa. Vers la nuit, les femmes de chambre entrèrent dans l'appartement de l'étranger pour y préparer le lit. Elles traversèrent le salon sans y rien remarquer d'anormal. Les bagages du voyageur,

composés d'une grande malle très fatiguée et d'un petit nécessaire tout neuf, étaient là, ainsi que les objets de toilette disposés sur la commode. Le lendemain matin, vers midi, les mêmes servantes entrèrent, et, trouvant que le voyageur avait découché, elles ne se donnèrent pas d'autre peine que de recouvrir le lit sans s'occuper du salon. Le même manège se répéta le soir. Ce fut seulement le surlendemain qu'une de ces femmes, étant entrée dans l'appartement au matin, et trouvant de nouveau toutes choses intactes, s'en étonna, fureta un peu et découvrit sous le canapé un corps couché tout du long, la tête enveloppée de serviettes. Au cri qu'elle poussa, d'autres domestiques accoururent, et le cadavre de mon père, — c'était lui, hélas ! — fut tiré de la cachette où l'assassin l'avait placé. Il ne fut pas malaisé de reconstituer la scène du meurtre. Un trou à la nuque indiquait que le malheureux avait été tué par derrière, presque à bout portant, sans doute quand il était assis à la table, examinant des papiers. Le bruit du coup n'avait pas été entendu, en raison de cette proximité même d'une part, puis à cause du fracas de la rue et aussi de la place du salon, isolé derrière son antichambre. D'ailleurs les précautions prises par le meurtrier permettaient de croire qu'il s'était muni d'armes assez soigneusement choisies pour que la détonation fût très légère. La balle avait touché la moelle allongée, et la mort avait dû être foudroyante. L'assassin avait préparé les serviettes toutes neuves et sans chiffres dont il enveloppa aussitôt le visage et le cou de sa victime, afin d'éviter toute trace de sang. Il s'était essuyé les mains à une serviette semblable, et il avait employé pour cela l'eau de la carafe, qu'il vida ensuite à nouveau dans deux bouteilles de voyage qu'on retrouva cachées sous le tablier baissé de la cheminée. Était-ce un vol ou une simulation de vol ? Mon père n'avait plus sur lui ni sa montre, ni son portefeuille, ni aucun papier propre à reconnaître son identité, qu'une indication fortuite découvrit cependant aussitôt. Il portait à l'intérieur de la poche de sa jaquette une petite bande de toile, mise là par son tailleur, avec le numéro de la fourniture et l'adresse de la maison d'où venait le vêtement. On s'y transporta, et c'est ainsi que l'après-midi qui suivit la triste découverte, et après les constatations légales, le corps put être déposé chez nous.

Et l'assassin ? Les seules données offertes à la justice furent bien vite épuisées. On ouvrit la malle laissée par ce mystérieux Rochdale ; — mais ce n'était certainement pas son nom ; — elle était remplie d'objets achetés au hasard, comme la malle elle-même, chez un marchand de bric-à-brac que l'on retrouva, et qui donna un signalement très différent de celui qu'avait fourni le concierge de l'hôtel Impérial, car il dépeignit le prétendu Rochdale comme un homme blond et sans barbe, tandis que le concierge le décrivit comme un homme très brun, très barbu et très basané. On retrouva aussi le fiacre qui avait chargé la malle aussitôt achetée, et la déposition du cocher fut identique à celle du marchand de bric-à-brac. L'assassin s'était fait conduire d'abord dans une boutique d'objets de voyage, où il avait acheté un nécessaire ; puis dans un magasin de blanc, où il s'était procuré les serviettes ; puis à la gare de Lyon, où il avait déposé la malle et le nécessaire à la consigne. On retrouva l'autre fiacre, celui qui trois semaines plus tard l'avait amené de la gare à l'hôtel Impérial, et le signalement donné par ce second cocher se trouva être le même que celui de la déposition du concierge. On en conclut que, dans l'intervalle de ces trois semaines, l'assassin s'était grimé, — car les témoignages concordaient sur l'allure, le timbre de la voix, les manières et la carrure. — Cette hypothèse fut confirmée par un coiffeur du nom de Jullien, lequel vint raconter de lui-même ce singulier détail : un personnage de teint clair, aux cheveux blonds, glabre, grand et large d'épaules, comme le marchand de bibelots et le premier cocher décrivaient Rochdale, était venu, le mois précédent, à sa boutique, commander une perruque et une barbe assez bien exécutées pour qu'on ne pût le reconnaître. Il s'agissait, disait-il, de figurer dans une soirée costumée. Cet inconnu prit livraison, en effet, d'une perruque et d'une barbe noires ; il se munit de tous les ingrédients nécessaires pour se grimer en Américain du Sud, il acheta du khôl pour se noircir les paupières, une composition de terre de Sienne et d'ambre pour colorer son teint. Le maquillage lui réussit assez bien pour qu'il pût revenir chez Jullien sans que ce dernier le reconnût. Le coiffeur avait été trop étonné de cette perfection dans le déguisement, et aussi de l'étrangeté de ce bal masqué donné en plein été, pour que son attention ne fût pas attirée lors des articles des journaux sur le mystère de l'hôtel Impérial, comme on appela aussitôt l'affaire. Cette révélation rendait plus difficile encore la tâche des magistrats en démontrant quelles précautions avait multipliées l'inconnu. On découvrit chez mon père deux lettres signées Rochdale, datées de Londres, mais sans aucune enveloppe, et toutes deux écrites d'une écriture renversée, que les experts jugèrent simulée. Il avait dû remettre masqué mémoire justificatif. Peut-être mon père le portait-il dans sa serviette d'avocat, que l'assassin avait prise, son crime accompli. La maison Crawford de San-Francisco existait réelle-

ment, mais elle n'avait jamais formé le projet d'une entreprise de voie ferrée en Cochinchine. On était en présence d'un de ces problèmes criminels qui défient l'imagination. Ce n'était probablement pas pour voler que l'assassin avait multiplié à ce degré les habiletés de ses ruses. On n'attire pas un homme d'affaires dans un piège, combiné avec cette perfection, pour lui dérober quelques billets de mille francs et une montre. Était-ce une vengeance? On fouilla dans la vie privée de mon père, et l'on découvrit qu'il avait eu quelques-unes de ces faiblesses communes aux jeunes gens de sa classe et de son temps. Il avait été lié autrefois avec une femme mariée, mais cette intrigue était rompue depuis longtemps, et, si le mari l'avait jamais soupçonnée, pourquoi aurait-il attendu, afin de s'en venger, que cette relation fût brisée? D'ailleurs cet homme, vieux de cinquante-cinq ans à cette époque, engagé dans de grandes entreprises industrielles, n'avait pas un caractère à pousser ainsi une passion jusqu'au crime, et son signalement de Parisien chétif ne correspondait en rien à celui du faux Rochdale. Était-il admissible que sa femme eût voulu se venger, elle, par quelque instrument docile, d'un abandon ancien? Dans le délire de mes premières recherches, plus tard, j'en suis venu à rêver cela. J'ai tenu à la connaître. Je l'ai vue. Elle avait des cheveux blancs et un fils plus âgé que moi — qui sait? peut-être mon frère? L'étrange impression que je ressentis à songer que mon père avait aimé cette femme qui me regardait avec des yeux où elle ne savait pas que je cherchais une inquiétude! Et je ne trouvais dans ces beaux yeux bleus, demeurés la seule jeunesse d'un visage vieilli, qu'un attendrissement profond, quelque chose de si doux et de si triste, une telle pitié, mêlangée à tant de souvenirs, que j'eus honte de mes soupçons comme d'une infamie.

La justice, qui n'a pas de ces pudeurs sentimentales, eut-elle ce soupçon comme moi, ou d'autres encore? S'il en fut ainsi, l'imagination de ses représentants se heurta au point indiscutable et inexplicable, à la réalité de ce Rochdale, dont l'existence ne pouvait être contestée, non plus que sa présence à l'hôtel Impérial depuis les sept heures du soir la veille jusqu'à deux heures de l'après-midi du lendemain ; et puis il s'était évanoui, comme un être fantastique, sans qu'une seule trace en demeurât, — une seule. Cet homme était venu, d'autres hommes lui avaient parlé. On savait où il avait passé la nuit et la matinée d'avant le crime. Il avait accompli son œuvre de meurtre... et rien ! Tout Paris se passionna pour cette affaire, et depuis, lorsque j'ai voulu rechercher la collection des journaux relatifs à elle, j'ai trouvé que, pendant plus de six semaines, les chroniqueurs en avaient parlé chaque matin. Ensuite la rubrique fatale avait disparu des colonnes des journaux, comme le souvenir de cette lugubre énigme s'était effacé de la mémoire des lecteurs, comme le souci de cette enquête de la pensée des limiers de police. La vie avait continué, roulant cette épave dans sa vague qui emporte toutes choses. Oui, mais moi, le fils? Comment oublier jamais le récit de la vieille servante, qui avait rempli d'une tragique épouvante ma petite chambre d'enfant? Comment ne pas revoir toujours et toujours la face pâle de l'assassiné ses yeux ouverts, sa bouche fermée par une mentonnière, le linge noué de son front? Comment ne pas dire : « Je te vengerai, pauvre mort. » — Pauvre mort !... — Lorsque je lus l'*Hamlet* de Shakespeare pour la première fois, avec cette avidité passionnante que donne à l'esprit une analogie entre la situation morale étudiée dans une œuvre d'art et quelque crise de notre propre vie, je me souviens que ce jeune homme me fit horreur. Ah! si le fantôme de mon père était venu me raconter, à moi, avec ses lèvres sans souffle, le drame qui l'avait tué, aurais-je hésité une minute? « Non ! » m'écriais-je ; et puis j'ai tout su, et puis j'ai hésité, comme lui, moins que lui pourtant, à oser l'action terrible. — Silence ! Silence ! Revenons encore aux faits.

IV

...Les faits qui suivirent? Je me les rappelle à peine. Ils furent si petits, si médiocres, entre cette première vision d'épouvante et la vision de tristesse qui lui succéda deux années plus tard. En 1864, mon père mourait. En 1866, ma mère épousait M. Jacques Termonde. Dans l'intervalle de ces deux dates se place une période qui n'est pourtant pas abolie de mon souvenir, car c'est la seule où ma mère se soit occupée de moi avec une attention suivie. Avant la date fatale, c'était mon père, et plus tard, ce ne fut personne. Nous avions quitté notre appartement de la rue Tronchet, qui nous rappelait trop le sinistre drame, et nous installâmes dans un petit hôtel du boulevard de Latour-Maubourg, qui avait appartenu à un peintre amateur. Un mince jardin le terminait, qui semblait plus grand parce que d'autres jardins verdoyaient derrière son mur d'enclos. Cet hôtel renfermait une espèce de hall qui avait été l'atelier du précédent propriétaire, et dont ma mère fit presque tout de suite sa pièce d'habitation. Il y avait en elle, je le comprends aujourd'hui à distance, quelque chose d'irréel et d'un peu théâtral, mais naïvement, qui la poussait à

exagérer l'expression visible de tous les sentiments qu'elle éprouvait. Tandis qu'elle s'occupait à étudier avec une enfantine coquetterie les attitudes propres à traduire son émotion, elle laissait cette émotion elle-même s'en aller de son cœur. C'est ainsi que, dans l'exil volontaire où elle voulut se cloîtrer après son malheur, ne recevant plus qu'un petit nombre d'amis, dont était M. Jacques Termonde, elle recommença bien vite de se parer et de parer toutes choses autour d'elle, avec le goût délicat et subtil qui lui était inné. C'était une femme d'une beauté singulière, mince et pâle, avec des cheveux si longs qu'ils tombaient réellement jusqu'à terre quand elle les peignait devant moi le matin. Devait-elle cette beauté originale de son fin profil, de ses yeux si doux et de sa fragile personne aux gouttes du sang grec qui coulaient dans ses veines? Son aïeul maternel était un M. Votronto, venu du Levant à Marseille, lors de l'annexion des îles Ioniennes à la France. Toujours est-il que souvent depuis j'ai pensé au contraste étrange de cette beauté si rare et si menue avec la solide et lourde carrure de mon père et avec la mienne propre. Qui peut dire que ce ne fut pas là une grande cause à tant de malentendus irréparables? Mais, à cette époque, je ne raisonnais pas. Je subissais le charme de cet être gracieux qui me disait : « Mon fils. » Quand elle était assise à son piano dans cet asile élégant qu'elle s'était organisé parmi les étoffes drapées, les plantes vertes et tout un petit décor si à elle, je la contemplais avec une idolâtrie infinie. A cause d'elle, je m'efforçais, malgré ma maladresse native, de me garder bien propre dans les costumes de plus en plus composés qu'elle me faisait porter, et de plus en plus aussi la terrible image de l'assassiné s'effaçait de cet intérieur, — dont toute la délicatesse était cependant payée par la fortune que nous avait laissée son travail. La vie moderne comporte si peu le drame sanglant, les rudes sauvageries du meurtre et de la passion, que les scènes tragiques auxquelles une famille a pu assister semblent bien vite, aux personnes mêmes de cette famille, une espèce de songe, un cauchemar. Il est impossible d'en douter, et l'on n'y croit pourtant pas entièrement.

Oui, la vie avait repris son cours presque normal, quand le second mariage de ma mère me fut annoncé. Je me souviens, cette fois, avec une précision minutieuse, non seulement de l'époque, mais du jour et de l'heure. Je me trouvais en vacances chez mon unique tante, une sœur de mon père, vieille demoiselle de quarante-huit ans, qui habitait Compiègne. Elle vivait là dans une maison située à l'extrémité de la ville, avec trois domestiques, parmi lesquels était ma bonne Julie, dont le caractère ne convenait pas à maman. Ma tante Louise était petite avec un air d'une personne de province ; — à peine si elle consentait à venir visiter Paris pour quarante-huit heures quand vivait mon père. Elle portait presque toujours une robe de soie noire faite à la maison, avec une ligne de blanc au cou et aux poignets, et autour du cou aussi une vieille chaîne d'or, très longue, qui passait sous son corsage et ressortait à sa ceinture avec sa montre et ses breloques anciennes. Quand elle n'avait pas son bonnet à rubans, noirs comme sa robe, ses cheveux grisonnants montraient leurs bandeaux et encadraient un front et des yeux d'une telle expression de douceur, que la pauvre femme plaisait tout de suite, malgré son nez un peu fort, ses lèvres trop larges et son menton trop long. Elle avait élevé mon père ici même, dans cette petite ville de Compiègne. Elle lui avait donné de sa fortune ce qu'elle avait pu distraire des besoins si simples de sa vie. Quand il avait voulu épouser Mlle de Plane, c'était le nom de jeune fille de maman, elle l'avait doté pour que la famille où il voulait entrer s'ouvrît plus aisément devant lui. Combien elle avait souffert depuis deux ans, le contraste entre le portrait que j'avais d'elle dans mon album d'enfant et de son visage actuel le disait assez. Ses cheveux avaient beaucoup blanchi, les rides qui vont des narines au coin des lèvres s'étaient creusées, ses paupières s'étaient comme flétries. Et cependant elle ne s'était livrée à aucune démonstration. A mon regard de petit garçon observateur, l'antithèse entre le caractère de ma mère et celui de ma tante se précisait dans la différence de leurs douleurs. Alors j'avais de la peine à comprendre la réserve de la vieille fille, dont je ne pouvais pas suspecter la tendresse. Aujourd'hui, c'est pour l'autre sorte de nature que je suis injuste. Ma mère aussi avait l'âme tendre, si tendre qu'elle ne s'était pas sentie capable de me révéler sa vie nouvelle, et c'était ma tante qui s'en chargeait. Elle n'avait pas voulu assister au mariage, et M. Termonde avait préféré, je l'ai su depuis, que je n'y assistasse point, afin sans doute d'épargner la sensibilité de celle qui devenait sa femme. Mon Dieu ! comme ma tante Louise, malgré sa surveillance d'elle-même, avait des larmes au bord de ses yeux bruns lorsqu'elle m'emmena dans le fond du jardin, où mon père avait joué, enfant comme moi. Les teintes dorées du mois de septembre commençaient à s'étendre sur le feuillage des arbres. Le berceau sous lequel nous nous assîmes était garni d'une vigne dont les raisins, déjà presque blonds, attiraient un vol bourdonnant de guêpes. Ma tante prit mes deux mains dans les siennes et commença :

— « André, j'ai à te faire part d'une grande nouvelle. »

Je la regardai avec anxiété. De la secousse que m'avait infligée l'affreux événement, il me restait une sorte de susceptibilité nerveuse. Pour la moindre surprise, mon cœur battait à me faire mal.

— « Il s'agit de ta mère, » dit simplement la vieille fille, à laquelle mon trouble ne peut échapper. « Elle se remarie. »

Chose étrange, cette phrase ne me causa pas tout de suite l'impression que mon regard de tout à l'heure aurait fait prévoir. A l'accent de ma tante, j'avais pensé qu'elle allait m'apprendre une maladie de maman ou sa mort. Mon imagination frappée avait de ces peurs. Ce fut donc avec un certain calme que je répondis :

— « Avec qui ? »

— « Tu ne devines pas ? » demanda ma tante.

— « Avec M. Termonde, » fis-je brusquement.

Encore aujourd'hui, je ne me rends pas compte des raisons qui me poussèrent ce nom aux lèvres, comme cela, tout de suite. Sans doute M. Termonde était venu souvent chez nous depuis le veuvage de ma mère. N'y venait-il pas autant, sinon davantage, avant que ma mère fût veuve ? Ne s'était-il pas occupé du détail de nos affaires avec une fidélité que je comprenais dès lors être bien rare ? Pourquoi donc la nouvelle de son mariage avec ma mère m'apparaissait-elle tout d'un coup comme plus triste que si elle eût épousé n'importe quel autre ? C'est la sensation contraire qui aurait dû se produire, semblait-il. Je connaissais cet homme depuis si longtemps ! Il m'avait beaucoup gâté autrefois, et me gâtait encore. Mes plus beaux jouets m'étaient venus de lui, et mes plus beaux livres : — un merveilleux cheval de bois quand j'avais sept ans, qui marchait avec une mécanique ; avais-je assez amusé mon pauvre père en lui disant de ce cheval qu'il était « deux fois pur sang »? — le Don Quichotte, de Gustave Doré, cette année même, et sans cesse quelque nouveau cadeau. Et cependant je ne me sentais plus en sa présence le cœur ouvert comme jadis. Quand ce malaise avait-il commencé? Je n'aurais pu le dire ; mais je trouvais trop souvent cet homme entre ma mère et moi. J'en étais jaloux, pour tout avouer, de cette jalousie inconsciente des enfants, qui me faisait, quand il était dans la chambre, prodiguer les caresses à maman pour mieux lui montrer qu'il était ma mère et qu'elle ne lui était rien, à lui. Avait-il reconnu ce sentiment?... Qui sait? L'avait-il partagé? Toujours est-il que je discernais maintenant dans son regard, malgré sa voix toujours flatteuse et ses manières toujours polies, une antipathie pareille à la mienne. A l'âge que j'avais, l'instinct ne se trompe guère sur ces impressions-là. C'était de quoi expliquer le petit frisson qui me saisit à prononcer son nom. A ce frisson, et au cri que j'avais jeté, je vis ma tante tressaillir.

— « Avec M. Termonde, » fit-elle, « oui, c'est vrai ; mais pourquoi as-tu pensé à lui tout de suite?... » Et, me regardant jusqu'au fond des yeux, elle me dit, à voix basse, comme si elle avait eu honte de poser une question semblable à un enfant :

— « Que sais-tu? »

A ces mots, et sans autre motif qu'une espèce d'énervement presque maladif auquel j'étais en proie depuis la mort de mon père, je me mis à fondre en larmes. — Des crises pareilles me prenaient quelquefois tout seul, enfermé dans ma chambre, le verrou tiré, victime d'une angoisse dont je ne pouvais pas triompher, et comme à l'approche d'un danger. Je prévoyais d'avance les pires accidents : par exemple, que ma mère allait être assassinée comme mon père, et moi ensuite, et j'épiais sous tous les meubles. Quand je me promenais avec un domestique, il m'arrivait de me demander si cet homme n'était pas complice du mystérieux criminel et chargé de me conduire à lui, ou tout au moins de me perdre. Mon imagination, trop excitée, me dominait. Je me voyais échappant au complot et, pour mieux m'y dérober, gagnant Compiègne. Aurais-je assez d'argent? Et je me disais qu'il serait possible de vendre ma montre à un vieil horloger que je regardais, en allant au lycée, travailler, sa loupe contre son œil droit, derrière la vitre d'une petite échoppe. Triste puissance de prévoir le pire qui m'a ainsi empoisonné tant d'heures inoffensives de mon enfance ! — C'était elle encore qui me faisait, à ce moment, et sous la tonnelle de ce jardin d'automne, éclater en sanglots, tandis que ma tante me demandait de lui dire ce que j'avais sur le cœur contre M. Termonde. Le plus douloureux de mes griefs d'alors, je le lui contai, la tête appuyée contre son épaule, et ce grief résumait toute la crise. Il y avait de cela deux mois à peine. Je revenais du collège, vers les cinq heures, contre l'habitude parfaitement gai. Le professeur, comme il arrivait dans les dernières classes de l'année, nous avait fait une lecture divertissante, et j'avais reçu de sa bouche, à la sortie, des compliments sur mes compositions de prix. Quelle bonne nouvelle à rapporter chez nous, et qui me vaudrait un baiser plus tendre ! Je me précipitai, aussitôt mes cahiers déposés et mes mains lavées sagement, vers le petit salon où se tenait ma mère. J'entrai sans frapper, avec tant de vivacité qu'elle poussa un léger cri lorsque je m'élançai vers elle pour l'embrasser. Elle était debout devant la cheminée, très pâle, et M. Termonde auprès d'elle, debout aussi, qui me saisit par le bras pour m'écarter.

— « Ah ! » disait ma mère, « que tu m'as fait peur !... »

— « Est-ce que c'est une manière d'entrer dans un salon? » reprit, de son côté, M. Termonde. Sa voix s'était faite brutale comme son geste. En me prenant le bras il m'avait serré assez fort pour que, le soir, j'eusse trouvé une marque à la place où ses doigts m'avaient étreint. Ce ne fut ni cette phrase insolente, ni la souffrance de cette étreinte qui me firent demeurer comme stupide et le cœur oppressé. Non, mais d'entendre ma mère qui répondait :

— « Ne le grondez pas trop, il est si jeune... Il se corrigera... »

Elle bouclait mes cheveux de ses doigts, et, dans son accent, dans son regard, dans son demi-sourire, je surprenais une timidité singulière, presque une supplication adressée à cet homme qui fronçait le sourcil en tirant sa moustache de ses doigts nerveux, comme impatienté de ma présence. De quel droit m'avait-il parlé en maître, et chez nous, lui, un étranger? Pourquoi avait-il porté la main sur moi, si légèrement que ce fût? Oui, de quel droit? Est-ce que j'étais son fils ou son élève? Pourquoi ma mère ne me défendait-elle pas contre lui? Même si j'étais fautif, je ne l'étais qu'envers elle. Un accès de colère s'empara de moi, qui me donna une envie furieuse de sauter sur M. Termonde, comme une bête, de le griffer au visage, de le mordre. Je le regardai avec rage, et aussi ma mère, et je m'en allai de la chambre sans rien répondre. J'étais boudeur, défaut douloureux qui tenait à mon excessive et presque morbide sensibilité. Toutes les émotions s'exagéraient en moi, de sorte que je me fâchais pour des riens, et que revenir m'était un supplice. L'impression de la honte à dompter était trop forte. Même mon père avait eu beaucoup de peine à triompher autrefois de ces accès de susceptibilité blessée, durant lesquels je luttais contre mes propres attendrissements avec une colère froide et contenue, qui me soulageait tout ensemble et me torturait. Je me connaissais cette infirmité morale, et, avec la bonne foi d'un enfant très honnête, j'en rougissais. Ce me fut donc un comble d'humiliation que M. Termonde au moment où je sortais de la chambre, dit à ma mère.

— « En voilà pour huit jours de bouderie maintenant. C'est un caractère vraiment insupportable... »

Ce dernier mot eut cet avantage que je mis un point d'honneur à le démentir et que je ne boudai pas. Mais cette simple scène m'avait trop profondément ulcéré pour que je l'eusse oubliée, et voici que mon ressentiment se réveillait à mesure que je faisais ce récit à ma tante. Hélas ! ma double vue presque inconsciente d'enfant trop sensible ne s'y trompait pas. C'était toute l'histoire de ma jeunesse que cette scène puérile et douloureuse symbolisait ainsi : mon invincible antipathie envers l'homme qui allait occuper la place de mon père, et la partialité aveugle, en sa faveur, de celle qui aurait dû me défendre d'abord et toujours.

— « Il me déteste, » disais-je en pleurant à ma tante Louise ; « que lui ai-je fait?... »

— « Calme-toi, » répondait l'excellente fille, « tu es là, comme ton pauvre père, à outrer toujours tes moindres chagrins... Et puis, tâche d'être gentil pour lui, à cause de ta mère ; de ne pas t'abandonner à ces violences, qui me font peur... Ne t'en fais pas un ennemi, » ajouta-t-elle.

C'était si simple qu'elle me parlât de la sorte, et cependant son insistance me parut un peu étrange, dès ce moment-là. Je ne sais pourquoi aussi elle me sembla comme surprise de ma réponse à sa question : « Que sais-tu ? » Elle voulait m'apaiser et elle augmenta encore l'appréhension où j'étais de l'usurpateur — ainsi je l'appelai depuis — par le léger tremblement qu'elle avait dans la voix lorsqu'elle en parlait.

— « Il faut que tu leur écrives dès ce soir, » dit-elle enfin.

Leur écrire ! Cette simple formule me fit mal. Ils étaient unis. Jamais, jamais je ne pourrais plus penser à l'un sans penser à l'autre.

— « Et vous? » demandai-je à ma tante.

— « J'ai déjà écrit, » répondit-elle.

— « Et quand se fait le mariage? »

— « Il est fait d'hier, » fit-elle d'une voix si basse que je l'entendis à peine.

— « Et où ? » demandai-je de nouveau après un silence.

— « A la campagne, chez des amis communs, » dit-elle ; et, tout de suite : « Ils ont préféré que tu n'y fusses pas, pour ne pas déranger tes vacances. Ils sont partis pour trois semaines. Ils viendront te voir à Paris avant d'aller en Italie... Moi, tu sais que je ne suis pas assez bien pour voyager. Je te garderai jusque-là... Sois doux, » ajouta-t-elle, « et va écrire. »

J'avais bien d'autres questions à lui poser, bien d'autres larmes à répandre. Je me contins pourtant, et, un quart d'heure plus tard, j'étais assis dans le salon de la bonne et vieille tante et à son bureau. Que j'aimais cette pièce du rez-de-chaussée qu'une porte-fenêtre séparait du jardin ! C'était une chambre comme tapissée de souvenirs. A côté du secrétaire ancien, je pouvais voir, appendus au mur dans leurs cadres de toutes formes, les portraits de ceux que la sainte fille avait aimés et qui étaient morts. Que ce petit coin funèbre remuait doucement ma rêverie !

Il y avait là une miniature coloriée, représentant mon arrière-grand'mère, la mère de mon aïeule, en costume du Directoire, avec une taille courte et des cheveux à la Prudhon. Il y avait encore mon grand-oncle, son fils, une miniature aussi. Quel aimable et important visage à toupet, d'admirateur de Louis-Philippe et de M. Thiers ! Il y avait mon grand-père paternel avec sa rude physionomie de parvenu, — et mon père à tous les âges. Plusieurs de ces portraits, déjà très anciens, avaient été tirés au daguerréotype. La lumière qui jouait sur les plaques à demi effacées rendait difficile de bien distinguer les traits. Une bibliothèque basse régnait un peu plus loin, où je retrouvais les livres de prix de mon père, gardés pieusement. Mon Dieu ! comme je me sentais protégé par les portières en velours vert traversées de longues bandes de tapisseries, — chef-d'œuvre de ma tante, — qui tombaient à gros plis sur les portes ! Comme je regardais avec complaisance le tapis aux nuances passées, dont j'avais, tout petit, voulu cueillir les fleurs ! C'était une des légendes de ma première enfance, de ces anecdotes qui se redisent sur un fils que l'on chérit et qui lui font sentir combien les moindres détails de son existence ont été regardés, compris, aimés. J'ai touché plus tard la glace de l'indifférence... Ma tante surtout, parmi ces meubles aux formes démodées, comme je l'aimais, avec son visage, où je lisais la tendresse absolue, entière ; avec ses yeux, dont le regard me faisait du bien à une place mystérieuse de mon âme ! Je la sentais si voisine de moi par la seule ressemblance avec mon père, — et ce jour-là davantage encore, — si bien que je me levai quatre ou cinq fois de table pour l'embrasser, dans l'intervalle du temps que je me mis à écrire ma lettre de félicitations adressée au pire ennemi que je me connusse au monde. Et ce fut la seconde date ineffaçable de ma vie.

V

Ineffaçables? Oui, ces deux dates le sont demeurées, et elles seules. Lorsque je reviens en arrière, toujours et toujours je me heurte à elles. Mon père assassiné, ma mère remariée, ces deux idées ont si longtemps pesé sur mon cœur. Les autres enfants ont des âmes mobiles, souples et qui se prêtent à toutes les sensations. Ils se donnent en entier à la minute présente. Ils vont, ils viennent d'une gaieté à une peine, oubliant, chaque soir, ce qu'ils ont éprouvé le matin, nouveaux à chaque aspect du sentier tournant de leur vie... Et moi, non ! Mes deux souvenirs réapparaissaient sans cesse devant ma pensée. Une hallucination continue me montrait le profil du mort, sur l'oreiller du lit au pied duquel pleurait ma mère ; — ou bien j'entendais la voix de ma tante, m'annonçant l'autre nouvelle. Je revoyais son visage triste, ses yeux bruns, les rubans noirs de son bonnet, qui tremblaient au vent de l'après-midi de septembre. Puis j'éprouvais, comme alors, l'impression de déchirure intime que j'avais ressentie, par deux fois, combien cruelle, combien inguérissable ! Aujourd'hui encore que je m'essaye à retrouver l'histoire de mon âme, de l'André Cornélis véritable et solitaire, je ne rencontre pas un souvenir qui ne disparaisse devant ces deux-là, pas une phase de ma jeunesse que ces deux faits premiers ne dominent, qu'ils n'expliquent, qu'ils ne contiennent en eux, comme le nuage contient la foudre, et l'incendie, et la ruine des maisons frappées de cette foudre. Par delà les innombrables images qui assiègent ma mémoire, me représentant celui que je fus, durant mes longues années d'enfance et de jeunesse, ce sont toujours ces deux journées de malheur que j'aperçois en arrière. Fond sinistre du tableau de ma vie, morne horizon d'un plus morne pays !...

Quelles images? Une grande cour plantée d'arbres anciens ; des enfants qui jouent, par une fin de jour en automne, et d'autres enfants qui ne jouent pas, mais qui regardent, s'appuient au tronc des arbres jaunis ou se promènent avec des airs de petites créatures abandonnées... C'est le préau du lycée de Versailles. Les écoliers joueurs sont les anciens ; les autres, les timides, les exilés, sont les nouveaux, et je suis l'un d'eux. Voici quatre semaines que ma tante me disait le mariage de ma mère, et déjà ma vie est toute changée. A mon retour des vacances, il a été décidé que j'entrerais comme interne au collège. Ma mère et mon beau-père entreprennent un voyage en Italie qui durera jusqu'à l'été. M'emmener? Il n'en a pas été question une seconde. Me laisser externe à Bonaparte sous la surveillance de ma tante, qui viendrait s'établir à Paris? Ma mère a proposé ce moyen, que mon beau-père a repoussé avec des arguments trop raisonnables. Pourquoi imposer un tel sacrifice d'habitudes à une vieille fille? Pourquoi redouter cette rudesse de l'internat qui façonne les caractères?

— « Et il a besoin de cette école, » a-t-il ajouté en me regardant avec des yeux froids, comme au moment où il m'a serré le bras si fort. Bref, on a résolu que je serais pensionnaire, mais pas dans un collège de Paris.

— « L'air y est trop mauvais... » a dit mon beau-père.

Pourquoi ne lui sais-je aucun gré du souci qu'il semble prendre de ma santé? Je ne prévois pourtant guère ce qu'il prévoit déjà, lui, l'homme qui veut m'écarter à jamais de ma mère, qu'il sera plus aisé de me laisser interne dans un collège situé hors de la ville, quand ils reviendront. Quel besoin a-t-il de ces calculs? Est-ce qu'il ne lui suffit pas d'énoncer une volonté pour que Mme Termonde lui obéisse? Comme je souffre lorsque j'entends sa voix lui dire « tu », de même qu'à mon père! Et je pense à mes rentrées d'autrefois lorsque je commençais mes classes à Bonaparte, et que ce pauvre père m'aidait à mes devoirs. C'est mon beau-père qui m'a conduit au lycée, hier, dans l'après-midi. C'est lui qui m'a présenté au proviseur, un maigre et long bonhomme à tête chauve qui m'a tapé sur la joue en me disant :

— « Ah! il vient de Bonaparte... le collège des muscadins... »

J'ai eu, le soir même, la curiosité de chercher ce mot dans le dictionnaire, et j'ai trouvé cette définition : « Jeune homme qui a de la recherche dans sa parure... » Et c'est vrai, qu'avec mes vêtements, où s'est complu la fantaisie de ma mère, mon grand col blanc, mes bottines anglaises, ma veste joliment coupée, je ne ressemble point aux garnements en tunique parmi lesquels je vais vivre. Ils ont leurs képis déformés. Presque tous leurs boutons sont arrachés. Leurs gros bas bleus tombent sur leurs souliers éculés. Ils achèvent d'user à l'intérieur des costumes de l'an passé. Plusieurs m'ont regardé avec curiosité dès les premières récréations de ce premier jour. Un d'entre eux m'a même demandé : « Que fait ton père? » Je n'ai pas répondu. Ce que j'appréhende avec une angoisse insoutenable, c'est qu'on me parle de cela. Hier, tandis que le train nous amenait à Versailles, mon beau-père et moi, dans ce wagon où nous n'avons pas échangé une parole, comme j'aurais voulu dire cette épouvante, le conjurer de ne pas me jeter au milieu d'autres enfants, ainsi abandonné à leurs indiscrètes férocités ; lui promettre, si je demeurais à la maison, de travailler plus et mieux qu'autrefois ! Mais le regard de ses yeux bleus est si aigu quand ils se posent sur moi ; j'ai besoin de tant d'efforts pour prononcer, en m'adressant à lui, ces enfantines syllabes, ce mot de « papa » que je dis toujours en pensée à l'autre, l'endormi sans réveil possible qui gît là-bas, dans le cimetière de Compiègne ! Et je n'ai pas supplié M. Termonde, et je me suis laissé enfermer au lycée sans une phrase de regret. J'aime encore mieux, plutôt que de m'être plaint à lui, errer comme je le fais parmi les étrangers. Maman doit venir demain, veille de son départ, et cette entrevue toute prochaine m'empêche de trop sentir l'inévitable séparation. Pourvu qu'elle vienne sans mon beau-père !

Elle est venue, — et avec lui. Dans ce parloir, décoré de mauvais portraits des élèves qui ont obtenu le prix d'honneur au concours général, elle s'est assise. Mes camarades causaient aussi avec leurs mères ; mais laquelle était digne d'être aimée comme la mienne? Avec la sveltesse de sa taille, la grâce de son cou un peu long, ses yeux profonds, son fin sourire, encore une fois elle m'est apparue si belle ! Et je n'ai rien pu lui dire parce que mon beau-père, « Jack, » — comme elle l'appelle avec mutinerie et quoique ce diminutif soit en anglais celui d'un autre nom, — était là aussi, entre nous. Ah ! cette antipathie qui paralyse les puissances affectueuses du cœur, l'ai-je assez connue alors et depuis? J'ai cru voir que ma mère était étonnée, presque attristée, de ma froideur à cette minute de nos adieux. N'aurait-elle pas dû comprendre que je ne lui montrerais jamais ma tendresse, à elle, devant lui? Et elle est partie, elle voyage, et moi, je suis resté...

D'autres images surgissent, qui me montrent notre salle d'étude pendant les soirs de ce premier hiver de mon emprisonnement. Le poêle de fonte rougeoie au milieu de cette salle éclairée au gaz. Un bol rempli d'eau est posé sur le couvercle, de peur que la chaleur ne nous entête. Au long des murs court la ligne de nos pupitres, et derrière chacun de nous se trouve un placard où nous rangeons nos livres et nos papiers. Un grand silence pèse sur la vaste pièce. Il est rendu comme perceptible par le bruissement des feuillets tournés, le grincement des plumes et une toux étouffée de moment à autre. Le maître se tient là-bas, sur une estrade haute de trois marches. Il s'appelle Rodolphe Sorbelle, et il est poète. L'autre jour, il a laissé tomber de sa poche un papier chargé de ratures sur lequel nous avons déchiffré les vers suivants :

Je voudrais être oiseau des champs,
  Avoir un bec,
  Chanter avec;
Je voudrais être oiseau des champs.
  Avoir des ailes,
  Voler sur elles.
Mais je ne puis en faire autant,
  Car j'ai le bec
  Beaucoup trop sec,
  Et je suis pion,
  Cré nom de nom !...

Cette prodigieuse poésie a fait notre joie, à nous autres petits collégiens féroces. Nous la chantons continuellement, au dortoir, en promenade, en cour, fredonnant les dernières paroles sur l'air classique des « lampions ». Le vieux chien de cour a la dent mauvaise, il se défend à coups de retenues, et on ne

le brave guère en face. La lampe suspendue au-dessus de sa tête éclaire ses cheveux d'un gris verdâtre, son front rouge et son paletot jadis bleu, aujourd'hui blanchâtre à force d'usure. Il rime sans doute, car il écrit, il efface, et, par instants, il relève ce front où les veines se gonflent. Ses gros yeux bleus, qui expriment une si réelle bonté lorsque nous ne le tourmentons pas de nos taquineries, fouillent la salle et font le tour des trente-cinq pupitres. Moi aussi je regarde ces compagnons de mon esclavage actuel. Ils ont des visages que je commence à si bien connaître : Rocquain, tout petit, avec un nez trop grand, rouge dans une face longue et blême ; — Parizelle, immense, avec sa mâchoire en avant. Il est blond, il a des yeux verts, des taches de rousseur, et par gageure, l'autre été, il a mangé un hanneton. Il y a aussi Gervais, un brun tout frisé, qui écrit son testament chaque semaine. Il m'a communiqué le dernier de ces opuscules, où se trouve cette clause : « Je lègue à Leyreloup un bon conseil enfermé dans ma lettre à Cornélis. » Leyreloup est son ancien ami, qui lui a joué le tour de le rouler, l'automne dernier, dans un tas de feuilles sèches, entraîné à cette malice par le grand Parizelle, que le rancuneux Gervais considère depuis lors comme un scélérat, et le conseil enfermé dans la lettre posthume est un avis de défiance à l'égard du géant... Tout ce petit monde est la proie de mille intérêts puérils et qui, dès cette époque, m'apparaissent tels, quand je les compare aux souvenirs que je porte en moi. Eux aussi, mes camarades, semblent comprendre qu'il y a dans ma vie quelque chose qui n'est pas dans la leur. Ils ne m'ont infligé aucune des misères qui sont l'épreuve accoutumée des nouveaux, mais je ne suis l'ami d'aucun d'eux, excepté de ce même Gervais qui va en rang avec moi lorsque nous sortons. C'est un garçon imaginatif et qui dévore chez lui une collection de numéros du Journal pour tous. Il a découvert là une suite de romans qui s'appellent : l'Homme aux figures de cire, le Roi des gabiers, le Chat du bord, et, de jeudi en jeudi, les jours de promenade, il me les raconte. Le fond tragique de mes rêveries me fait trouver un étrange plaisir à ces récits où le crime joue le rôle principal. J'ai eu le malheur de dire cette malsaine distraction à ma bonne tante, et le proviseur a séparé le feuilletoniste improvisé de son public. On nous défend, à Gervais et à moi, d'aller ensemble à la promenade. Ma tante Louise a cru ainsi calmer les frénésies d'une sensibilité qui l'effraye. Pauvre femme ! Ni la sollicitude de sa tendresse, ni les soins pieux de sa prévoyance, — elle vient de Compiègne à Versailles chaque dimanche pour me faire sortir ; — ni mon travail, — car je redouble d'efforts pour que mon beau-père ne puisse pas triompher de mes mauvaises notes ; — ni ma religion exaltée, — car je suis devenu le plus fervent de nous tous à la chapelle, — non, rien n'apaise l'espèce de démon intérieur qui me ravage l'âme. Durant les études du soir et dans mes repos entre deux séances de travail, je relis une lettre dont l'enveloppe porte un timbre à l'effigie du roi Victor-Emmanuel. C'est ma pâture de la semaine, ces pages qui me viennent de maman. Elles me disent sur son voyage beaucoup de détails que je ne comprends guère. Ce que je comprends, c'est qu'elle est heureuse sans moi, hors de moi ; — c'est que la pensée de mon père et de sa mort mystérieuse ne la hante pas ; — c'est surtout qu'elle aime son nouveau mari, et je suis jaloux, misérablement, vilainement jaloux. Mon imagination, qui a ses lacunes étranges, a ses minuties singulières... Je vois ma mère dans une chambre d'hôtel, et, disposées sur une table, les pièces de son nécessaire de voyage, un present de mon père. Elles sont en vermeil avec son chiffre en relief, son prénom tout entier et la première lettre de son nom de femme entrelacée aux lettres de ce prénom : Marie C... — N'était-ce pas son droit de refaire loyalement son existence? Pourquoi renierait-elle son passé? Pourquoi ce mélange de ce passé à son présent me faisait-il si mal, — si mal que tout à l'heure, au dortoir, étendu sur mon étroit lit de fer, je ne pourrai pas fermer les yeux?

Qu'elles me semblaient longues, ces nuits, lorsque je me couchais sur cette impression, et comme je luttais en vain pour obtenir l'anéantissement de mon esprit dans le doux abîme du sommeil ! Je demandais ce sommeil à Dieu, de toutes les forces de ma piété d'enfant. Je disais mentalement douze fois douze *Pater* et douze *Ave*, — et je ne dormais pas. J'essayais alors de me forger une chimère. J'appelais ainsi un bizarre pouvoir dont je me savais doué. Tout petit garçon, et une fois que je souffrais d'une rage de dents, j'avais fermé les yeux, ramené mon âme sur elle-même et forcé mon esprit à se représenter une scène heureuse dont je fusse le héros. J'avais pu ainsi m'aliéner de ma sensation présente au point de ne plus me douter de mon mal. Maintenant, chaque fois que je souffre, je fais de même, et ce procédé me réussit presque toujours. — Je l'emploie en vain lorsqu'il s'agit de maman. Au lieu du tableau de félicité que j'évoque, l'autre tableau se présente : celui de l'intimité de l'être que j'aime le plus au monde avec l'homme que je hais le plus. Car je le hais, animalement, et sans que j'en puisse donner d'autre motif, sinon qu'il a pris la première place dans ce cœur qui fut tout à moi. Alors, j'entendrai les heures sonner, une fois au clocher d'une

église voisine, et une fois à l'horloge de notre collège, — un tintement grave, puis un tintement grêle. J'entendrai le vieux Sorbelle marcher le long du dortoir, tristement éclairé de quelques quinquets, puis rentrer dans la chambre qu'il occupe à l'extrémité. Que les deux rangées de nos petits lits sont lugubres à regarder, avec leurs boules de cuivre qui brillent dans l'ombre, et le ronflement des dormeurs odieux à entendre ! D'intervalle à intervalle, un veilleur passe, un ancien soldat à la face large, à la grosse moustache noire. Il est engoncé dans un caban de drap brun et porte une lanterne sourde. Est-ce qu'il n'a pas peur la nuit, tout seul, le long des escaliers de pierre du lycée, où le vent s'engouffre avec un bruit sinistre? Que je n'aimerais pas à en descendre les marches, dans ce frisson des ténèbres, par crainte d'y rencontrer un revenant ! Je chasse cette nouvelle idée, mais vainement encore. Et puis je songe : « Où est celui qui a tué mon père? » Est-ce d'épouvante, est-ce d'horreur que je frémis à cette question? Et je songe encore : « Sait-il que je suis ici? » Et la panique m'affole, et je me demande si l'assassin ne serait pas capable de se déguiser en garçon de collège pour venir me frapper à mon tour? Je recommande mon âme à Dieu, et c'est sur ces affreuses pensées que je m'endors enfin, très tard, pour être réveillé en sursaut à cinq heures et demie du matin, la tête lasse, les nerfs tendus, ma pauvre âme malade, d'une maladie qui ne peut pas guérir.

VI

Autres images. — Trois années se sont écoulées depuis le soir d'automne où une voiture de place nous a déposés, mon beau-père et moi, dans ce coin d'une des avenues du vieux Versailles qu'attriste la muraille du collège. Je devais passer dans ce collège dix mois seulement, ceux que ma mère passerait, elle, en Italie. Oui, c'était un soir de l'automne de 1866, — nous voici dans l'hiver de 1870, et je suis demeuré interne dans ce lycée, « où l'air est si bon, où je travaille si bien, » — ce sont les raisons que ma mère a données pour ne pas me reprendre chez elle ; et la jeune femme est de bonne foi en répétant les phrases de M. Termonde. D'ailleurs ne m'a-t-elle pas consulté? N'ai-je pas répondu, moi aussi, que je préférais l'internat? Une expérience de quelques semaines de vacances, au retour de leur voyage, m'a démontré que mon cœur saignerait trop, à la voir aimer son mari comme elle l'aime. Mes yeux aigus d'enfant jaloux, et qui se souvient, surprennent trop de signes de ce sentiment. Elle passe, comme autrefois, ses blanches. mains sur ma tête, pour me caresser, mais cette flatterie ne m'est plus douce depuis qu'une seconde alliance brille sur une de ces mains, et un jour arriva où cette seconde alliance y demeura seule. Du vivant de mon père, et lorsqu'il s'approchait d'elle pour l'embrasser, toujours elle avait un premier geste de défense, l'écartant de son bras ou détournant la tête. Comme elle est soumise, et docile à poser cette même tête sur l'épaule de M. Termonde ! Il la prend, sans qu'elle se défende, par cette taille qu'elle a gardée si souple. Il pose un baiser sur ce front qui ne se retire pas et que des boucles encadrent, au lieu des bandeaux qui plaisaient à mon père. Chacune de ces familiarités m'est une torture. Comment le devinerait-elle? Durant ces premières vacances, une après-midi que nous devions sortir et que la femme de chambre n'était pas là, M. Termonde lui a boutonné ses bottines de promenade. Je l'ai vu qui lui prenait le pied, après lui avoir ôté un petit soulier découvert, et qui mettait enfantinement un baiser sur ce pied chaussé d'un bas de soie couleur pensée. J'ai subi un trop fort accès de rage lors de cette petite scène pour ne pas préférer le collège, qui ne me rappelle, du moins, ni ce second mariage que je déteste, ni mon père si profondément oublié là où je voudrais tant que sa mémoire survécût. Et j'ai dit : « Oui, » au désir de mon beau-père ; et j'ai la tunique.

Pourquoi cet hiver de 1869-1870 se représente-t-il à mon souvenir? Ce n'est pas qu'il ait été distingué par aucun événement nouveau ; mais j'ai là devant les yeux une photographie de moi à cette date, et je retrouve, en la regardant, la trace plus vive de mon âme d'alors. Je m'apparais à moi-même comme un spectre rétrospectif, avec ma tête tondue, ma maigreur de garçon qui a trop grandi. C'était l'époque des conversations grossièrement libres, des lectures hâtives et désordonnées, de l'irréligion précoce et outrageante. Les visages de mes camarades me reviennent aussi dans le demi-jour de ce passé si distant. Rocquain, plus blême que jamais avec son nez rouge d'acteur comique, chante des chansons de café-concert, fume des cigarettes dans des endroits innomables, et collectionne des photographies d'actrices... Gervais, brun et frisé, s'est passionné pour les courses ; il y joue avec bonheur ; il s'est réconcilié avec Leyreloup, « l'Hérissé, » comme nous l'appelons, et il lui a communiqué sa dangereuse manie. Ils organisent à eux deux des steeple-chases d'insectes, de chenilles et de tortues. Ils ont même imaginé une combinaison de paris à laquelle prennent part une dizaine d'entre nous. Le jeu consiste à placer devant un dictionnaire plusieurs morceaux de papier sur chacun desquels est écrit un nom de cheval. On ouvre et on ferme le

dictionnaire avec rapidité. Celui des morceaux de papier que ce petit coup de vent porte le plus loin a gagné le prix, et ceux qui ont parié sur lui se partagent les enjeux. L'immense Parizelle a grandi encore. A seize ans, il porte déjà la barbe et il a des maîtresses. Des sous-officiers d'artillerie, dont il a fait la connaissance un jour que son correspondant l'a laissé vagabonder seul dans le parc, l'ont mené dans un certain café dont il nous montre le chemin quand nous allons en promenade. Il nous décrit ce café par le menu, les vitres dépolies ; la salle remplie de femmes habillées comme des bébés, avec des chemisettes toutes courtes, des bas de couleur, de hautes bottines à boutons dorés ; et là dedans un certain tapage, une gaieté, des chansons, des soldats debout qui boivent, d'autres assis qui ont pendu aux murs leur sabre et leur shako, — et les escaliers qui résonnent sous les grosses bottes de ceux qui descendent ! Quant à moi, j'ai un nouvel ami, Joseph Dediot, qui m'a fait connaître quelques vers de Musset. Nous raffolons de ce poète. Dediot se trouve placé en classe à côté de Scelles, le fils du libraire, celui que nous avons surnommé Bel-Œil, parce qu'il est louche ; Bel-Œil est paresseux comme un homard, et Dediot a passé avec lui le plus étrange marché. Dediot lui fait tous ses devoirs, et, en retour de chacun, Bel-Œil livre la copie de vingt vers de *Rolla*. Moyennant je ne sais combien de versions, de thèmes et de vers latins, mon ami s'est procuré tout le poème, et nous récitons avec frénésie :

> O Christ ! je ne suis pas de ceux que la prière...

Et encore, appliquant ces vers à notre lycée, dont les mœurs immondes sont celles de tous les internats laï ues :

> ...Et la corruption
> Y baise en plein soleil la prostitution.

Nous sommes devenus sceptiques et misanthropes. Nous jouons à l'athéisme désespéré, comme Parizelle et Rocquain jouent à la débauche, Gervais au sport et au chic, d'autres à la politique, et d'autres à l'amour. Le père Sorbelle, renvoyé du lycée, vient de publier un pamphlet où il se peint lui-même sous le pseudonyme de Lebros, et le proviseur sous le nom de M. Bifteck. Ce petit livre nous occupe tout cet hiver et nous décide à une conspiration qui n'aboutit pas. Nous voilà jouant aux révolutionnaires. L'étrange discipline, que celle de ces infâmes collèges, où les adolescents gâtent leurs années d'innocence heureuse par la copie puérile et anticipée des passions dont ils souffriront cruellement un jour : — tels les enfants qui doivent mourir à la guerre, et font les soldats avec

...AUX PLUS NOIRES HEURES, QUAND LE FANTÔME ÉTAIT LÀ (p. 5)

IL NE FUT PAS MALAISÉ DE RECONSTITUER LA SCÈNE DU MEURTRE (p. 7)

leurs boucles blondes et leurs rires gais ! Hélas ! le jeu, pour moi, a fini trop vite.

C'était pourtant mon *home*, l'endroit où je me sentais vraiment chez moi, — ce maussade lycée avec ses cours stériles, ses études renfermées, son réfectoire empoisonné d'odeur de vaisselle, ses classes dont les pupitres étaient tatoués d'inscriptions au canif, ses dortoirs aux lavabos douteux. J'aimais ce bagne qui tenait de la caserne et de l'hôpital, parce que là du moins je ne retrouvais pas la preuve incessante de mon double malheur. Je m'y détendais, après tout, dans la naïveté de mon âge, et je cessais de m'hypnotiser dans l'idée fixe du meurtrier de mon père à découvrir et de mon beau-père à détester. Mes jours de sortie étaient pour moi des jours de supplice qui m'auraient fait appréhender avec terreur la fin de mes années de lycée, si je n'avais su qu'au lendemain de mon baccalauréat j'aurais ma fortune et que je pourrais m'adonner à l'unique recherche qui devait être le but suprême de ma vie. Je m'étais juré d'atteindre, moi, ce mystérieux assassin que la justice n'avait pas découvert, et je trouvais dans cette résolution, que je gardais au fond de moi sans jamais en parler, une extraordinaire force morale. Cela ne m'empêchait pas de souffrir pour des vétilles, aussitôt que ces vétilles me devenaient des signes que j'étais deux fois orphelin... Qu'ils me sont de nouveau présents, les supplices de ces jours de sortie ! Quand le domestique qui doit me conduire chez ma mère vient me chercher, ces dimanches-là, vers les huit heures, je reconnais à son sans-gêne que je ne suis plus le fils de la maison, l'enfant-roi auquel la servilité des gens tient à plaire. Celui-ci, ce brutal François Niquet, avec son menton rasé, son œil insolent, ne lève pas son chapeau quand j'arrive au parloir où il m'attend. Quelquefois, et lorsque le temps est mauvais, il se permet de bougonner. Il allume sa pipe dans le compartiment du wagon, sans me demander la permission, et la fumée du tabac m'écœure. Je mourrais plutôt que de lui faire une observation ; car il m'est arrivé une fois de me plaindre du valet de chambre de mon beau-père, un drôle, à qui l'on a donné raison, et depuis lors j'ai décidé que jamais plus je ne m'exposerais à cet affront. D'ailleurs, j'ai déjà beaucoup souffert, et souffrir injustement apprend à mépriser... Le train marche sans que j'échange cinquante mots avec ce manant. Je sais que je passe pour très fier et très difficile ; mais par la même disposition d'esprit qui, tout enfant, me rendait boudeur, j'ai ... à déplaire à qui me déplaît... A travers ce silence et la fumerie du rustre, nous arrivons à la gare Montparnasse. Jamais une voiture qui m'attende, quelque temps

qu'il fasse. Nous allons à pied jusqu'au boulevard de Latour-Maubourg, le long des avenues bordées de masures, d'hospices et de boutiques de bric-à-brac. Nous contournons l'église Saint-François-Xavier avec ses deux grêles tours, puis nous traversons la place des Invalides et nous voici devant notre hôtel. Je hais la figure de la maison. Je hais le concierge, une autre créature de M. Termonde, et sa large face, où je lis une hostilité qui n'est sans doute qu'une entière indifférence. Mais tout se transforme pour moi en signe de haine, depuis ces visages des domestiques jusqu'au visage de ma chambre. M. Termonde m'a pris ma chambre d'autrefois, une belle et claire pièce inondée de soleil avec une fenêtre ouverte sur le jardin et une porte ouverte sur la chambre de ma mère. J'occupe maintenant une espèce de grand cabinet, d'où j'ai pour unique vue un chantier de bois. Quand j'arrive à la maison par ces matins de dimanche, c'est là que je dois monter, en attendant que ma mère soit levée et puisse me recevoir. On ne s'est pas donné la peine d'allumer du feu ; j'en demande, et tandis que le domestique souffle sur les fagots, je m'assieds sur une chaise, je regarde le portrait de mon père, exilé aujourd'hui chez moi, après avoir si longtemps figuré sur un chevalet, drapé d'une étoffe noire, dans le petit salon de maman. L'odeur du bois humide qui s'enflamme, âcre et forte, se mêle à la fade senteur de cette pièce que l'on n'a pas aérée de la semaine. J'ai là quelques minutes amères à passer. Ces mesquines contrariétés me font sentir l'abandon moral où je suis plongé, plus cruellement. Et ma mère vit, elle respire à quelques pas de moi, — et elle m'aime !

Maintenant que je jette un regard lucide sur cette jeunesse malheureuse, je reconnais que mon caractère entra pour beaucoup dans le malentendu qui n'a pas cessé entre cette pauvre mère et moi. Oui, elle m'aimait, et elle aimait en même temps son mari. C'était à moi de lui expliquer la sorte de peine qu'elle me causait, en unissant dans son cœur et en mélangeant ces deux tendresses. Elle m'aurait compris, elle m'aurait épargné cette suite de petits chagrins muets qui ont fini par nous rendre impossible toute explication intime. Ces matins de mes jours de sortie, quand je la retrouvais vers les onze heures, avant le déjeuner, elle attendait de moi un élan, une effusion. Comment eût-elle su que la présence de l'adversaire me paralysait, de même que jadis au moment de nos adieux, lors de son départ pour l'Italie? C'était un mystère inintelligible pour elle, que cette incapacité absolue de montrer mon âme, cette atonie qui m'accablait aussitôt que nous n'étions plus seuls, elle et moi, moi et elle, — et nous ne l'étions jamais.

2

Il n'est presque pas de visite à Versailles — elle venait une fois la semaine, le mercredi — durant laquelle mon beau-père ne l'ait accompagnée. Je ne lui ai pas écrit une lettre qu'elle ne l'ait montrée à son mari, comme elle faisait de toutes ses autres lettres. Je savais si bien son habitude, et qu'elle devait dire : « André m'a écrit, » puis tendre à cet homme la feuille de papier où je ne pouvais pas tracer une ligne sincère, émue, confiante, — à cause de cette idée que ses yeux, à lui, s'y poseraient. En ai-je déchiré, de ces billets où j'essayais de lui raconter le détail des troubles parmi lesquels je vivais ! Oui, j'aurais dû lui parler tout de même, m'expliquer un peu, confesser ma peine, ma folle jalousie, mon ombrageuse tristesse, le besoin d'avoir dans sa pensée un coin à moi seul, ne fût-ce qu'une pitié... Et je n'osais pas. Une fatalité de ma nature voulait que je sentisse trop fortement la peine que je lui causerais en parlant, et je me trouvais incapable de la supporter. Les agitations diverses de mon cœur aboutissaient à ce silence farouche, à cette gêne devant elle, qui la gagnait. Elle était, comme beaucoup de femmes, impuissante à comprendre un caractère différent du sien, une façon de sentir opposée à la sienne. Elle était heureuse dans son second mariage, elle aimait, elle était aimée. Elle avait rencontré dans M. Termonde un homme à qui elle avait tout donné de sa vie, et elle m'avait donné avec, naïvement, généreusement. J'étais son fils, il lui semblait si naturel que celui qu'elle aimait aimât aussi son enfant. Et, de fait, M. Termonde n'avait-il pas été pour moi un protecteur vigilant, irréprochable ? N'avait-il pas pris garde aux moindres détails de mon éducation? Sans doute, il avait insisté pour que je fusse interne ; mais j'avais été, moi aussi, de cet avis. Il m'avait choisi des maîtres de toutes choses : j'apprenais l'escrime, l'équitation, la danse, la musique, les langues étrangères. Il s'était occupé et il continuait à s'occuper des plus menus détails, depuis le cadeau du jour de l'An, qu'il me donnait magnifique, jusqu'au chiffre de ma pension de chaque jeudi, de ma « semaine », comme nous disions, qui atteignait le maximum permis par le règlement. Jamais cet homme, si naturellement impérieux, n'élevait la voix en me parlant. Il ne s'était plus une fois, depuis son mariage, départi avec moi d'une politesse parfaite où une femme amoureuse devait trouver la preuve du tact le plus exquis et de l'affection la plus dévouée... Formuler mes griefs contre mon beau-père? Non, je ne le pouvais pas. Ils résidaient tous dans des nuances dont je n'aurais pas su articuler avec des mots l'expression juste, — et je me taisais. Ce mutisme, mon absence de démonstrations à l'égard de mon beau-père, ma réserve avec

elle, comment ma mère se serait-elle expliqué ces singularités d'humeur, sinon par mon égoïsme et ma sécheresse? Elle me croyait, en effet, un enfant égoïste et sec ; et moi, par une maladive disposition d'âme, je me sentais, en sa présence, devenir ce qu'elle me croyait. Je me contractais et me repliais comme un animal effarouché. Mais pourquoi ne m'épargnait-elle pas ces épreuves qui achevaient de nous aliéner l'un à l'autre? Dans ce revoir de chaque dimanche, pourquoi ne me ménageait-elle pas les cinq minutes de tête-à-tête qui m'eussent permis, non pas de lui parler, je n'en demandais pas tant, mais de l'embrasser comme je l'aimais, avec tout mon cœur? J'arrivais dans cette espèce de petit atelier qu'elle avait transformé en un salon intime. J'en connaissais si bien les moindres recoins pour y avoir joué, à mon gré, quand j'étais le maître, le fils gâté dont chaque désir était un ordre. M. Termonde était là dans son costume de matin, qui fumait des cigarettes en lisant les journaux. Rien que le bruit du papier qu'il froissait, rien que le son de sa voix quand il me disait bonjour, rien que le contact de sa main dont il ne me donnait que le bout des doigts ; — et je me ramassais sur moi-même. Mon antipathie était si forte que je ne me rappelle pas avoir mangé de bon appétit, assis à une table où il se trouvait. Aussi les déjeuners et les dîners de ces dimanches portaient-ils mon malaise à son extrême. Ah! je haïssais tout de lui, et ses yeux bleus presque trop écartés qu'il fixait parfois, et qui d'autres fois roulaient un peu dans leurs orbites ; et son front haut, avancé, précocement encadré de cheveux gris ; et la finesse de son profil, et la distinction de ses manières, qui contrastaient avec la lourdeur de ma nature. Je haïssais jusqu'à la cambrure de son pied dans sa bottine. Il me semble que, même à l'heure présente, je reconnaîtrais entre mille un vêtement porté par lui, tant je l'ai senti vivant, sous l'influence de cette aversion ! Mon instinct d'enfant comprenait si bien que cet homme mince, aux gestes félins, à la voix flatteuse, avec son aristocratie native et acquise, était le vrai mari de la créature gracieuse, parée et presque idéale à qui je ne ressemblais pas plus, moi son fils, que ne lui avait ressemblé mon pauvre père. — Dieu ! la sensation pénible !

De ces abîmes de silence où je roulais par ces jours tristes de mes sorties, avec quel intérêt passionné je suivais les conversations qui se tenaient devant moi, surtout durant les déjeuners et les dîners, que nous prenions à d'autres heures que du vivant de père, dans la salle à manger meublée à nouveau comme tout l'hôtel ! Et cette nouveauté d'ameublement était bien le symbole de la nouveauté de la vie de ma mère. M. Termonde, fils d'un agent de change et qui avait traversé la diplomatie, se trouvait avoir conservé des relations toutes différentes de celles qui étaient les nôtres autrefois. Ma mère et lui étaient lancés dans cette société cosmopolite et mêlée que dès lors on appelait la société élégante. Qu'étaient devenus les habitués des rares soirées que mon père donnait rue Tronchet? Il y avait bien trois ou quatre personnes à dîner, pas plus, qui venaient, les dames en robe montante et les hommes en redingote. On causait politique et affaires. Un ancien ministre du roi Louis-Philippe, rentré au barreau, était l'oracle de ce cercle. On mangeait à six heures et demie ces jour-là, au lieu de sept heures, parce que le vieil homme d'État se retirait à dix heures. Dans ce coin de bourgeoisie riche et simple, aller au théâtre était un événement, un bal faisait époque. Du moins les choses se représentaient ainsi à mon imagination d'enfant. Maintenant le vieil homme d'État ne venait plus, ni Mme Largeyx, la veuve de l'ingénieur que mon père citait toujours comme modèle à maman, et celle-ci appelait plaisamment la vieille dame « ma belle-mère ». Maintenant, mon beau-père et ma mère sortaient chaque soir. Ils avaient des chevaux et plusieurs voitures, au lieu du coupé au mois dont se contentait la femme de l'avocat à renom. Les hommes que je voyais venir après le repas, les femmes que je rencontrais à six heures chez ma mère avaient comme un air si jeune, si fringant. Il n'était question que de divertissements, de comédies nouvelles et de bals costumés, de courses et de toilettes. Mon père, imprégné des idées de la monarchie de Juillet, comme l'ancien ministre de son maître, parlait jadis avec sévérité du régime impérial. Maintenant ma mère était invitée aux grandes réceptions des Tuileries. Comment aurais-je osé l'entretenir des pauvretés de ma vie de collège, qui me paraissaient si mesquines en regard de sa brillante et opulente existence? Jadis, quand je suivais les cours de Bonaparte, je lui racontais par le menu les moindres faits et gestes de mes camarades. J'aurais presque eu honte aujourd'hui de l'ennuyer avec Rocquain, Gervais, Leyreloup et les autres. Il me semblait qu'elle ne pourrait jamais s'intéresser à l'histoire, pour moi tragique, de Joseph Dediot, lequel venait d'être trahi par sa cousine Cécile. Malgré les boucles de cheveux données, un bouquet de roses accepté, un baiser surpris et rendu, cette infidèle avait épousé un pharmacien d'Avranches. Dediot s'était vengé en écrivant sur son infortune deux poèmes, dont l'un, à moi dédié, commençait par ce vers :

Sèche ton cœur, André, ne sois jamais aimant...

Comment aurais-je parlé de ce petit monde, avec ses *petits intérêts*, ses petites passions, à une femme qui

dînait chez la duchesse d'Arcole; qui avait pour amies intimes une maréchale, deux marquises, et dont les fêtes étaient racontées dans les journaux? Ma mère était à présent la belle Mme Termonde, et ce nouveau nom avait si bien remplacé le nom d'autrefois, que je me trouvais presque le seul à me souvenir qu'elle était aussi la veuve de M. Cornélis, — celui dont les mêmes journaux avaient détaillé la fin sinistre. — Elle-même l'avait-elle [oublié? Se le rappelait-elle?...

« L'oubli? Est-ce donc là vraiment la loi du monde?... » me demandais-je avec la révolte d'un cœur tout jeune et qui n'admet pas les compromis inévitables du sentiment. — Et je me répondais que non. Il y avait une personne qui se souvenait autant que moi, — une personne pour laquelle la mort tragique de mon père continuait d'être un cauchemar, — une personne à qui je pouvais dire toute ma pensée et toute ma douleur, — c'était ma bonne et douce tante. Chez elle, du moins, rien n'avait bougé des tendresses de jadis. Quand je me rendais à Compiègne, chaque mois d'août, pour y passer une partie de mes vacances, je retrouvais toutes choses à leur place, et dans la maison de la vieille fille, et dans son cœur. Elle avait consenti à rester en relations suivies avec maman, — parce que cela valait mieux pour moi, je le sentais bien, — et elle dînait boulevard de Latour-Maubourg trois ou quatre fois par an. Chère tante Louise! Qu'elle avait de complaisance à m'écouter me plaindre enfantinement; et toujours elle me renvoyait adouci, presque calmé, plus indulgent pour ma mère et convaincu que j'avais tort de juger M. Termonde comme je le faisais. Pourtant je ne lui disais pas mes représailles contre l'homme que j'accusais de m'avoir volé le cœur de maman. Il m'était arrivé, de très bonne heure, de surprendre, chez mon beau-père, des signes d'antipathie pareils à ceux que je constatais en moi. Lorsque j'entrais au salon un peu brusquement et qu'il soutenait une conversation soit avec ma mère, soit avec un de ses amis, ma présence suffisait pour faire subir à sa voix une légère altération, imperceptible peut-être à un autre, mais elle ne m'échappait guère, à moi, qui, de mon côté, sentais ma gorge se serrer, mes lèvres trembler, ma poitrine se contracter. Je n'aurais pas été l'adolescent réfléchi et rancunier d'alors, si je n'avais pas songé à utiliser au profit de ma haine cet étrange pouvoir de troubler cet homme exécré. Mon procédé consistait à lui infliger cette sensation aiguë de ma présence, en me taisant et en le poursuivant de mes regards. Si maître de lui fût-il, jamais je n'ai fixé ainsi mes yeux sur lui du fond d'une chambre, sans qu'à un moment il tournât, lui aussi, les yeux vers moi. Ses prunelles alors fuyaient les miennes ; il continuait à causer, puis, comme malgré lui, me regardait encore ; nos yeux se croisaient et les siens se dérobaient de nouveau. A un pli qui se formait sur son front, je comprenais qu'il était sur le point de me défendre de le regarder de la sorte. Puis il se domptait, e. quelquefois quittait la pièce. Cette sorte de renonciation à toute lutte avec moi était un parti pris chez lui, je le devinais, car je le savais de nature très énergique et surtout incapable de supporter qu'on le bravât. Il aimait à raconter ce trait de sa jeunesse, qu'il avait, attaché d'ambassade à Madrid, et sur le défi d'un jeune Espagnol, tué un taureau dans une course d'amateurs. Il devait terriblement en coûter à son orgueil de me permettre la silencieuse insolence de mes yeux ; mais il me la permettait, et moi, je n'avouais pas ce puéril triomphe à ma tante Louise. Il faut tout dire, j'étais un enfant malheureux ; je me savais tel, et j'aimais, en lui racontant mon malheur, à ne rien en diminuer, à l'exagérer plutôt, pour avoir cette tendre sympathie qui émanait d'elle et me caressait le cœur. Parfois aussi, je lui parlais de mon serment intime, de cette promesse solennelle que je m'étais fait de découvrir l'assassin de mon père et de m'en venger, et elle me mettait la main sur la bouche. Elle était pieuse et me répétait les mots de l'Apôtre : « C'est moi qui rétribuerai, dit le Seigneur, » et elle ajoutait « Souviens-toi des phrases sacrées : *Pardonnez, on vous pardonnera... Ne dites jamais œil pour œil, dent pour dent...* Chasse de ton cœur la haine, même cette haine-là... » Et elle avait dans les yeux des larmes !...

VII

Pauvre tante ! Elle me croyait l'âme plus forte que je ne l'avais. Il n'était pas besoin de ses conseils pour empêcher que je ne me consumasse tout entier à suivre ce désir de vengeance qui avait été l'étoile fixe de ma première jeunesse, le phare couleur de sang allumé dans ma nuit ! Ah ! les résolutions de l'adolescence, les serments d'Annibal faits avec nous-même, le rêve de consacrer notre énergie à un unique but et qui ne change pas, — la vie se charge de balayer tout cela, pêle-mêle avec les généreuses illusions, les enthousiasmes naïfs, les nobles espoirs. Entre le garçon de quinze ans, malheureux mais si fier, que j'étais en 1870 et le jeune homme que je me trouvais être en 1878, huit années seulement plus tard, quelle différence, quelle diminution déjà !... Et dire que sans des hasards, impossibles à prévoir, je le serais

encore, ce jeune homme, dont j'ai là, tandis que j'écris, le portrait accroché au-dessus de ma table de travail. Certes, les visiteurs qui regardèrent ce portrait au Salon de cette année-là, parmi tant d'autres, n'ont pas soupçonné qu'il représentait le fils d'un père assassiné tragiquement. Je la regarde à mon tour, cette image banale d'un Parisien banal, avec son teint pâli par les veilles imbéciles, avec ses yeux où aucune forte volonté n'allume son éclair, avec ses cheveux coupés à la mode, la correction de sa tenue, et je demeure étonné moi-même de songer que j'aie pu vivre comme je vivais à cette époque. Pourquoi non? Entre les malheurs qui ont frappé mon enfance et les tout derniers qui viennent de me bouleverser pour toujours, mon existence ne s'était-elle pas écoulée si vulgaire, si terne, si pareille à celle du premier venu? Notons-en les simples étapes. — Dans la secor de moitié de 1870, c'est la guerre. L'invasion me surprend à Compiègne, où je suis en vacances auprès de ma tante. Mon beau-père et ma mère passent le siège à Paris ; moi, je travaille chez un vieux prêtre de la petite ville, celui qui a fait faire à mon père sa première communion. Dans l'automne de 1871, je rentre à Versailles en rhétorique. En 1873, au mois d'août, je suis bachelier. Je fais tout de suite mon volontariat d'un an à Angers, et dans des conditions parfaitement douces. Le colonel était le père de mon vieux camarade Rocquain. En 1874, et sur le conseil de mon beau-père, on m'émancipe. C'était le moment où je devais commencer mon œuvre de justicier ; et quatre ans plus tard, en 1878, je n'avais pas accompli cette vengeance qui avait été le tragique roman et comme la religion de mon âme d'enfant ; je ne l'avais pas accompli, — et je ne m'en occupais plus.

Cette indifférence me faisait honte, quand j'y songeais, cruellement. Je me rends compte aujourd'hui qu'elle ne résultait pas tant de la faiblesse de ma nature que de causes étrangères à moi et qui eussent agi de même sur tout jeune homme placé dans ma situation. Dès l'abord et quand je m'attaquais à la besogne de fils vengeur, un obstacle se dressa devant moi, infranchissable. Il est aussi aisé que sublime de s'exalter, de se prendre la main, de se dire : je jure de ne pas m'arrêter avant d'avoir puni le coupable. Dans la réalité, on n'agit jamais que par des détails, et que pouvais-je? Il me fallait procéder comme la justice, recommencer l'enquête qu'elle avait poussée jusqu'à son extrémité sans rien découvrir. Je m'abouchai avec le juge d'instruction, maintenant conseiller à la Cour, qui avait conduit l'affaire. C'était un homme de soixante ans, aux mœurs très simples, qui habitait, dans l'île Saint-Louis, le premier étage d'une antique maison d'où la vue s'étendait sur Notre-Dame, le Paris primitif et la Seine, mince à cet endroit comme un canal. M. Massol, c'était son nom, voulut bien se prêter à reprendre avec moi l'analyse des données fournies par la police...

— Sur la personnalité de l'assassin, aucun doute, non plus que sur l'heure du crime. Mon père avait été tué entre midi et demi et deux heures, sans lutte, par ce personnage à haute taille, à larges épaules, dont les extraordinaires déguisements annonçaient, d'après le magistrat, un « amateur ». L'excès de complication est toujours une imprudence, car elle multiplie les chances d'insuccès. L'assassin s'était-il grimé parce que mon père le connaissait? « Non, » répondait M. Massol, « car M. Cornélis, très observateur, et qui, en outre, était sur ses gardes, ainsi que l'attestent ses dernières paroles quand il vous a quitté, l'aurait reconnu à la voix, au regard et à l'attitude. On ne change ni sa taille ni sa carrure comme son visage... » M. Massol expliquait, lui, ce déguisement par le simple désir de gagner du temps pour sortir de France, au cas où le cadavre eût été découvert le jour même. En admettant qu'on eût télégraphié de tous côtés le signalement d'un homme très brun, à barbe très noire, l'assassin, débarbouillé de son maquillage, débarrassé de sa perruque et de cette barbe, habillé d'autres vêtements, passait la frontière sans être même soupçonné. D'après cette induction et une autre encore, le faux Rochdale habitait l'étranger. Il avait parlé anglais à l'hôtel, et les gens l'avaient ou réellement pour un Américain. Cela supposait ou qu'il appartenait à ce pays, ou qu'il y séjournait d'habitude. En outre, les quelques notes données par lui à mon père témoignaient d'une connaissance très précise des procédés d'affaires pratiqués aux États-Unis. Donc un étranger, Américain ou Anglais, peut-être un Français établi en Amérique, voilà pour le criminel. Quant au mobile d'un crime aussi compliqué, il était difficile d'admettre que ce fût le vol. « Et cependant, » faisait observer le juge d'instruction, « nous ne savons pas ce que contenait le portefeuille emporté par l'assassin... Mais, » ajoutait-il, « ce qui me paraît détruire l'hypothèse du vol, c'est le soin que le faux Rochdale a pris de dépouiller le mort de sa montre en lui laissant au doigt un diamant qui valait plus que la montre... J'en conclus que ç'a été là une simple précaution pour dépister la police. Je suppose, moi, que cet homme a tué M. Cornélis par vengeance... » Et l'ancien juge d'instruction me citait quelques exemples singuliers des ressentiments qui poursuivent soit des médecins légistes, soit des procureurs de la république, soit des présidents d'assises. Il concluait que dans sa vie d'avocat,

au Palais, mon père pouvait avoir excité une de ces persistantes et féroces rancunes. Il avait gagné force procès importants. Il devait avoir eu pour ennemis ceux contre lesquels s'était exercé son talent. Qu'un de ceux-là, ruiné par la suite, lui eût attribué cette ruine, c'était de quoi expliquer tout l'appareil de cette vengeance. M. Massol me faisait observer que l'assassin, étranger ou non, était connu à Paris. Comment rendre compte sans cela du soin que cet homme avait pris de ne pas se montrer dans la rue? On avait trouvé la trace de son premier séjour, fait à Paris à l'époque de la livraison de la perruque et de la barbe. Cette fois-là, il était descendu rue d'Aboukir, dans un petit hôtel où il s'était inscrit sous le nom de Rochester, et il ne sortait jamais qu'en fiacre. « Remarquez aussi, » disait le juge, « qu'il a gardé la chambre la veille et le matin du jour où M. Cornélis a été tué. Il a déjeuné dans son appartement, comme il y avait déjeuné et dîné la veille, tandis qu'à Londres et quand il habitait l'hôtel où votre père lui adressait ses premières lettres, il allait et venait sans précautions aucunes... » Et c'était tout. Trois adresses d'hôtel, de quoi suivre une piste psychologique, si l'on peut dire, voilà quels pauvres détails fournissait la sagacité du magistrat, que j'écoutais avec passion. Puis il s'arrêtait. Avec ses yeux futés qui luisaient, très clairs, dans son visage presque poupin, il avait une expression de finesse extrême. Toujours froid, complaisant et doux, on devinait, à le voir, un de ces esprits équilibrés et méthodiques dont la force professionnelle doit être grande. Il avouait n'avoir rien pu découvrir dans une analyse très minutieuse de toute la situation présente de mon père, non plus que dans son passé. « Ah! c'est une affaire à laquelle j'ai beaucoup songé, » disait-il, et il ajoutait qu'avant de quitter son cabinet de juge d'instruction, en 1872, il avait repris le dossier resté entre ses mains. Il avait interrogé de nouveau la concierge de l'hôtel Impérial et quelques autres personnes. Depuis qu'il était conseiller à la Cour, il avait cru pouvoir indiquer une piste à son successeur. Un vol commis par un Anglais soigneusement grimé lui avait fait croire que cette identité entre ce voleur et le prétendu Rochdale. Puis rien. « Ces actes ont eu au moins cet avantage, » insistait-il, « d'interrompre la prescription. Je me consultais alors sur la durée du temps qui me restait pour chercher de mon côté. Le dernier acte d'instruction était de 1873. J'avais donc jusqu'en 1881 pour découvrir le coupable et le livrer à vindicte publique... Quelle folie! dix années avaient déjà passé depuis le crime, et tout seul, moi, chétif, sans les ressources énormes dont dispose la police, j'avais la prétention de triompher là où un fureteur de cette habileté avait échoué! J'essayai néanmoins, C'est à cette date que je me crus très perspicace en nouant des relations avec l'ancienne maîtresse de mon père, cette femme mariée dans les yeux de laquelle je lus tant de pitié pour moi et un tel reflet d'anciennes tendresses. A cette date aussi, je me plongeai dans la lecture de tous les papiers du mort. Ma mère en avait confié la garde à mon beau-père, avec cette tendresse absolue pour lui qui me faisait tant souffrir. Hélas! pourquoi aurait-elle compris sur ce point, plus que sur les autres, les susceptibilités de mon cœur, qui répugnait si profondément à ces confusions de sa vie passée avec sa vie présente? M. Termonde avait du moins respecté scrupuleusement ces paquets de feuilles jaunies, où je trouvai de tout, depuis des projets de société jusqu'à des lettres intimes, et, parmi ces lettres, un certain nombre étaient de M. Termonde lui-même et me prouvaient quelle amitié avait uni autrefois le second mari de ma mère au premier. Est-ce que je ne le savais pas, et pourquoi en souffrir? Et rien toujours, aucun indice qui me mît sur la voie, même d'un soupçon... J'évoquais l'image de mon père vivant, telle qu'elle m'était apparue pour la dernière fois. Je l'entendais répondant à la question de M. Termonde, dans la salle à manger de la rue Tronchet, et parlant de celui qui l'attendait pour le tuer : « Un singulier homme, et que je ne suis pas fâché de voir de plus près... » Et il était sorti, et il avait marché vers la mort, tandis que je jouais dans le petit salon, que ma mère travaillait en causant avec l'ami qui devait être un jour son maître et le mien. Quel spectacle d'intimité, — tandis que là-bas!... Ne saurais-je donc jamais le mot de cette énigme sanglante? Mais où aller? Que faire? A quelle porte frapper?

En même temps que ce sentiment de l'impossible décourageait mon effort, les facilités soudaines de ma nouvelle existence contribuaient à détendre en moi le ressort de la volonté. Durant mes années de collège, les souffrances de la jalousie conçue à l'égard de mon beau-père, les déceptions de mes tendresses comprimées, la médiocrité, la pauvreté des choses autour de moi, dix influences de chagrin avaient entretenu l'ardeur inquiète de mon cœur. Cela aussi avait changé. Certes, je continuais à aimer profondément, douloureusement ma mère, mais sans plus lui demander ce que je savais qu'elle ne me donnerait pas, ma place unique, mon asile à part dans sa tendresse. J'acceptais son caractère au lieu de me révolter là contre. Je n'avais pas cessé non plus de tenir mon beau-père en une sombre antipathie, mais je ne le haïssais plus avec la même violence. Ses

procédés avec moi depuis ma sortie du collège avaient été irréprochables. De même que s'il s'était fait un point d'honneur de ne jamais élever la voix en me parlant, il semblait qu'il se piquât de n'intervenir en rien dans la direction de mon existence d'homme. Lorsque, mon baccalauréat passé, je déclarai que je ne voulais suivre aucune carrière, sans en donner de raison, — en réalité pour me dévouer tout entier à l'idée fixe de mon œuvre de justice, — il ne trouva pas un mot de critique contre cette étrange résolution. Ce fut lui qui la fit admettre par ma mère, lui encore qui voulut qu'on m'émancipât. Quand on me remit en main ma fortune, il se trouva que ma mère, qui m'avait servi de tutrice, et mon beau-père, son cotuteur, s'étaient entendus pour ne pas toucher à mes revenus durant mon éducation. Ces revenus s'étaient capitalisés, et j'héritais, non pas de sept cent cinquante mille francs, mais de plus d'un million. Si pénible que me fût l'obligation de la reconnaissance envers celui que je considérais depuis des années comme mon ennemi, je dus m'avouer qu'il agissait envers moi en très galant homme. Il n'existait aucune contradiction, je le sentais trop, entre cette délicatesse de procédés et la dureté avec laquelle il m'avait interné au collège et comme relégué en exil. Pourvu que je renonçasse à me mettre en tiers entre lui et sa femme, il n'aurait avec moi que des rapports de parfaite courtoisie. Mais il fallait que je fusse hors de la maison maternelle. Il voulait régner tout entier sur le cœur et sur la vie de celle qui portait son nom. Comment aurais-je lutté contre lui? Comment aussi l'aurais-je blâmé, puisque je comprenais si bien qu'à sa place, et jaloux comme j'étais, ma conduite eût été pareille?... Je cédai donc, par impuissance à combattre une tendresse qui rendait ma mère heureuse, par dégoût de soutenir la froideur quotidienne de mes relations avec elle et lui; par espoir, d'ailleurs, de me trouver plus apte à ma tâche de vengeur, une fois libre. Moi-même je demandai qu'on me laissât quitter la maison; de sorte qu'à vingt et un ans j'avais mon indépendance absolue, un appartement à moi, que je choisis avenue Montaigne, près du rond-point des Champs-Élysées; plus de cinquante mille francs de rente; une porte ouverte dans chacun des salons que fréquentait ma mère; une porte aussi dans tous les endroits où l'on s'amuse. Comment aurais-je résisté aux entraînements qu'une pareille situation comporte? Oui, j'avais rêvé d'être le Vengeur, le Justicier, et je me laissai rouler presque aussitôt par le tourbillon, par cette vie de plaisir dont ceux qui la voient du dehors ne peuvent mesurer le pouvoir destructeur. C'est une existence futile et dévorante qui vous déchiquette vos heures comme elle vous déchiquette l'âme, qui met en charpie fil par fil l'étoffe irréparable du temps et l'étoffe plus précieuse encore de notre énergie. Je me trouvais, par rapport à cette besogne de vengeur, incapable d'agir immédiatement : — à quoi et à qui m'attaquer? — Je m'abandonnai donc à toutes les occasions qui s'offraient de tromper mon inertie par du mouvement, et bientôt les journées se précipitèrent, les unes après les autres, parmi ces mille distractions qui deviennent, pour les élégants de métier, comme un code de devoirs à remplir. Avec la promenade au Bois le matin, les visites dans l'après-midi, les dîners en ville, les parties de théâtre, et, après minuit, les séances de jeu au cercle, ou de débauche ailleurs, — comment trouver le loisir de suivre un projet? J'eus des chevaux, quelques intrigues, un duel ridicule où du moins le fond d'idées tragiques sur lequel je vivais, malgré tout, me servit à me bien tenir. Une femme de quarante ans me persuada que je l'avais séduite, je fus son amant ; puis je me persuadai, moi, que j'étais amoureux d'une autre femme, une grande dame russe, établie à Paris. Celle-là était, elle est encore une de ces illustres comédiennes du monde, qui emploient à s'entourer d'une cour d'adorateurs, plus ou moins récompensés, toutes les séductions du luxe, de l'esprit et de la beauté, sans une rêverie dans la tête, sans une émotion dans le cœur, avec les plus adorables dehors des plus délicates rêveries et des plus fines émotions. Je menai cette existence d'esclave attaché aux caprices d'une coquette sans âme pendant six mois environ. Je me consolai des faussetés de cette cabotine exotique en m'acoquinant avec une fille entretenue. Cette nouvelle aventure me prouva que la galanterie demi-mondaine ne vaut pas beaucoup mieux que l'autre. Les femmes du monde sont intolérables de mensonge, de prétention et de vanité ; les autres, de vulgarité, de sottise et de sordide amour du lucre. J'oubliai ces liaisons absurdes aux tables de jeu, tout en me rendant bien compte de la misère de ce divertissement, qui ne cesse de devenir insipide que pour devenir hideux, comme un bon calcul d'argent à gagner sans travail. Il y avait en moi quelque chose d'effréné à la fois et de dégoûté qui me poussait à outrer tout ensemble et à flétrir mes sensations. Il est vrai de dire que je ne pouvais me donner entièrement à aucune. Je retrouvais toujours, dans les plus intimes replis de mon être, le souvenir de mon père, qui m'empoisonnait mes pensées, comme à leur source. Lorsque, vers les trois heures du matin, je traversais la ville en voiture pour regagner mon appartement, d'où j'étais sorti à sept heures, en frac

de soirée, en cravate et gilet blancs, en petits souliers, un bouquet à la boutonnière, mon portefeuille bourré de billets de banque, je regardais le ciel de la nuit, les nuages qui couraient sur les étoiles, la froide et pâle lune, les vastes rues noires avec la guirlande de leurs becs de gaz, et une émotion inexprimable s'éveillait en moi, qui me faisait sentir que toute existence est un rêve. Une impression d'obscur fatalisme envahissait mon esprit malade. C'était si étrange que je vécusse, moi, comme je vivais, et je vivais ainsi pourtant, et le moi visible ressemblait si peu au moi intime! Une destinée pesait-elle donc sur moi, pauvre être, comme sur l'univers entier? « Qu'elle me pousse !... » me disais-je, et je me livrais à elle. Je me couchais sur des idées de philosophie noire, et je me réveillais pour continuer une existence sans dignité, dans laquelle je perdais, avec ma force d'exécuter mon programme de réparation envers le fantôme qui hantait mes songes, toute estime propre et toute conscience. Qui m'aurait aidé à remonter le courant?... Ma mère? Elle ne voyait de cette vie que son décor mondain, et elle se félicitait que je me fusse, comme elle disait, « désauvagé... » Mon beau-père? Il avait, volontairement ou non, favorisé ce désordre. Ne m'avait-il pas rendu maître de ma fortune à l'âge le plus dangereux? N'avait-il pas aidé, aussitôt l'âge venu, à mon admission dans les cercles dont il était membre? N'avait-il pas facilité de toutes manières mon entrée dans le monde?... Ma tante? Oui, ma tante souffrait de mon genre de vie. Et cependant n'aimait-elle pas mieux que j'oubliasse du moins les sinistres résolutions de haine qui l'avaient toujours épouvantée? Et puis je ne la voyais guère. Mes séjours à Compiègne se faisaient rares. J'étais à l'âge où l'on trouve toujours du temps pour ses plaisirs, où l'on n'en trouve pas pour les devoirs qui vous tiennent le plus au cœur... S'il y avait quelqu'un dont la voix s'élevât sans cesse contre la dissipation de mon énergie dans de vulgaires plaisirs, c'était celle du mort qui gisait sous terre, sans vengeance. Cette voix montait, montait sans cesse des profondeurs de mes rêveries, mais je m'habituais à ne plus lui répondre. Était-ce ma faute, si tout conspirait à paralyser ma volonté, depuis les plus importantes des circonstances jusqu'aux plus petites? — Et je m'alanguissais dans une torpeur douloureuse que ne distrayait même pas le remue-ménage de mes fausses passions et de mes faux plaisirs.

Un coup de foudre me réveilla de ce lâche sommeil de ma volonté. Ma tante Louise fut frappée d'une attaque de paralysie. C'était vers la fin de cette morne année 1878, au mois de décembre. J'étais rentré le soir, ou plutôt le matin, après avoir gagné quelques milliers de francs. Des lettres m'attendaient et une dépêche. Je déchirai l'enveloppe bleue en chantonnant un air à la mode, une cigarette aux lèvres, et sans me douter que j'allais apprendre un événement qui deviendrait, après la mort de mon père et le second mariage de ma mère, la troisième date de ma vie. Le télégramme, signé du nom de Julie, mon ancienne bonne, m'annonçait la maladie de ma tante et me demandait de venir aussitôt, bien qu'on espérât la sauver. Un détail me rendit cette subite nouvelle plus affreuse encore. J'avais reçu de la malade une lettre, il y avait juste huit jours, dans laquelle la pauvre se plaignait, à son ordinaire, de ne pas me voir, et ma lettre de réponse, à moi, était là, sur ma table de travail, à demi écrite. Je ne l'avais pas achevée. Dieu sait pour quelle futile raison ! Il ne faut rien moins que l'arrivée de la sinistre visiteuse, la mort, pour nous faire comprendre que nous devons nous hâter de bien aimer ceux que nous aimons, si nous ne voulons pas qu'ils s'en aillent à jamais avant que nous les ayons assez aimés. A l'anxiété que me causa le danger où se trouvait la chère vieille fille se mélangea le remords de ne pas lui avoir vraiment témoigné combien elle m'était chère. Il était deux heures du matin. Le premier train pour Compiègne partait à cinq heures, elle pouvait mourir dans l'intervalle... Qu'elles furent longues, ces minutes d'attente que je tuai en repassant dans mon esprit, avec une amertume extrême, tous mes torts envers cette sœur unique de mon père, ma seule vraie parente ! La possibilité d'une irréparable séparation me faisait me juger trop ingrat. Mon malaise moral augmenta encore dans le wagon, tandis que je traversais, à la demi-clarté d'une aube d'hiver, le paysage parcouru si souvent jadis. Je redevenais, en reconnaissant chaque détail, le collégien qui allait là-bas, le cœur débordant de tendresses inépanchées, le cerveau chargé du poids d'une redoutable mission. Je devançais en pensée le train trop lent à mon gré. J'évoquais ce visage aimé, si simple, et si loyal, cette bouche aux lèvres un peu fortes, ces bandeaux grisonnants ; ces yeux doublés de tant de bonté, que cernaient des paupières plissées, mâchurées, comme rongées par les larmes. Dans quel état la reverrais-je? Peut-être si, durant cette nuit de repentir, ce trouble intérieur n'avait pas tendu mes nerfs comme des cordes trop sensibles, oui, peut-être n'aurais-je pas subi devant ce lit d'agonie les folles intuitions qui m'assaillirent et me rendirent capable de désobéir à une mourante... Mais comment regretter cette désobéissance, qui seule m'a mis sur la voie de la vérité?

— Non, je ne regrette rien, j'aime mieux avoir fait ce que j'ai fait.

VIII

La vieille Julie m'attendait à la gare. Elle n'y voyait presque plus clair à présent ; elle était bien cassée, bien usée, avec sa face plus plate et plus ridée encore, ses lèvres plus rentrées ; mais elle était toujours la bonne, la fidèle Julie, qui continuait à me dire « tu », comme au temps où elle venait border la couverture de mon petit lit, chaque soir, dans ma chambre de la rue Tronchet. Malgré ses mauvais yeux de soixante-dix ans, elle vint à moi aussitôt que je descendis de wagon, et elle commença de me parler, comme elle faisait d'habitude, interminablement, aussitôt que nous fûmes montés dans le coupé de louage que ma tante envoyait au-devant de moi depuis ma plus lointaine enfance. Je connaissais si bien la caisse antique de la lourde voiture, les coussins de cuir jaunâtre et le cocher, que j'avais toujours vu au service du loueur, un petit homme à la figure guillerette, aux yeux clignotants de malice, mais dont le bonjour essaya de se faire triste ce matin-là.

— « C'est hier que ça l'a prise, » me racontait Julie tandis que le véhicule dévalait par les rues, lourdement ; « mais, vois-tu, ça devait arriver... La pauvre demoiselle changeait, changeait depuis des semaines... Elle si confiante, si douce, si juste, elle grondait, elle furetait, elle soupçonnait. Elle avait les idées tournées, quoi? Elle ne parlait que de voleurs, que d'assassins. Elle croyait que tous lui voulaient du mal : les fournisseurs, Jean, Mariette, moi-même... Oui, moi aussi... Elle descendait à la cave, tous les jours, compter les bouteilles de vin. Elle en inscrivait le nombre sur un papier. Le lendemain, elle retrouvait le même compte, et elle soutenait que ce n'était pas le même papier. Elle reniait sa propre écriture... Je voulais te dire cela quand tu es venu la dernière fois. Je n'ai pas osé. J'avais peur de te tourmenter, et puis je croyais que c'étaient des gyries, qu'elle était lunée, que ça passerait... Enfin, hier, je descends à l'heure du dîner pour lui tenir compagnie, comme elle voulait bien, car, tu sais, elle m'aimait au fond, même malade... Je ne la trouve pas. Nous la cherchons partout avec Mariette et Jean, jusqu'à ce que ce dernier a eu l'idée de lâcher le chien, qui nous a conduits droit au bûcher. Nous la voyons là, tombée de son long à terre... Elle était allée sans doute vérifier le bois... Nous la relevons, la pauvre chère demoiselle. Sa bouche était toute tirée de travers, elle avait un côté qui ne pouvait pas bouger... Elle se mit à parler... Alors nous l'avons crue folle. C'étaient des mots sans suite que nous ne comprenions pas. Mais le docteur prétend qu'elle a toute sa tête, seulement qu'elle dit une parole pour une autre... Et elle s'impatiente qu'on ne lui obéisse pas... Cette nuit, je la veillais, elle me demanda des épingles ; je lui en apporte, elle se fâche. Croirais-tu que c'était l'heure qu'elle voulait savoir ? Enfin, à force de la questionner, et par ses oui et par ses non, qu'elle exprime avec sa main restée bonne, comme cela, je la devine... Si tu savais comme elle était agitée cette nuit, à cause de toi ! Je l'ai vu. Je lui ai prononcé ton nom, ses yeux ont brillé. Elle répète des mots, des mots... Tu penserais qu'elle divague, elle t'appelle... Vois-tu, ce qui l'a rendue malade, c'est les idées qu'elle se forgeait par rapport à ton pauvre père. Les dernières semaines, elle ne parlait pas d'autre chose. Elle disait : « Pourvu qu'on ne tue pas aussi André. Moi, je suis vieille ; mais lui, si jeune, si bon, si doux !... » Et elle pleurait sans cesse. Moi, je la contrepointais : « Qui voulez-vous qui cherche du mal à M. André ? » lui demandais-je. — Alors elle s'écartait de moi avec une défiance qui me faisait gros cœur ; pourtant je comprenais qu'elle n'avait pas sa tête... Le docteur a dit qu'elle se croyait persécutée, que c'était une manie. Il dit aussi qu'elle ne retrouvera plus la parole, mais qu'elle peut guérir... »

J'écoutais le bavardage de Julie et je ne répondais pas. Que ma tante Louise eût un commencement de maladie mentale, cela ne me surprenait guère, après les chagrins qu'elle avait traversés, et je m'expliquais ainsi bien des singularités que j'avais observées dans son attitude envers moi, lors de mes dernières visites. Elle m'avait stupéfié en me réclamant un des livres de mon père que je n'avais jamais songé à emporter. « Rends-le-moi... » m'avait-elle dit, avec une telle insistance que je m'étais mis à la recherche du livre. J'avais fini par le découvrir sous une pile d'autres, comme caché à dessein dans le bas d'une armoire. Les phrases prolixes de Julie me faisaient que m'éclairer sur la triste cause de ce qui m'avait semblé une bizarrerie de vieille fille minutieuse et solitaire. En revanche, ce que je ne pouvais prendre avec autant de philosophie que faisait mon ancienne bonne, c'étaient les idées de ma tante sur la mort de mon père. Quelles idées ? Il m'était arrivé plusieurs fois, au cours de conversations avec elle, de sentir vaguement qu'elle ne m'ouvrait pas tout son cœur. L'obstination qu'elle avait mise à combattre mes projets d'enquête personnelle pouvait provenir de sa piété, qui répugnait à toute volonté de vengeance. Mais cette piété entrait-elle seule en cause ? L'inquiétude qu'elle m'avait si souvent montrée à l'endroit de ma sécurité, allant jusqu'à me supplier de m'armer

le soir, de ne pas monter en chemin de fer dans les compartiments vides, et autres conseils semblables ; cette pusillanimité dans le souci de ma personne avaient sans doute pour principe une exaltation morbide. Ces erreurs pouvaient aussi reposer sur un fondement moins vague que je ne l'imaginais. Je remarquai avec une certaine appréhension que ces craintes étranges avaient reparu plus fortes aussitôt qu'elle avait cessé de dominer entièrement son propre esprit. — « Allons ! » me dis-je, « lui ressemblerais-je ? Est-ce que ces idées fixes ne sont pas naturelles chez une personne dont le cerveau est travaillé par la manie des persécutions et qui a perdu un frère adoré dans des circonstances mystérieuses et tragiques ? » En écoutant Julie et raisonnant ainsi presque malgré moi, nous arrivâmes devant la maison de ma tante — vraie maison de drame et de malheur, par ce matin de décembre, avec la ligne sinistre de la forêt dépouillée sur l'horizon, avec les nuages qui voilaient de gris le ciel bas, avec la solitude de ce coin de petite ville qu'enveloppait le plus triste des silences, celui de la campagne en hiver. Le chien bondit au-devant de moi quand je descendis de voiture, un grand terre-neuve, noir et blanc, que j'avais par plaisanterie, et au scandale de ma tante Louise, surnommé Don Juan. Je le repoussai presque avec dureté, tant j'avais le cœur serré à l'idée de l'état où j'allais retrouver la malheureuse femme, et je gravis trois par trois les marches de l'escalier qui conduisait à sa chambre.

Lorsque j'entrai, la domestique, assise au chevet du lit, m'arrêta d'un geste sur le pas de la porte et me fit signe que ma tante reposait. Je vins donc, en assurant mon pied sur le tapis, m'asseoir dans une bergère au coin du feu, et je regardai la malade dormir, la face tournée du côté du mur, au fond du vieux lit à colonnes droites qui avait été celui de ma grand'-mère, dans la ville de Provence d'où notre famille est sortie. Les rideaux d'étoffe brodée de velours noir que ma tante avait fait suspendre aux tringles de ce lit, à la place des rideaux de mousseline destinés à écarter les moustiques, la dérobaient à demi à ma vue. J'écoutais son souffle court, et je regardais cette chambre, qui m'était aussi familière que le salon d'en bas, où j'avais écrit ma lettre de compliment à mon beau-père lors de son mariage. Ces rideaux rouges étaient aujourd'hui d'une nuance passée qui se raccordait aux formes antiques des meubles, au papier fané du paravent plié devant la fenêtre, à la couleur blanche du tapis, au reps décoloré des fauteuils ; à tout ce qu'il y avait, dans cette pièce, de vieilleries, épaves de notre vie de famille, pieusement ramassées par la vieille fille ; et elle était si méticuleuse, ses mains à mitaines noires savaient si bien poursuivre le grain de poussière oublié par Jean, le jardinier-valet de chambre, que ces objets usés, grâce à la teinte brunie du bois de lit, des chaises et de la commode à poignées de cuivre, donnaient à l'ensemble la physionomie intime que les peintres primitifs recherchent dans leurs tableaux de nativité. Le contraste était saisissant entre mon appartement de jeune homme à la mode et cette paisible retraite. J'avais trop brusquement passé de l'un à l'autre pour ne pas sentir, et ce contraste, et le muet reproche qui se dégageait pour moi de cette chambre de malade, dont l'atmosphère était maintenant affadie par l'odeur de la tisane, au lieu d'être vivifiée par le frais arome de lavande cher à ma tante. Durant la demi-heure que je passai ainsi à écouter son sommeil et à songer à sa vie solitaire, au coin du feu qui brûlait à petit bruit, de quels reproches ne m'accablai-je pas? Quelles résolutions je formai de venir ici de longues semaines, auprès d'elle, quand elle serait mieux! Je ne pouvais, je ne voulais pas admettre qu'elle fût en danger de mort, et j'attendais la minute où elle se réveillerait, pour lui demander pardon, pour lui dire combien je l'aimais. Tout d'un coup, elle poussa un soupir plus fort que les autres ; je la vis qui soulevait son bras demeuré libre, et qui le remuait plusieurs fois de bas en haut, par un geste qui avait quelque chose de désespéré.

— « Elle est réveillée, » me dit Julie, qui avait remplacé au chevet du lit le jeune domestique. Je m'approchai de ma tante et je l'appelai par son nom ; je vis son pauvre visage déformé par la paralysie et tout tiré à gauche. Elle me reconnut, et comme je me penchais sur elle pour l'embrasser, de sa main valide elle toucha ma joue. Elle me fit cette caresse qui lui était familière, plusieurs fois, lentement. Je la mis sur le dos, aidé de Julie, car elle avait une peine infinie à se retourner elle-même, de manière qu'elle pût me voir en face. Elle me regarda longtemps, et deux grosses larmes jaillirent de ses yeux, dans lesquels je lisais une tendresse folle, une angoisse suprême et une pitié inexprimable. J'y répondis par des larmes, moi aussi, qu'elle essuya du revers de sa main. Elle voulut me parler, mais elle ne put prononcer qu'une phrase incohérente qui acheva de me fendre le cœur. Elle vit, à l'expression de mes traits, que je ne l'avais pas comprise. Elle fit un effort pour trouver les mots qui traduiraient une pensée, qu'elle avait là précise et lucide. Elle dit encore une phrase inintelligible, et c'est alors qu'elle recommença de faire ce geste d'impuissance navrée qui m'avait tant frappé à son réveil. Cependant elle parut, à une question que je lui posai : « Que voulez-vous de moi, chère tante? » reprendre courage. Elle fit signe qu'elle désirait que Julie sortît, et à peine fûmes-nous seuls que son visage changea. Elle put, aidée par moi, glisser sa main sous son oreiller, d'où elle retira le trousseau de ses clefs, et, en isolant une des autres, elle fit le geste d'ouvrir une serrure. Je pensai aussitôt à ces craintes chimériques d'être volée, dont je la savais victime, et je lui demandai si elle voulait la cassette qu'ouvrait cette clef. C'était une toute petite clef avec des dentelures au bout, et un cran un peu bas, comme on en fabrique pour les serrures de sûreté, dites à pompe. Je vis que je ne m'étais pas trompé. Elle put dire : « Oui, » et, en même temps, ses yeux s'éclairaient.

— « Mais, où est cette cassette?... » lui demandai-je encore. Elle répliqua par une phrase dont il me fut impossible de saisir le sens, et, comme je la voyais retomber dans son agitation douloureuse, je la suppliai de me laisser l'interroger et qu'elle me répondît par des gestes. Après quelques minutes, j'étais parvenu, de tâtonnements en tâtonnements, à savoir qu'il s'agissait d'un coffret enfermé dans une des deux grandes armoires d'en bas, laquelle s'ouvrait par une clef attachée aussi au trousseau. Je descendis, la laissant seule, comme elle me fit signe qu'elle le désirait. Je n'eus pas de peine à trouver le coffret auquel la petite clef s'adaptait, quoiqu'il fût placé soigneusement derrière un carton à chapeau et des étuis d'argenterie. Il était de bois odorant, plus long que haut, avec les initiales J. C. incrustées sur le dessus en lettres de platine et d'or... — J. C. Justin Cornélis... — Il avait donc appartenu à mon père. J'ai supposé, depuis, que ce petit meuble, d'un travail de menuiserie assez délicat et d'une capacité moyenne, lui avait été donné en échange de quelque coffret semblable avec d'autres initiales par une amie qui lui avait demandé d'enfermer là tous les menus objets qui sont les reliques d'une affection cachée : les billets parfumés, les voiles portés pendant une promenade heureuse, les bouquets séchés, les portraits tirés à un seul exemplaire. Peut-être, cette amie était-elle la femme que j'avais si indignement soupçonnée de complicité dans le crime de l'hôtel Impérial? Puis, mon père s'était marié. Il n'avait voulu ni conserver ni détruire ce souvenir d'un passé avec lequel il rompait pour toujours, et il l'avait confié en garde à ma tante... Sur le moment, je ne m'en demandai pas si long. J'essayai la clef à la serrure pour bien m'assurer que je ne me trompais pas. Je soulevai le couvercle, et je regardai presque machinalement, convaincu que j'allais trouver des liasses d'obligations, quelques écrins à bijoux, des rouleaux de napoléons, tout un petit trésor, enfin, craintivement enseveli. Au lieu de cela, je vis plusieurs paquets enveloppés minutieusement de papier. J'en pris un où je pus lire : « Lettres de Justin... » et le chiffre de l'année ; même inscription sur le deuxième, sur le troisième, sur le quatrième. C'était toute la correspondance de mon père que ma tante conservait ainsi, avec la religion qu'elle mettait à ne laisser ni se perdre ni se détériorer un seul des objets ayant appartenu à celui qui avait été la plus profonde tendresse de sa vie. Pourquoi ne m'avait-elle jamais parlé de ce trésor-ci, plus précieux pour moi que tous les autres? Je me posai cette question en refermant le coffret. Puis, je me dis qu'elle avait sans doute voulu ne se séparer de ces lettres qu'à la dernière minute. Je remontai dans ces pensées. Dès la porte, je rencontrai ses yeux. Ils exprimaient une impatience et une anxiété dévorantes. A peine eut-elle la petite cassette sur son lit qu'elle l'ouvrit, saisit un paquet de lettres, puis un autre, finit par en garder un seul, remit ceux qu'elle avait retirés, donna un tour de clef et me fit signe de porter le coffret sur la commode. Tandis que j'exécutais cet ordre et que j'écartais les petits bibelots dont cette commode était encombrée, je vis la malade, dans la glace posée devant moi. Elle s'était, par un effort suprême, retournée aux trois quarts, et, de sa main libre, elle essayait de lancer le paquet de lettres, qu'elle avait mis à part des autres dans la cheminée placée à la droite de son lit, du côté du chevet, à un mètre seulement. Mais elle put à peine se soulever, son élan fut trop faible et le petit paquet de lettres roula par terre. J'accourus vers elle, afin de lui remettre la tête sur les oreillers et le corps au milieu du lit, et alors, avec son bras impuissant, elle recommença de faire son grand geste triste, crispant sur le drap ses doigts amaigris, et de nouvelles larmes coulèrent de ses pauvres yeux. — Comme j'ai honte de ce que je vais écrire ici !... Je l'écrirai pourtant, afin d'être vrai jusqu'à cette faute, jusqu'à une pire encore. — Je n'avais pas eu de peine à comprendre ce qui s'était passé dans l'esprit de la malade. Évidemment, le petit paquet, tombé sur le tapis, entre le garde-feu et la table de nuit, contenait des lettres qu'elle désirait détruire pour toujours, afin que je ne les lusse pas. Elle aurait pu brûler depuis longtemps les feuilles dont elle redoutait pour moi la fatale cnfluence. Je comprenais qu'elle eût reculé d'année en année, de jour en jour peut-être, moi qui savais de quel culte idolâtre elle entourait les moindres objets ayant appartenu à mon père. Ne l'avais-je pas vue conserver le buvard dont il se servait quand il venait à Compiègne, avec les enveloppes et le

papier qui s'y trouvaient lors de sa dernière visite? Oui, elle avait dû attendre, attendre encore, avant de se séparer à jamais de ces chères et dangereuses lettres. Puis la maladie l'avait surprise, et, tout de suite, elle avait ressenti l'angoisse que ce paquet demeurât en ma possession. Je me rendais compte qu'une défiance déraisonnable, celle de ses derniers moments, l'avait empêchée de demander le coffret à Jean ou à Julie. C'était là, je le compris à cette minute même, le secret de l'impatience avec laquelle la pauvre femme avait désiré mon arrivée, le secret aussi du trouble où je l'avais vue. Et maintenant ses forces l'avaient trahie. Elle avait tenté vainement de jeter les lettres dans le feu, ce feu dont elle entendait le crépitement sans pouvoir se soulever ni même regarder la flamme tant désirée. Toutes ces inductions qui se présentèrent d'un coup à ma pensée ont pris forme plus tard. Sur le moment, elles se fondirent en un immense mouvement de pitié devant l'excès de la souffrance de la malheureuse femme.

— « Ne vous tourmentez pas, chère tante, » lui dis-je en ramenant la couverture jusqu'à ses épaules ; « je vais brûler ces lettres. »

Elle leva des yeux remplis d'une supplication anxieuse. Je lui fermai les paupières avec mes lèvres, et je me baissai pour prendre le petit paquet. Sur le papier qui lui servait d'enveloppe, je lus distinctement cette date : « 1864. — Lettres de Justin, » 1864 ! c'était la dernière année de la vie de mon père ! — Je le sens, ce que je fis à ce moment-là fut abominable. Les suprêmes volontés des mourants sont chose sacrée, quelles qu'elles soient. Je ne devais pas tromper celle qui était là, sur le point de me quitter pour toujours, et dont j'entendais le souffle devenir plus rapide à cette seconde. — Ce fut un passage tourbillonnant d'idées plus fortes que moi... Si ma tante Louise tenait passionnément, follement, à ce que ces lettres fussent brûlées, c'est qu'elles pouvaient me mettre sur la voie de la vengeance... Des lettres de la dernière année de mon père, et dont elle ne m'avait jamais parlé, à moi ! Je ne raisonnai pas. Je h'hésitai pas. J'aperçus dans un éclair cette possibilité d'apprendre... Quoi? Je ne savais pas, mais j'apprendrais... Au lieu de jeter le paquet de ces lettres dans le feu, je le lançai à côté sous un fauteuil. Je revins me pencher sur la malade, et, d'une voix que je tentai de faire assurée et calme, je lui dis que son désir était accompli, que les lettres brûlaient. Elle me prit la main et la baisa. Comme cette caresse me fit mal ! Je m'assis à côté de son lit en cachant ma tête dans les draps pour que ses yeux ne rencontrassent pas les miens. Hélas ! je n'eus pas longtemps à craindre son regard. A midi, son agitation recommença. Le prêtre vint, à deux heures, lui donner les sacrements. Elle eut une nouvelle attaque vers le soir, qui lui enleva toute connaissance, et elle mourut dans la nuit...

Chère morte, ce mensonge que je t'ai fait ainsi, à ta dernière heure, me le pardonneras-tu? En voulant que je ne lusse jamais ces lettres fatales, qui ont commencé d'éclairer le passé d'une si terrible lumière, tu espérais m'épargner des soupçons qui t'avaient torturée toi-même. Sur ton lit de mort, tu ne pensais qu'à mon bonheur. Me pardonneras-tu d'avoir rendu vaine cette prévoyance de ton génie? Il faut que je te parle, quoique je ne sache pas si tu peux me voir aujourd'hui, ou m'entendre, ou seulement sentir l'émotion qui va du plus intime de moi vers ta mémoire, douce morte. Vois : j'ai tant de honte de t'avoir menti, quand tu ne songeais, toi, qu'à m'être bonne, si bonne, si bonne qu'aucune créature humaine n'a jamais été meilleure pour une autre. Il faut que je te dise cela, tendre femme, qu'ils ont ensevelie parmi des draperies blanches, comme il convenait à ton être si pur. De toi, du moins, je n'ai jamais douté. En pensant à toi, je n'ai pas une amertume, sinon de ne t'avoir pas assez chérie quand tu vivais, sinon d'avoir trahi le dernier vœu qu'ait formé ton âme. Je crois te voir avec tes yeux qui disaient que dans ton cœur il n'y avait pas une tache ; mais que de blessures !... Tu viens à moi, et tu me pardonnes, et de ta main droite tu caresses ma joue, — triste, si triste caresse que tu m'as donnée, avant de t'en aller dans ces ténèbres où les doigts ne peuvent plus s'étreindre, ni les larmes se mêler. Si la mort n'était pas venue sur toi trop vite, si j'avais obéi à ton suprême désir, tu aurais emporté sous la terre le secret de tes doutes les plus douloureux. Pauvre fantôme, tu ne me blâmes plus maintenant, n'est-ce pas, d'avoir voulu savoir? Tu ne me blâmes plus d'avoir souffert? Il existe, pesant sur nous, une destinée qui veut que la clarté se fasse sur la nuit du crime, que la justice reprenne son droit et que le vengeur arrive. Par quels chemins? Cette puissance le sait, et elle emploie à son œuvre de réparation des armes bien étranges. Il était dit, sœur pieuse de mon père, que ton culte fidèle pour cette chère mémoire aboutirait à réveiller en moi la volonté qui s'endormait. Ame dévouée, âme inquiète, ne me reproche pas les tourments que je me suis donnés, le dévouement tragique dans lequel j'ai abîmé ma jeunesse. Et repose, repose !... Que la paix descende sur le tombeau où vous dormez votre sommeil ensemble, mon père et toi, dans ce cimetière de Compiègne qui me recevra un jour, moi aussi. Dire que ce jour pourrait être demain !...

IX

Ma tante était morte vers les neuf heures du soir. Je lui fermai les yeux et je restai longtemps à pleurer. A onze heures, la vieille Julie vint me chercher et me força de descendre pour manger un peu. Je n'avais rien pris de la journée qu'une tasse de café noir, à midi. Quel sinistre repas je fis dans cette salle aux murs garnis d'assiettes anciennes, où je m'étais assis tant de fois en face d'elle, la pauvre morte ! Une lampe posée sur la table éclairait la nappe, devant moi, sans dissiper entièrement les ombres de la pièce, que chauffait un grand poêle de faïence, fendillé par le feu. J'écoutais le bruit de ce poêle, qui me rappelait les soirées de mon enfance, durant lesquelles je mettais des châtaignes à cuire dans la braise d'un feu tout semblable, après les avoir fendues, par crainte des éclats qui sautent. Je regardais Julie, qui avait voulu me servir elle-même, et qui essuyait, du coin de son tablier bleu, de grosses larmes le long de ses joues ridées. J'ai traversé dans ma vie des heures plus cruelles, je n'en ai pas connu d'aussi poignantes. Je peux me rendre la justice que le chagrin commença par abolir en moi toute autre pensée. Je ne songeai pas un instant à ouvrir, durant cette nuit funèbre, le paquet de lettres que je m'étais approprié par un mensonge si honteux. J'avais oublié jusqu'à son existence, quoique j'eusse pris le soin, dans l'après-midi, de le ramasser et de le porter dans ma chambre. Que m'importait maintenant la curiosité de savoir les secrets de ces lettres ! Je savais que je venais de perdre pour toujours le seul être qui m'eût aimé complètement, et cette idée me fendait le cœur. Je voulus veiller la morte une partie de la nuit. Je ne pouvais me détacher de ce visage immobile, sur lequel j'avais lu, pendant des années, la tendresse absolue, entière, et, maintenant, rien que des traits rigides, des lèvres serrées, des paupières baissées, et une sorte de tristesse navrée que je n'ai vue sur la face d'aucun autre mort ! Toutes les pensées mélancoliques, dont la vivante s'était empoisonné le cœur en silence, remontaient à la surface de cette physionomie rendue à sa vérité. Cette seule expression d'infinie tristesse aurait dû me pousser dès cette minute à en rechercher la cause mystérieuse dans les lettres qui avaient préoccupé son esprit jusqu'au bord des éternelles ténèbres. Comment aurais-je trouvé en moi la force de raisonner, devant cette figure douloureuse? Je me disais que cette bouche ne m'avait jamais fait entendre que de douces paroles et qu'elle ne me parlerait plus, que ces mains n'avaient eu pour moi que des caresses et qu'elles ne répondraient plus à mon étreinte. Le désespoir s'unissait dans mon être à une espèce d'étonnement épouvanté. Devant un mort qui nous fut cher, on a tant de peine à croire que cela soit réel, bien réel, qu'il n'y ait plus que le silence, et pour toujours, là où battait un cœur, où un esprit brillait, où une âme aimait. Une sœur, qui veillait ma tante auprès de moi, disait des prières. Je me laissai aller à répéter les formules auxquelles je ne croyais déjà plus. Je récitai : « Notre Père, qui êtes aux cieux... » et : « Je vous salue, Marie... » Et je songeais combien de fois elle avait dû, elle, la pauvre vieille fille, prononcer ces prières en demandant à Dieu, pour moi, la paix et le bonheur !...

A trois heures du matin, Julie vint me remplacer au chevet de la morte. Je passai dans ma chambre, qui était sur le même étage que celle de ma tante. Un cabinet de débarras séparait les deux pièces. Je me jetai sur mon lit, recru de fatigue. La nature triompha de ma douleur. Je m'endormis de ce sommeil qui suit les grandes déperditions de force nerveuse, et d'où l'on sort capable de vivre à nouveau et de supporter ce qui semblait insupportable. Quand je me réveillai, il faisait jour. Un triste et sombre ciel d'hiver, voilé comme celui de la veille, mais plus menaçant à cause de la nuance plus noire des nuages, s'appesantissait sur le jardin dépouillé. J'allai à la fenêtre contempler longtemps le sinistre paysage que fermait la ligne de la forêt. Je note ces petits détails afin de mieux retrouver mon impression exacte d'alors. En me retournant et marchant vers la cheminée pour chauffer mes mains au feu que la domestique venait d'allumer, mon regard tomba sur le paquet de lettres volé à ma tante... Oui, volé, c'était bien le mot... Il était là, comme je l'avais posé la veille, en hâte, sur le marbre de la cheminée, entre mon porte-monnaie, le trousseau de mes clefs et mon étui à cigarettes. Je le saisis avec un battement de cœur, ce petit paquet, dont les plis témoignaient qu'il avait été souvent rouvert et refermé. Il m'était encore possible de réparer le criminel mensonge que j'avais fait à l'agonisante. Je n'avais qu'à étendre la main, et ces papiers tombaient dans la flamme, et la volonté dernière de la morte se trouvait accomplie. Je me laissai aller sur un fauteuil et je regardai quelques minutes cette flamme qui montait, jaune et souple, autour des bûches. Je soupesai le paquet. Au juger, il devait contenir un grand nombre de lettres. Je me sentis en proie à tout le malaise physique de l'indécision. Je ne cherche pas à justifier cette seconde défaite de ma loyauté, je cherche à la comprendre... Non, ces lettres n'étaient pas à moi. Je n'aurais jamais

dû me les approprier. Je devais les détruire sans les avoir ouvertes, d'autant plus que l'entraînement des premières secondes était passé, ce soudain afflux d'idées qui m'avaient empêché d'obéir à la supplication angoissée de ma tante. « Pourquoi cette angoisse? » me demandai-je cependant de nouveau, tandis que je relisais l'inscription tracée par ma tante sur l'enveloppe : « Lettres de Justin, 1864. » Comme la chambre où j'étais là, partagé entre un devoir de piété indiscutable et le désir de savoir, m'était une mauvaise conseillère ! Ç'avait été autrefois celle de mon père, et le mobilier n'avait pas changé depuis cette époque. Le temps avait seulement un peu effacé la nuance de l'étoffe claire dont ma tante avait fait tendre la pièce pour que son frère y reposât ses yeux. Il s'était chauffé à cette cheminée par des matins d'hiver, pareils à celui-ci, froids et noirs. Il s'était assis pour rêver, sur le fauteuil profond où je me tenais. Il avait écouté le tintement des heures passer dans le timbre à demi faux de la pendule d'albâtre, qui me sonnait à moi maintenant cette heure de trouble. Le petit dogue de bronze, à face bourrue, à bajoues pendantes, qui se tenait sur cette pendule l'avait vu marcher sur ce tapis aux fleurs éteintes. Il avait dormi son sommeil de jeune homme et d'homme fait dans cette alcôve et sur le lit que je venais de quitter. Il avait travaillé, assis à ce bureau posé près de la fenêtre, en travers, dans ce plein jour qu'il affectionnait. Non, cette chambre ne me laissait plus libre d'agir. Elle me rendait mon père trop vivant. C'était comme si le fantôme de l'assassiné fût sorti de son tombeau pour me supplier de tenir la promesse de vengeance jurée tant de fois à sa mémoire. Quand ces lettres n'eussent offert qu'une seule chance, une contre mille, de me donner une indication, une seule, sur les secrets de la vie intime de mon père, je ne pouvais pas hésiter. Que m'importaient ces puérils scrupules de respect pour ce qui n'avait été sans doute que le caprice dernier d'une malade d'esprit? Je dressai contre mes restes de piété ce raisonnement sacrilège, afin de les abattre. Je n'avais pas besoin d'arguments pour céder à l'effréné désir qui grandissait, grandissait en moi. Ces lettres, les dernières que sa main eût écrites ; ces lettres qui me le montreraient à nu, à la veille du sanglant attentat, je les avais là et je ne les lirais point?... Allons donc ! C'en était assez de ces enfantines lenteurs !... Et je défis brusquement l'enveloppe qui contenait cette correspondance. Les feuillets tremblaient entre mes doigts, maintenant. Ils étaient tout jaunis, et leurs caractères un peu décolorés. Je reconnaissais l'écriture, tassée, carrée et nette, avec des trous au milieu des mots. Les dates

avaient été souvent omises par mon père et alors ma
tante avait réparé l'omission en écrivant le quan-
tième du mois elle-même. Pauvre tante, dont ce
soin religieux attestait la tendresse, je ne songeais
plus, dans mon excitation folle, qu'à deux pas de
moi était sa chambre funéraire ! A Julie, qui vint me
demander des instructions pour tous les détails maté-
riels dont s'accompagne la mort, je répondis que
j'étais trop accablé, qu'elle décidât à son gré, que je
voulais être seul durant cette matinée, et je me
plongeai dans ma lecture au point d'en oublier et
l'heure qui passait, et les événements autour de moi,
et de manger, et de m'habiller, et même d'aller revoir
celle que j'avais perdue, tandis que je pouvais encore
me repaître de ses traits... Oui, pauvre tante, et
envers laquelle j'étais si ingrat, si traître aussi !...
Dès les premières pages, je compris bien pourquoi
elle avait voulu m'empêcher de boire le poison que
chaque phrase distillait dans mon cœur, comme elle
l'avait distillé dans le sien. Les terribles lettres !
C'était maintenant comme si le fantôme eût parlé, de
cette parole sourde qui est celle des confessions, et un
drame caché se déroulait devant moi, dont je n'avais
pas rêvé la tristesse. J'étais enfant, lorsque se pas-
saient les mille petites scènes dont cette correspondance me représentait le détail. Je ne savais pas
déchiffrer l'énigme d'une situation. Depuis, la seule
personne qui eût pu m'initier à cette lugubre histoire
était précisément celle qui avait poussé la discrétion
jusqu'à me cacher, toute sa vie, l'existence de ces
papiers trop éloquents ; celle qui, sur son lit de mort,
avait pensé à les détruire plus qu'à son salut éternel,
et qui, sans doute, s'accusait, comme d'un crime,
d'avoir différé de jour en jour à brûler ces feuilles
fatales. Quand elle s'y était décidée, c'était trop tard.
La première lettre était datée de janvier 1864. Elle
commençait par des remerciements adressés à ma
tante pour mon cadeau d'étrennes de cette année-là :
un fort avec des soldats de plomb, qui m'avaient
charmé, disait la lettre, « parce que les cavaliers
étaient en deux morceaux, l'homme se détachant
de la bête... » Et, tout de suite, les phrases banales
de ce remerciement se changeaient en une effusion de
tendresse souffrante. Rien qu'à l'accent avec lequel
le frère parlait à sa sœur, se répandant en regrets
pour son enfance passée et leur vie commune, on
devinait une âme anxieuse, avide d'affection et mé-
contente de son sort actuel. Il s'exhalait de cette
première lettre une plainte contenue qui m'étonna
aussitôt, car j'avais toujours cru que mon père et ma
mère avaient été parfaitement heureux l'un par
l'autre. Hélas ! cette plainte ne faisait que grandir,
que se préciser aussi. Mon père écrivait à sa sœur

chaque dimanche, même quand il l'avait vue dans la
semaine. Comme il arrive dans les correspondances
fréquentes et régulières, les moindres événements se
trouvaient notés dans leur minutie, et toutes nos
habitudes ressuscitaient devant ma pensée à cette
lecture, mais accompagnées d'un commentaire de
mélancolie qui trahissait des malentendus irréparables
entre ceux que je jugeais alors si unis. Je revoyais mon
père tel qu'il m'accueillait, à sept heures du matin,
dans son costume de chambre, qu'il passait pour
déjeuner avec moi. Je devais partir pour le collège à
huit heures, et mon père me faisait répéter mes
leçons brièvement ; puis nous nous asseyions dans la
salle à manger, devant la table sans nappe, sur
laquelle Julie nous servait deux tasses d'un cho-
colat dont l'odeur sucrée flattait mes gourmandes
narines d'enfant. Ma mère, elle, se levait beaucoup
plus tard, et, depuis que j'allais au collège, mon
père, afin de ne pas la réveiller si tôt, occupait une
chambre à part. Que j'étais content de ce repas du
matin, durant lequel je bavardais à mon aise, parlant de mes devoirs à faire, de mes lectures, de mes
camarades ! J'en avais gardé un délicieux souvenir
de minutes insouciantes, cordiales, délicieuses. Mon
père aussi dans ses lettres parlait de ces déjeuners
du matin, mais en homme qui souffrait de découvrir
dans nos causeries que ma mère s'occupait trop peu
de moi à son gré, que je ne remplissais pas assez sa
vie de femme rêveuse et volontiers frivole. Il écrivait des phrases dont l'avenir s'était chargé de rendre
tristement prophétiques : « Si je lui manquais jamais,
que deviendrait-il?... » A dix heures, je revenais de
classe : mon père étant déjà occupé à ses affaires,
j'avais moi-même un devoir à préparer, et je ne le
revoyais qu'à onze heures et demie, au second
déjeuner. Maman était là, dans une de ces toilettes
du matin qui seyaient merveilleusement à sa beauté
mince et souple. A distance, et par delà mes froides
années d'adolescence, cette table de famille m'était
si souvent apparue dans un mirage de chaude intimité.
En avais-je assez éprouvé la nostalgie, plus tard,
quand je m'asseyais entre ma mère et M. Termonde,
à nos déjeuners des jours de sortie? Et maintenant
je retrouvais, dans les lettres de mon père, la preuve
que le divorce des cœurs existait dès lors à notre
table, entre les deux personnes que mon culte de fils
réunissait dans une seule tendresse. Le même divorce
se retrouvait dans nos dîners pris en commun et
dans nos soirées à trois. Mon père aimait passionnément sa femme, et il devinait que sa femme ne l'aimait pas. C'était là le sentiment sans cesse exprimé
dans ces lettres, non pas de cette manière brutale et
positive ; mais comment n'aurais-je pas compris

cette signification secrète des moindres phrases, moi qui avais traversé une adolescence d'une si étrange analogie avec le drame de cette vie d'homme? Comme moi, plus que moi encore, mon père était un silencieux. Il avait laissé des malentendus irréparables s'établir entre ma mère et lui. Comme moi plus tard, passionné, gauche, étouffant de timidité devant cette femme si aristocratique, si fière, si différente de lui, le fils d'un demi-paysan devenu ingénieur civil par la force de son génie personnel, — comme moi, ah! pas plus que moi, il avait connu la torture des situations fausses qui ne peuvent pas être éclairées, sinon par des mots que la bouche n'aura jamais l'énergie de prononcer. Quelle pitié que la destinée se recommence ainsi, et que les mêmes dispositions de l'âme se développent chez le fils, après s'être développées chez le père, afin que le malheur de l'un soit identique au malheur de l'autre!... Père trop semblable à moi, ses lettres étaient pleines de soupirs que ma mère n'avait jamais soupçonnés, — vains soupirs vers une fusion complète de leurs deux cœurs, — tendres soupirs vers l'impossible chimère d'un bonheur partagé, — soupirs désespérés vers le terme d'une séparation morale d'autant plus définitive que la cause en était, non point dans des torts réciproques, — tout se pardonne quand on s'aime, — mais dans un contraste indestructible, presque animal, de deux natures. Il ne lui plaisait par aucune de ses qualités, il lui déplaisait par tout ce qu'il pouvait avoir de défauts en lui, et il l'adorait... J'avais regardé de près trop de ménages mal arrangés, depuis que j'allais dans le monde, pour ne pas comprendre quel enfer taciturne avait été celui-là, et les deux figures se dessinaient devant moi, si nettes : ma mère avec ses gestes naturellement un peu maniérés, la délicatesse de ses membres, sa pâleur, ses tours de tête, sa voix volontiers basse, le je ne sais quoi de presque immatériel répandu sur toute sa personne, ses yeux clairs, dont le regard pouvait se faire si froid, si dédaigneux, et, d'autre part, la carrure robuste du grand travailleur qu'était mon père, ses larges rires quand il s'abandonnait à la gaieté, le caractère professionnel, utilitaire, et, à vrai dire, plébéien de tout son être : idées et façons, gestes et discours. Mais ce plébéien était si noble, si haut par sa généreuse sensibilité. Il ne savait pas la montrer, c'était là son crime. Sur quelles misères reposent, quand on y songe, la fidélité absolue ou l'irrémédiable infortune!

Déjà, au cours de ces premières lettres, le nom de M. Termonde passait et repassait sous la plume de mon père, et voilà que la onzième ou la douzième de ces lettres, je ne sais plus laquelle, éclatait en un cri de souffrance aiguë qui fit bondir mon cœur, trem-

bler mes mains, se mouiller mes yeux. Soudainement, et dans quelques pages datées de la nuit, dont l'écriture seule trahissait une émotion profonde, le mari, jusque-là maître de lui, avouait à sa sœur, à sa douce et fidèle confidente, qu'il était jaloux... Il était jaloux, et de qui?... De celui-là même qui devait, un jour, le remplacer à son foyer, donner un nom nouveau à celle qui avait été Mme Cornélis ; de cet homme aux allures félines, aux prunelles pâles, à qui mon instinct d'enfant avait voué une si précoce, une si fixe haine ; — il était jaloux de Jacques Termonde ! Il la racontait, cette jalousie, dans cette confession subite, avec l'âpreté d'accent qui soulage le cœur des malaises trop longtemps contenus. Dans cette lettre, le début d'une série que la mort seule devait interrompre, il disait la date lointaine de cette jalousie, et comme elle lui était venue, à surprendre le regard dont Termonde enveloppait ma mère. Il disait qu'il avait cru dès lors à une passion naissante chez cet homme ; puis, que Termonde était parti pour un grand voyage, et que lui, mon père, avait attribué cette absence à une loyauté d'ami sincère, à un noble effort pour combattre dès le commencement une inclination criminelle. Termonde était revenu. Ses visites à la maison avaient repris, de plus en plus fréquentes. Tout l'y autorisait : mon père l'avait eu comme camarade intime à l'École de droit ; il l'aurait choisi comme témoin de son mariage si l'autre n'eût pas été retenu hors de France, à cette époque, par ses fonctions diplomatiques. Mon père avouait, dans cette lettre, et aussi dans les suivantes, l'avoir tendrement aimé, au point d'avoir considéré sa propre jalousie comme un sentiment indigne et comme une espèce de trahison. On a beau se reprocher une passion, elle n'en est pas moins là, dans notre cœur, qui nous le déchire et nous le ronge. Depuis le retour de Termonde, cette jalousie avait augmenté, avec la certitude que l'amour de celui qui en était le principe augmentait aussi. Le malheureux homme ne s'était pas cru le droit cependant de fermer la porte à son ami. Sa femme n'était-elle pas la plus pure, la plus honnête des femmes? Même le penchant au mysticisme et à la dévotion exaltée, qu'il lui reprochait quelquefois, offrait une garantie qu'elle ne se permettrait jamais rien qui fît tache sur sa conscience. D'ailleurs, les assiduités de Termonde s'accompagnaient d'un si évident, d'un si absolu respect, qu'elles ne donnaient aucune prise au reproche. Que faire? Avoir une explication avec sa femme, lui qui étouffait d'un battement de cœur à la seule idée de discuter contre elle? Exiger qu'elle cessât de recevoir son ami, à lui? Mais si elle cédait, il l'aurait privée d'une distraction réelle, et il ne se le serait

jamais pardonné à lui-même. Si elle ne cédait pas?...
Et mon pauvre père avait préféré se débattre dans
cette géhenne de la faiblesse et de l'indécision, où
roulent, pour n'en plus sortir, les silencieux et les
timides. Et il détaillait cette misère à ma tante,
et il insistait sur le caractère maladif de son sentiment, implorant un conseil, une pitié; accusant la
puérilité de sa jalousie, s'en moquant; et jaloux tout
de même, et ne pouvant se retenir de montrer, de
remontrer cette plaie ouverte dans son âme, et incapable de l'énergie qui eût été sa guérison.

Les lettres se faisaient plus sombres encore. Comme
il arrive quand on n'a pas coupé court aussitôt à
une situation fausse, mon père souffrait des conséquences de sa faiblesse, et il les voyait se développer
devant lui, — sans agir, parce qu'il aurait fallu,
pour les arrêter maintenant, subir d'affreuses scènes.
Après avoir toléré que son ami multipliât ses visites,
ce lui était un martyre de constater que sa femme
avait subi à ce degré l'influence envahissante de
cette intimité. Il la voyait prendre les conseils de
Termonde pour les petites choses de la vie, — sur
un point de toilette, pour l'achat d'un cadeau, le
choix d'une lecture. Il retrouvait la trace de cet
homme dans les changements de goût de ma mère,
en musique, par exemple. Il aimait, quand nous
étions seuls à la maison, le soir, qu'elle se mît au
piano et qu'elle jouât, longuement, au hasard. Elle
n'exécutait plus aujourd'hui que des morceaux indi-
qués par Termonde, qui avait rapporté de ses voyages
une connaissance assez approfondie des maîtres alle-
mands, au lieu que mon père, élevé en province et
auprès de sa sœur, élève elle-même d'un professeur
de province, en était resté au culte des musiciens ita-
liens. Et puis sa mère se rattachait par sa famille
à une société différente de celle où mon père la faisait
vivre. Les triomphes que son extrême beauté lui
assurait dans cette dernière, joints à sa native douceur, avaient empêché, d'abord, qu'elle ne regrettât
son ancien milieu. Il en fut autrement lorsque sa
familiarité avec Termonde, qui appartenait, lui, à un
monde plus élégant, lui rendit de nouveau présentes
toutes les habitudes de ce monde. Mon père la vit
qui s'ennuyait dans son propre salon, dont elle faisait
les honneurs avec une pensée absente. Il n'était pas
jusqu'aux opinions politiques de son ami qu'il ne
retrouvait sur les lèvres de sa femme. Elle le raillait
finement de ce qui lui restait d'utopies libérales, et,
derrière cette moquerie sans méchanceté, — c'était
une moquerie pourtant, — comme derrière ses nouvelles sensations d'art, il retrouvait Termonde encore,
et encore Termonde. Il se taisait, la timidité dont il
avait toujours été victime devant ma mère s'exas-

pérant avec sa jalousie. Plus il était malheureux,
plus il devenait incapable de montrer sa peine. Il y
a des âmes ainsi façonnées, que la souffrance les paralyse et les empêche d'agir. Et puis c'était derechef
la même question : Que faire? Par quel biais aborder
une explication, quand il n'avait en définitive rien
de précis à dire, pas un reproche positif qu'il pût
articuler? Est-ce qu'on dresse un acte d'accusation
avec des nuances? Il continuait à ne pas douter de
l'honnêteté de sa femme. Du moins, il affirmait son
entière estime pour elle à chaque page, suppliant ma
tante de ne pas retirer une parcelle de son amitié
à sa chère Marie, la conjurant de ne faire jamais
devant elle, qui en était l'innocente cause, une allusion à des tourments dont il rougissait lui-même. Et
il insistait sur ses propres torts; il s'accusait de ne
pas être assez tendre, de ne pas savoir se faire aimer,
et c'étaient des tableaux de son triste intérieur,
évoqués d'un mot, avec une humilité navrante. Il
se décrivait, durant leur tête-à-tête du soir, regardant
sa femme, qui, couchée parmi de petits coussins
brodés, dans un fauteuil, en toilette claire, appuyait
ses pieds chaussés de bas à jour sur un tabouret à
bascule et qui lisait à la clarté d'une lampe posée à
côté d'elle, sur une table mobile. Que lisait-elle? Un
roman prêté par Termonde. Elle lisait, caressant ses
cheveux distraitement avec un couteau à papier en
écaille et en or, cadeau de Termonde au jour de l'An.
Mon père déposait la revue qu'il tenait à la main. Il
cherchait une phrase par laquelle il pût atteindre cet
être qu'il sentait si loin, si étranger à lui, — et si
aimé. Mais ces phrases-là, on ne les prononce pas
ainsi. C'est le cœur contre le cœur, les mains unies,
entre deux caresses, qu'un homme tendre et fier peut
avouer cette torture déshonorante lorsqu'elle n'est
pas touchante : — la jalousie dans l'estime. Les autres,
les brutaux, ne connaissent pas ces scrupules. Ils
disent : « Je suis jaloux, » sans plus s'inquiéter si c'est
une insulte ou non. Ils ferment leur porte à qui leur
déplaît ; ils imposent à leur femme un : « Suis-je le
maître? » qui ne tient compte que de leur bon plaisir.
Ont-ils raison? En tout cas, cette brutalité n'était
pas le fait de mon pauvre père. Il trouvait en lui assez
de force pour montrer à Termonde un visage fermé,
pour ne lui parler qu'à peine, pour lui tendre la main
avec cette politesse insultante qui creuse un abîme
entre deux sincères amis. L'autre n'avait pas l'air de
s'en apercevoir. Mon père, qui ne voulait pas d'une
scène avec lui, parce que cette scène eût eu pour
conséquence immédiate une autre scène avec ma
mère, multipliait les petits affronts. Termonde en
était quitte pour venir aux heures où l'homme
d'affaires était retenu à son bureau. Et mon père

J'AIMAIS, EN LUI RACONTANT MON MALHEUR, A NE RIEN EN DIMINUER (p. 49)

N° 3 etre(?) 1848-1855
HVAN A JU. PHILLIST PICKWAT DE TOU'OUSE(?)

N° 8. JEUNE AUX TOROSE LI
XIII-CES LICLANSCTSE-LESTUDE-V-ITANSÓNMVJC(?) II

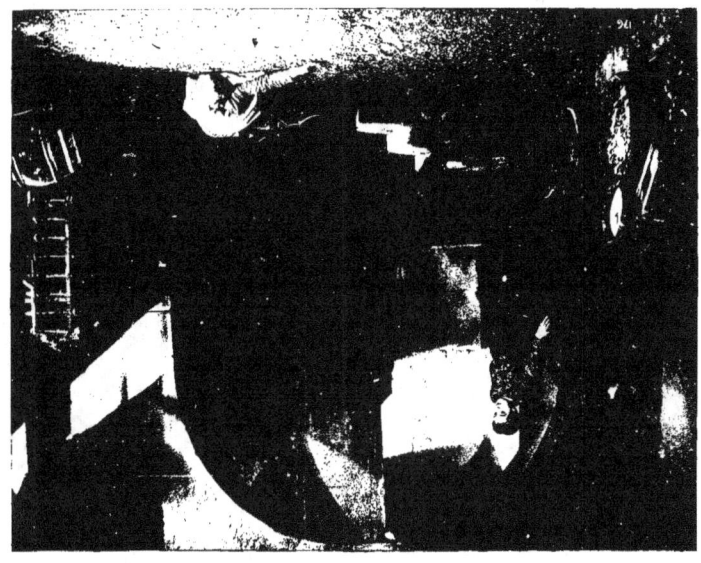

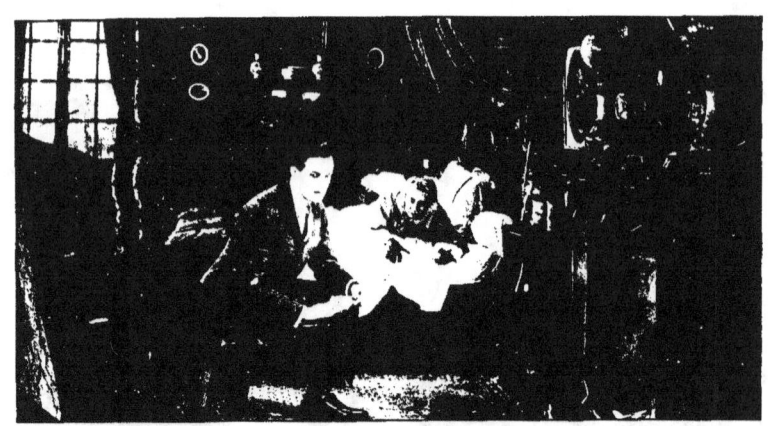

IL LIS CETTE DATE : « 1864 ... LETTRES DE JUSTIN » (p. 27)

JE REVOYAIS MON PÈRE TEL QU'IL M'ACCUEILLAIT (p. 30)

racontait les rages qui le poignaient, à l'idée que sa femme et celui dont il était jaloux causaient ensemble, intimement, parmi les fleurs du petit salon, tandis qu'il s'abîmait, lui, le malheureux, dans le plus aride travail, pour assurer les royautés du luxe à cette femme dont il ne serait jamais, jamais aimé, bien qu'elle portât son nom, bien qu'il la crût fidèle. Mais cette fidélité glacée, ce n'était pas de cela qu'il avait soif, l'infortuné qui terminait sa dernière lettre par cette phrase, — me la suis-je assez souvent répétée ! « C'est si triste de sentir qu'on est de trop dans sa « propre maison, qu'on possède une femme par tous « les droits, qu'elle vous donne tout ce que ses devoirs « l'obligent à vous donner, tout, excepté son cœur, « qui est à un autre, sans qu'elle s'en doute peut-être. « A moins que... Vois-tu, j'ai d'affreuses heures où je « me dis que je suis un niais, un lâche; qu'il est son « amant, qu'elle est sa maîtresse; qu'ils se moquent « de moi ensemble, de ma stupide confiance, de mon « aveuglement... Ne me gronde pas, ma pauvre Louise. « Cette idée est infâme, et je la chasse en me réfugiant « auprès de toi, pour qui, du moins, je suis tout au « monde. »

A moins que?... — Et cette lettre était du premier dimanche du mois de juin 1864, et le jeudi suivant, quatre jours plus tard, celui qui avait écrit cette lettre et supporté ces douleurs marchait au rendez-vous où il devait trouver une mort mystérieuse, — cette mort qui allait permettre à sa veuve d'épouser l'ami félon... Quelle idée aussi affreuse, aussi infâme que celle dont mon père s'accusait dans cette terrible dernière lettre, venait de s'éveiller en moi? Je posai sur la cheminée la liasse de ces feuilles révélatrices, je pris ma tête dans mes mains et la tempête des imaginations cruelles passa sur cette tête, où je sentais le sang battre la fièvre. Ah ! la hideuse, la sinistre, l'innommable chose !... Mon âme l'entrevoyait, et elle se rejetait en arrière... Hélas ! Ce monstrueux soupçon, ma tante n'en avait-elle pas subi l'assaut? Et, comme un encouragement à oser penser ce qui me donnait un tel frisson d'horreur, de petits faits ressuscitaient dans ma mémoire, me montrant cette sœur fidèle de mon père en proie à cette idée qui venait de m'envahir si fortement. Que de bizarreries je comprenais tout d'un coup, que je n'avais pas comprises ! Le jour où elle m'avait annoncé le second mariage de ma mère, et quand j'avais prononcé de moi-même le nom maudit de Termonde, pourquoi m'avait-elle demandé d'une voix tremblante et comme affolée : « Que sais-tu? » Que craignait-elle donc que j'eusse deviné? Quel renseignement redoutable attendait-elle de mon innocente observation d'enfant?... Plus tard, et lorsqu'elle me conjurait d'abandonner le soin de venger notre

cher mort, lorsqu'elle me répétait la parole sainte : « Je rétribuerai, dit le Seigneur, » quels coupables prévoyait-elle donc que je rencontrerais sur ma route? Quand elle me suppliait de ménager mon beau-père, de me le concilier plutôt, de ne pas m'en faire un ennemi, ses conseils n'avaient-ils pour but que la facilité de ma vie quotidienne, ou bien croyait-elle qu'un autre danger pût me menacer de ce côté-là ? Lorsque les craintes se multipliaient dans son cerveau affaibli par la maladie, et qu'elle en revenait toujours à ce conseil de prendre garde à mes sorties du soir, quelle vision d'épouvante lui traversait l'esprit, lui montrant dans l'ombre une main capable de me frapper, — la même main qui avait frappé mon père? Lorsque, à ses derniers moments, elle réunissait toutes ses forces afin de détruire cette correspondance, sur quelle piste supposait-elle donc que ces lettres me jetteraient? Tout s'éclairait soudain d'une effrayante lumière... Ce que ma tante avait aperçu par delà ces lettres, je l'apercevais maintenant. Ah ! je n'ai pas craint de penser ainsi, et j'ai honte à présent d'écrire ce que j'ai pensé. Mais comment aurais-je pu échapper à la logique de la situation? Que ma tante eût livré ces lettres au juge chargé d'instruire l'affaire, ce magistrat n'aurait-il pas supposé aussitôt ce que je ne pouvais pas m'empêcher de supposer? Non, je ne pouvais pas m'en empêcher... Un homme est assassiné, auquel on ne connaît pas d'ennemis. Il est avéré que le meurtre n'a pas le vol pour mobile. Sa femme a un amant, et, presque aussitôt après la mort de son mari, elle épouse cet amant... « Mais c'est eux, c'est eux les coupables ; ils ont tué le mari. » dirait le juge, dirait le premier venu. Pourquoi ma tante, qui avait ces lettres de mon père entre les mains, ne les avait-elle pas données à la justice? Je le comprenais trop. Elle ne voulait pas que j'eusse à penser de ma mère ce que j'en pensais, à cette minute, dans un accès de folle douleur : — qu'elle avait trompé mon père, qu'elle avait été la maîtresse de Jacques Termonde, que là gisait le secret de l'assassinat. — Concevoir cela comme seulement possible, c'était commettre un parricide moral ; c'était la grande, l'inexpiable faute envers celle qui m'avait tiré de sa chair et porté dans son sein. J'avais toujours tant aimé ma mère, si tristement, si tendrement ! Jamais, non, jamais je ne l'avais jugée. Que de fois, me trouvant en tête à tête avec elle, et ne sachant pas lui dire ce qui m'oppressait le cœur, que de fois il m'était arrivé de songer que l'obstacle dressé entre nous deux ne nous séparerait pas toujours ! Je deviendrais peut-être, un jour, son unique soutien. Elle verrait alors combien elle m'était restée chère. Mes souffrances n'avaient rien entamé de ma tendresse. Malheureux qu'elle me refusât une certaine sorte d'affection, je ne la condamnais pas de ce qu'elle prodiguait cette affection à un autre. Il y a une telle différence à souffrir d'un être qu'on aime, dans le bien ou dans le mal ; à le sentir noble ou bas dans les chagrins qu'il nous inflige. En définitive, et avant que ces fatales lettres eussent accompli sur moi leur œuvre de désenchantement, de quoi était-elle coupable à mes yeux? De s'être remariée? D'avoir voulu, demeurée veuve à moins de trente ans, refaire sa vie? Rien de plus légitime. De n'avoir pas compris les relations de l'enfant qui lui restait avec l'homme qu'elle avait choisi? Rien de plus naturel. Elle était plus épouse que mère, et puis, les êtres un peu chimériques et frêles, comme elle, répugnent aux luttes quotidiennes. Ils préfèrent ne pas voir en face la réalité qui leur imposerait une énergie de tous les moments. J'avais admis, d'instinct d'abord, à la réflexion ensuite, ces diverses explications de l'attitude de ma mère à mon égard. Quelle source d'indulgence jaillit en nous, chaude, profonde, inépuisable, pour ceux qui nous tiennent vraiment à la racine du cœur ! Cette source venait de se tarir, et à sa place je sentais s'épancher en moi le flot âcre, le flot empoisonné des plus odieux, des plus abominables soupçons...

Cette première, cette soudaine invasion d'une affreuse idée ne dura pas. Je n'y aurais point résisté. J'aurais pris un pistolet pour me tuer et détruire du coup l'excessive douleur, si cette idée s'était implantée en moi, comme cela, précise, accablante d'évidence, impossible à repousser. Elle fut ainsi durant les instants qui suivirent la lecture des lettres. Puis la crise diminua, et tout de suite ma tendresse pour ma mère entra en lutte contre le cauchemar. A l'attaque de ces exécrables imaginations, j'opposai des faits, dans leur certitude et leur netteté. Je me rappelai par le menu les minutes où j'avais vu ma mère et mon père, en présence l'un de l'autre, pour la dernière fois. C'était à la table du déjeuner d'où il s'était levé pour aller là-bas, vers l'assassin. Est-ce que ma mère n'était pas rieuse, à son ordinaire, ce matin-là? Est-ce que Jacques Termonde n'avait pas déjeuné avec nous? N'était-il pas demeuré ensuite, après le départ de mon père, à causer tandis que je jouais? C'était à ce moment même, entre une heure et deux, que le mystérieux Rochdale commettait le crime. Termonde ne pouvait pas être à la fois dans notre salon et à l'hôtel Impérial, pas plus que ma mère n'aurait pu, impressionnable comme je la connaissais, causer ainsi paisiblement, heureusement, si elle avait su qu'à cette heure son mari tombait pour ne plus se relever... J'étais un fou d'avoir laissé

une pareille hypothèse dessiner son image monstrueuse devant mes yeux, une seconde. J'étais un infâme d'avoir aussitôt dépassé les plus insultantes défiances de mon père. Déjà et sans preuve aucune que l'expression d'une jalousie qui s'avouait elle-même déraisonnable, j'en étais arrivé où cet homme, malheureux mais aimant, n'avait pas osé aller : à cette extrémité d'outrage envers ma mère de croire qu'elle avait été la maîtresse de Termonde. Et, quand bien même elle eût inspiré, du vivant de son premier mari, un sentiment trop vif à celui qu'elle devait épouser un jour, cela prouvait-il qu'elle eût partagé ce sentiment? L'eût-elle partagé, cela prouvait-il qu'elle y eût cédé, jusqu'au don entier de sa personne? Précisément, les femmes délicates comme elle était, ces créatures très fines, et qui vivent à côté du réel, caressent si volontiers la chimère de romanesques affections qu'elles croient innocentes, puisque toute action coupable en est bannie ! Pourquoi n'aurait-elle pas aimé Termonde d'une de ces affections-là, fidèle en fait à ses devoirs, et livrée en pensée à une intimité dont il était trop naturel qu'un époux fût jaloux, mais qui, au demeurant, n'entachait en rien l'honneur de l'épouse? Je la justifiais ainsi, non seulement de toute participation au crime, mais encore de toute faute contre ses devoirs. Cela l'aurait flétrie si profondément pour mon cœur, qu'elle eût eu un amant... Et puis mes idées changeaient de nouveau. Je me souvenais du cri qu'elle avait jeté sur le cadavre de mon père : « Dieu me punit... » Je ne lui faisais pas la charité d'admettre que ce cri eût trahi simplement les scrupules d'une âme exaltée, qui se reprochait jusqu'à ses pensées. Je me souvenais aussi des yeux étincelants de Termonde et de ses mains frémissantes, lorsqu'il parlait avec ma mère de la disparition mystérieuse de mon père. S'ils étaient complices, ils jouaient la comédie devant moi, innocent témoin, pour qu'ils pussent, à l'occasion, invoquer ma parole d'enfant... Ces souvenirs me rejetaient sur la voie funeste. L'idée d'une liaison coupable entre elle et lui me saisissait de nouveau, et, presque tout de suite, la pensée qu'ils avaient profité de l'assassinat, qu'ils y avaient eu un intérêt puissant et unique... L'assaut du soupçon recommençait, si violent qu'il triomphait de toutes les barrières que je dressais là contre. J'accumulais les objections tirées d'un alibi physique et d'une invraisemblance morale. J'en arrivais à me dire : « Il est strictement impossible qu'ils soient pour rien dans le meurtre, impossible, impossible, impossible... » Je me répétais ce mot avec frénésie, et l'hallucination me revenait, terrassante. Il y a des moments où l'âme désemparée se trouve inhabile à dompter des visions qu'elle sait fausses, où l'imaginaire et le réel se confondent en un cauchemar, pareil à ceux de la panique, et sans que le jugement distingue l'un de l'autre. Cette paralysie du jugement, qui a été jaloux sans la connaître? Que j'en ai souffert, dans la journée qui suivit la lecture de ces lettres ! J'allais, je venais à travers la maison, incapable de vaquer au moindre devoir, comme foudroyé par des émotions que les gens qui m'entouraient attribuèrent au chagrin de la perte que je venais de faire. A plusieurs reprises, je voulus m'asseoir au chevet de la morte. La vue de son visage, aux na ines déjà pincées, avec son expression de tristesse encore accrue, m'était intolérable. Elle renouvelait trop mes misérables doutes... Vers quatre heures, un télégramme vint. Il était signé de ma mère et m'annonçait son arrivée par le train du soir... Lorsque je tins cette feuille de papier bleu dans ma main, ce fut une détente momentanée de mon angoisse... Elle venait !... Elle avait pensé à ma peine !.. Elle venait !... Cette seule assurance dissipait mes soupçons. J'allais la revoir !... Pourvu qu'elle ne les devinât pas, ces soupçons criminels, sur mon visage? Et puis les hypothèses absurdes et infâmes me reprenaient : « Elle pense peut-être que la correspondance entre mon père et sa tante n'a pas été détruite? Elle vient pour essayer d'avoir ces lettres avant moi, pour savoir ce que ma tante m'a dit en mourant? S'ils sont coupables, elle et Termonde, ils doivent s'être défiés de la clairvoyance de la vieille fille... » Certes, j'avais été très malheureux dans mon enfance ; mais que j'aurais voulu retourner en arrière, être le collégien qui méditait sur la froideur de son beau-père, durant l'étude triste et interminable du soir, — et non pas le jeune homme qui, cette nuit-là, se promenait dans la large gare de Compiègne, attendant une mère soupçonnée ainsi !... N'ai-je pas tout expié d'avance, rien que par cette heure?

X

Le train de Paris approchait. J'en entendais la sourde rumeur. Je vis les feux aveuglants de la locomotive s'avancer dans la nuit rapidement, puis me dépasser. Le train stoppa. Le serre-frein cria le nom de la gare de Compiègne et le chiffre des minutes de l'arrêt, tout en ouvrant les portières les unes après les autres. Chacun de ces détails me parut durer un temps très long... J'allais de voiture en voiture, cherchant ma mère sans la trouver. Au dernier moment, n'avait-elle pu se décider à venir? Quelle épreuve pour moi, s'il en était ainsi ! Quelle nuit passerais-je, en proie à cette tourmente des soupçons que sa pré-

sence seule dissiperait, — je le comprenais trop ! Une voix m'appela. C'était la sienne. Je l'aperçus toute en noir. Non, jamais je ne m'étais jeté dans ses bras comme je fis à cette minute, oubliant tout, — et que nous étions dans un lieu public, et pourquoi elle venait, — tout, dans la joie de sentir mes horribles imaginations s'en aller, se fondre au contact de cet être que j'aimais si passionnément ; le seul qui me fût si cher, malgré les malentendus, jusqu'au plus profond de mon cœur, maintenant que je venais de perdre la sœur de mon père. Après ce dernier mouvement presque animal, presque semblable à l'étreinte par laquelle le noyé saisit le nageur qui plonge vers lui, je regardai ma mère sans parler, en lui tenant les mains. Elle avait levé son voile, et, dans le jour incertain de cette gare, je vis qu'elle était très pâle et qu'elle avait pleuré. Rien qu'à rencontrer ses yeux où roulaient encore des larmes, je compris que j'avais été fou. Je le compris aux premières phrases qu'elle prononça, me disant sa peine si tendrement, et qu'elle avait voulu venir tout de suite, quoique mon beau-père fût souffrant. — M. Termonde était sujet depuis deux ans à de violentes crises de foie. — Mais ni le chagrin éprouvé à cause de moi, ni le souci de la santé de son mari, n'avaient empêché cette pauvre mère de songer, pour ce déplacement de quelques jours, à ses petites préoccupations habituelles de confort et d'élégance. Sa femme de chambre était là, auprès de nous, accompagnée d'un porteur ; et tous les deux chargés de trois ou quatre sacs de différentes grandeurs, en cuir anglais, soigneusement boutonnés dans leur housse d'étoffe : un nécessaire, une petite cassette contenant le papier et les instruments à écrire ; une sacoche pour placer le porte-monnaie, le mouchoir, le livre, le voile de rechange, et puis une boule où mettre l'eau chaude pour les pieds, deux coussins pour la tête, et une pendule légère suspendue dans sa gaine ouverte.

— « Tu reconnais mes petites manies... » me dit-elle, tandis que j'indiquais la voiture à la femme de chambre pour se débarrasser de ses paquets ; et me montrant sa robe, qui était de drap marron soutaché de noir : « Tu vois, je n'aurai mes vêtements de deuil que demain... Ils ne pouvaient pas être prêts, mais on les enverra dès la première heure... » Et comme je l'installais dans la voiture, elle ajouta : « Il y a encore une boîte à chapeaux et une malle... » Elle souriait à demi en me disant cela, pour me faire sourire à mon tour. C'était une vieille matière à gentilles querelles entre nous que l'encombrement des menus et inutiles colis parmi lesquels elle voyageait. Dans un autre état d'esprit, j'aurais souffert de retrouver chez elle, à côté de la marque d'affection qu'elle me donnait en venant, la trace constante de cette frivolité féminine. N'était-ce pas là une des petites causes de mes grands malheurs? Cet enfantillage m'était, au contraire, si doux à remarquer dans cette minute... Voilà donc cette femme que je m'imaginais tout à l'heure arrivant vers moi avec le projet ténébreux de fouiller les papiers de ma tante morte, de voler ou de détruire les pages accusatrices qui s'y pourraient rencontrer?... Cette femme que je me représentais, le matin, comme une criminelle chargée du poids du plus lâche assassinat?... Oui, j'avais été fou. J'avais ressemblé au cheval emporté qui galope après son ombre. Mais quel apaisement de constater cette folie, quelle détente! J'en oubliais presque la douce et chère morte. J'étais bien triste au fond de l'âme, et cependant heureux, tandis que le vieux coupé nous emportait à travers la nuit. Je tenais la main de ma mère. J'avais envie de lui demander pardon, de baiser le bas de sa robe, de lui répéter que je l'aimais, que je la vénérais. Elle voyait bien mon émotion, qu'elle attribuait au malheur dont je venais d'être frappé. Elle ma plaignait. A plusieurs reprises, elle me dit : « Mon André... » C'était si rare que je la sentisse ainsi, toute à moi, et juste dans la nuance de cœur que réclamait ma sensibilité malade !

J'avais fait préparer pour elle la chambre du rez-de-chaussée, à côté du salon. Je me rappelais que cette chambre était la sienne, lorsqu'elle était venue à Compiègne avec mon père, quelques jours après son mariage, et je m'étais dit que l'impression produite sur elle par la vue de la maison d'abord, puis par celle de cette chambre, m'aiderait à dissiper mes affreux soupçons. Je m'étais juré de noter minutieusement les plus légers troubles qui passeraient en elle, à la rencontre d'un passé rendu de nouveau vivant par cette physionomie des choses, qui ne change pas aussi vite que le cœur d'une femme. Je rougissais à présent de cette idée de policier. Je sentais combien il est honteux de juger sa mère, de ne pas faire un acte de foi en elle qui prévale même contre l'évidence. Je le sentais, hélas ! d'autant mieux que l'innocente femme se surveillait moins. Elle était entrée dans la chambre avec un visage recueilli. Elle s'était assise devant le feu, étendant ses pieds fins du côté de la flamme qui rosait ses joues pâles ; et, avec ses cheveux restés noirs, avec sa taille restée jeune, elle avait encore, dans le demi-jour de cette pièce, le charme de délicatesse et d'aristocratie dont parlait mon père dans ses lettres. Elle regarda longuement autour d'elle, reconnaissant la plupart des objets que la piété de ma tante avait laissés à leur place. D'une voix triste, elle dit : « Que de souvenirs !... » Mais l'émotion qui détendait ses traits n'était pas amère.

Non ! Elle n'a pas ces yeux, cette bouche, ce front, une femme qui revient dans une chambre où elle a vécu, vingt ans auparavant. auprès d'un mari qu'elle a fait assassiner, après l'avoir trahi !... Il n'y eut pas un détail durant cette soirée qui ne vînt ainsi me démontrer combien ma puérile et déshonorante imagination avait calomnié complaisamment celle qui eût dû m'être sacrée. Julie nous avait dressé une espèce de souper qu'elle voulut nous servir, comme elle m'avait servi le jour précédent. Je les regardais toutes les deux, l'une en face de l'autre, la vieille domestique et son ancienne maîtresse. Je savais que leurs caractères ne s'étaient pas convenus autrefois, et pourtant elles éprouvaient une grande douceur à se revoir. Cette pauvre Julie surtout, simple fille, incapable de dissimuler, était si contente, qu'elle me prit à part quelques minutes avant ce frugal repas, pour me dire la consolation qu'elle éprouvait dans son chagrin à retrouver ma mère si bonne pour moi, et à nous servir tous les deux assis à la même table, comme aux temps lointains. Si, dans ces temps-là, il y eût eu dans la vie de ma mère un de ces coupables secrets que les domestiques fidèles devinent mieux que personne, l'honnête servante qui nous avait élevés, mon père et moi, ne l'eût pas ignoré ni pardonné. J'en aurais surpris la trace sur cette face aux lèvres rentrées, dont chaque ride aurait pour moi son éloquence. Ma mère, de son côté, ne se fût pas complu dans la présence de ce témoin d'une ancienne faute. Ses gestes eussent trahi une gêne cachée, quand ce n'eût été que cette hauteur par laquelle nous ripostons, comme d'avance, au blâme deviné chez un inférieur. La figure de Julie rentrait pour ma mère dans la série des choses qui lui représentaient son premier mariage, et soit que la mort presque subite de ma tante l'eût beaucoup remuée, soit que ce sentiment du passé flattât son goût pour le romanesque, bien loin de repousser ces souvenirs, elle s'y abandonnait, et moi, je la bénissais intérieurement de détruire par son attitude seule les derniers vestiges de ma muette calomnie. Quel merci je lui murmurai encore dans ma pensée lorsque plus tard, dans la nuit, elle me demanda de voir la morte, afin de lui dire un dernier adieu ! Nous entrâmes ensemble dans la pièce où l'agonisante s'était débattue contre la préoccupation suprême dont j'avais tiré de si abominables conséquences. Ma mère s'approcha du lit... La mort, qui a de ces singularités tragiques, avait exagéré la ressemblance qui existait du vivant de ma tante entre son visage et celui de mon père. Ce profil, immobile et livide, surtout à cause de la mentonnière qui maintenait la bouche fermée, rappelait invinciblement l'autre profil, que je gardais dans ma mémoire, et devant lequel ma mère m'avait embrassé d'une si chaude étreinte. Nous nous trouvions de nouveau tous deux en présence d'une vision funèbre. Mais je n'étais plus un enfant, elle n'était plus une jeune femme. Que d'années avaient passé entre ces deux morts, et quelles années ! Cette comparaison s'imposait à ma mère aussi bien qu'à moi. Elle demeura d'abord silencieuse ; enfin elle me dit : « Comme elle *lui* ressemble !... » Elle s'approcha ma tante, appuya un baiser sur ce front glacé, puis elle s'agenouilla au pied du lit et se mit en prière. Cette épreuve que j'avais à peine osé rêver, elle-même était allée au-devant d'une façon si naturelle, si vraie... J'ai eu depuis bien d'autres signes de la pureté absolue du cœur de maman, j'ai entendu sortir de la bouche de celui qui avait conduit le crime des paroles qui purifiaient pleinement la pauvre femme. Il n'en était plus besoin. La voir à genoux devant la sœur morte de mon père mort avait suffi pour exorciser le fantôme.

Quand elle eut achevé de prier, elle voulait rester à veiller auprès de ce triste chevet. Je l'en empêchai parce que je redoutais pour elle l'émotion d'une nuit ainsi passée et je la forçai de descendre. Mais elle était trop troublée, et elle me demanda de lui tenir compagnie encore un peu de temps. J'acceptai avec joie, tant j'avais peur de retrouver loin d'elle les hallucinations que sa manière d'être avait complètement dissipées. Je me sentais si bien son enfant durant cette soirée passée en tête à tête, que je m'extasiai comme jadis, dans ma véritable enfance, devant elle à ses moindres gestes. J'admirai avec quel art elle transforma, tout de suite, le coin de la cheminée du salon, où nous nous tenions, en un petit asile de causerie, bien retiré, bien à nous. Elle me fit apporter le paravent auprès de la chaise longue. Elle posa sur une table mobile sa pendule de voyage, son flacon de sels, la boîte de mes cigarettes. Elle-même avait passé une robe de chambre blanche, enroulé autour de sa tête et de ses épaules une mantille noire ; sur ses jambes elle mit une couverture de laine rose tricotée à la main, avec des rubans. Elle appuyait sa joue sur un des deux coussins revêtus de soie rouge dont elle se servait dans le chemin de fer. Quelques violettes des bois, que Julie avait paré un petit vase, mêlaient leur arome au frais parfum qu'elle secouait autour d'elle, et je l'aimais d'être ainsi, de me rappeler par les minutes de sa fine élégance les impressions les plus lointaines que j'avais eues d'elle. Je l'aimais surtout de me parler comme elle faisait, m'ouvrant son âme, laissant échapper d'elle tant de souvenirs. Elle avait commencé par me questionner sur la maladie de ma tante. Elle continua en m'entretenant de mon père, ce qui lui arrivait trop rarement.

Il était si rare aussi que nous nous vissions dans une intimité pareille ! Dans ce salon peuplé des reliques du mort ; avec le souvenir, si présent à mon esprit, des lettres lues ce jour même, ce me fut une sensation bien étrange de l'entendre me raconter à son tour l'histoire de son mariage. Elle me dit, ce que je savais déjà, comment s'était fait ce mariage ; qu'elle avait rencontré mon père à un bal chez un grand avocat qui connaissait les dames de Plane par des relations de monde. Elle me décrivait sa propre toilette à ce bal ; puis elle me peignait mon père un peu engoncé dans son habit noir, avec une cravate blanche mal nouée et des gants trop longs... « Quand on est jeune fille, » ajouta-t-elle, « on est si sotte... Il s'est fait présenter chez nous. Il m'a demandé une première fois, puis une seconde... Et les deux fois, j'ai refusé parce que j'avais dans le souvenir cette puérilité : ces gants trop longs... La troisième fois, il a voulu me parler en tête à tête... Maman avait une grande envie de ce mariage, malgré certaines différences de milieu et d'éducation... Ton père était un si honnête homme, si travailleur, si capable. Et puis, il admirait maman avec tant de naïveté, comme une idole... Enfin elle consentit à cette entrevue... Je reçus ton père avec le ferme propos de lui répondre non, et il me parla si gentiment, avec un tact si exquis, tant d'éloquence... Je vis si bien qu'il m'aimait... Et je dis oui... » Quel commentaire pour moi de la correspondance de mon père que cette entrée dans le mariage, symbole anticipé de toutes les années qui allaient suivre ! Jusqu'à leur dernier déjeuner pris en commun avant l'assassinat, ils avaient vécu ainsi, elle se laissant aimer avec l'indulgente fierté d'une femme qui se sait plus fine, plus distinguée, — et lui, le laborieux homme d'affaires, tout voisin du peuple, aimant cette femme délicate et d'un charme rare, avec un sentiment idolâtre de sa supériorité à elle, avec une méconnaissance naïve de ses supériorités à lui. Le grand poison du cœur, c'est le silence. Je l'avais déjà trop senti pour moi-même, et je le sentais pour le compte de celui dont j'étais le fils, dont j'avais hérité l'âme ombrageuse et concentrée. Et ma mère continuait, — navrante ironie, — insistant sur les qualités de mon père, sur sa droiture, sur son énergie et aussi sur les portions de ce caractère qui lui étaient demeurées fermées :

— Depuis qu'il est mort si tristement, » reprenait-elle, « je me suis demandé si je l'avais rendu aussi heureux qu'il aurait pu l'être... J'étais bien jeune alors et nous n'avions guère de goûts communs... J'ai toujours aimé le monde, c'est de naissance, et lui, il ne l'aimait pas, il ne s'y sentait pas bien... J'étais très pieuse, et il était très voltairien. Il croyait les autres hommes aussi bons que lui-même, et il pensait que l'on peut se passer de religion... Nous avons vu, depuis, où cela mène... Il n'était pas jaloux, jamais il ne m'a fait une observation sur les quelques amitiés d'hommes que j'avais formées ; mais il avait en lui un principe inquiet...; Lorsqu'il était obligé de quitter Paris pour quelques jours, si je mettais un peu trop tard à la poste ma lettre quotidienne, c'était tout de suite un télégramme qui me demandait anxieusement des nouvelles de ma santé... Le soir, si je rentrais un peu après mon heure habituelle, je le trouvais soucieux, persuadé qu'il m'était arrivé un malheur... Et puis, il avait des tristesses sans cause, de grands silences... Je n'osais pas le questionner... Tu tiens cela de lui, mon pauvre André... » Puis elle me parlait de cette mort mystérieuse : — « J'en ai tant pleuré, » disait-elle, « et, depuis, j'y ai tant pensé... Ton père n'avait pas d'ennemi. Il avait fait sa carrière trop loyalement... Ma conviction est que l'assassin comptait qu'il apportait avec lui une grosse somme d'argent. Remarque bien que nous ne savons pas ce que ton père avait avec lui dans son portefeuille... Ah! mon André, si tu savais quels jours j'ai passés ! C'est dans ces moments-là que j'ai pu reconnaître mes vrais amis... » Elle se prit à nommer M. Termonde et à me détailler les preuves de son dévouement. Mais je ne lui en voulais pas de ne pas comprendre, à l'heure où nous étions, qu'elle ne pouvait prononcer ce nom sans me faire de mal. Une fois lancée dans la voie des réminiscences, pourquoi se serait-elle arrêtée? Quel scrupule l'eût empêchée de m'entretenir du second mariage et des consolations qu'elle y avait trouvées? Avait-elle jamais deviné ma véritable situation envers mon beau-père, sa plus qu'autrefois les sentiments de mon père à l'égard du même personnage? Certes il y avait pour moi une mélancolie affreuse dans ces confidences qui formaient la contre-partie cruelle des autres, de celles que mon père faisait à ma tante dans ses lettres. Mais si grande que fût ma tristesse à constater les profondeurs du malentendu qui avait séparé ces deux êtres, qu'était-ce auprès du cauchemar tragique dont j'avais subi l'assaut? Et j'écoutai, toute cette longue soirée d'hiver, ma mère me parler ainsi. Oh ! la douce, l'enivrante certitude que jamais, plus jamais, les soupçons monstrueux ne me reprendraient ! Tout s'expliquait des lettres de mon père. Il avait été profondément jaloux de sa femme, et il n'avait jamais osé dire cette jalousie dont le principe était une influence morale, ignorée peut-être de celle-là même qui la subissait. Non, la créature qui me racontait ce passé et qui avait cette clarté dans les yeux, cette douceur dans la voix, cette ingénuité dans

l'aveu de ses inintelligences, cette évidente sincérité de toute sa personne, cette créature ne pouvait être qu'innocente, même des douleurs qu'elle avait infligées, — ou bien elle eût été un monstre d'hypocrisie. Du moins je n'ai pas pensé cela de toi, femme si faible mais si bonne, si capable de méconnaître une souffrance, et si incapable de la provoquer dès que tu l'aurais comprise ! Depuis cette soirée, ma foi en toi n'a plus subi d'atteinte. J'étais sauvé de mes soupçons impies.

Je peux donc me rendre cette justice qu'à partir de ce moment je n'ai plus traversé une seule crise de doute à l'égard de ma mère. Ni pendant le reste de nuit qui suivit cet entretien, ni pendant le jour d'après, qui fut celui de l'enterrement, ni pendant les jours qui succédèrent, et quand elle m'eut quitté, je n'entendis de nouveau la voix honteuse, celle qui m'avait parlé si fort contre celle que j'aurais dû être le dernier, que j'avais été le premier à juger coupable. Il n'en fut pas de même à l'endroit de mon beau-père. Lorsque la défiance est éveillée sur un point, et qu'il s'agit d'un intérêt aussi tragique, aussi poignant que l'assassinat d'un père, cette défiance ne s'endort pas avant d'avoir palpé, d'avoir étreint une certitude. Je l'avais tenue, cette certitude, à la minute où j'avais embrassé ma mère, où je l'avais entendue parler. Mais est-ce que l'innocence de ma mère prouvait l'innocence de mon beau-père? Dès que je fus seul, et que j'eus étudié, par le menu cette fois, les fatales lettres, cette nouvelle position du problème s'imposa aussitôt à mon esprit. Sauf les mauvais quarts d'heure d'injustice par excès de souffrance, mon père avait toujours distingué, lui aussi, la responsabilité de sa femme et celle de son ami, dans la relation dont il était jaloux. Toujours il avait innocenté ma mère dans sa pensée, et jamais, au contraire, il n'avait révoqué en doute la passion de Termonde pour elle. C'était là le fait positif, indéniable et que j'ignorais avant la lecture des lettres : à savoir que cet homme avait eu un intérêt prodigieux à la suppression de mon père. Je pouvais, avant cette lecture, croire que sa tendresse pour ma mère était née en lui seulement lorsqu'elle avait été libre de l'épouser. Malgré mes jalousies, j'avais trouvé cela bien naturel qu'une femme, jeune, belle et malheureuse, inspirât un passionné désir de la consoler, trop vite transformé en amour, même au plus intime ami de son mari mort. Les choses m'apparaissaient à présent sous un angle tout autre. Je relisais les lettres dans la solitude de la maison de Compiègne, où je m'attardais au lieu de rentrer à Paris, en apparence pour régler quelques affaires, en réalité parce que j'étais comme les animaux blessés qui se terrent pour souffrir. Une relique, entre celles dont était peuplée cette maison, réveillait, plus que les autres, le désir de vengeance qui avait dominé mon enfance. C'était, posé sur un petit secrétaire et à côté du buvard ayant appartenu à mon père, qui renfermait encore les enveloppes et le papier à lettres à son chiffre, un de ces calendriers à éphémérides dont on arrache une feuille chaque jour. Il était de l'année 1864. Ma tante l'avait conservé, sans plus y toucher, à la date du jour où elle avait appris l'assassinat. « Samedi onze juin », marquait la petite feuille posée sur l'épaisseur inentamée des autres, et cette épaisseur mesurait les jours de cette année-là que mon père n'avait pas vécus !... C'était donc le jeudi neuf qu'il avait été tué. J'avais neuf ans alors, j'en avais vingt-quatre aujourd'hui, et le mort n'était pas vengé... Pourquoi? Parce que le hasard ne m'avait fourni aucune indication. Je n'avais pu former aucune hypothèse qui reposât sur un fait observé, vérifié, certain. Aujourd'hui que je tenais une de ces indications, si douteuse fût-elle, je n'avais plus le droit de reculer. Il fallait pousser mes soupçons jusqu'à leur extrémité. « Si j'allais chez M. Massol », me disais-je, « lui remettre cette correspondance et le consulter, considérerait-il cette nouvelle révélation sur notre intérieur, sur les sentiments de la victime, sur ceux du second mari de ma mère, comme un document à négliger? »... Non, mille fois non, si bien que je n'aurais pas osé lui porter ces lettres. J'aurais tremblé de lancer les limiers de justice sur cette piste. Nous avions tant cherché, tant étudié, lui et moi, qui pouvait avoir eu un intérêt à ce crime? S'il avait pensé à mon beau-père, il ne m'en avait du moins jamais parlé. Quel indice possédait-il, qui l'autorisât, une seconde, à jeter ce trouble dans mon esprit? Cet indice, je pouvais le lui fournir, moi, et je le sentais, d'instinct, si grave, d'une signification si redoutable! Comment me serais-je empêché de m'y attacher, de le tourner et le retourner, m'abandonnant à ce dévidement d'idées qui s'accomplit en nous, presque à notre insu, quand le rouet de notre rêverie est une fois mis en branle?

Je sentais mieux mon impatience à dominer ma pensée, grâce au contraste qui existait entre cette tempête intime et la profonde tranquillité de la maison de la morte. Ma vie y coulait si monotone en apparence, et réellement si ardente. Je me levais tard, je classais des papiers ; je les lisais jusqu'à l'heure de mon déjeuner, que je prenais seul, toujours servi par Julie, qui continuait à ne pas vouloir qu'une autre personne s'occupât de moi. Dans cette salle à manger silencieuse, j'avais comme compagnons le chien de garde, don Juan, et deux chats, que j'avais

donnés moi-même à ma tante autrefois, deux demi angora, surnommés, l'un Boule-de-Poil à cause de sa longue fourrure, l'autre Pierrot pour sa figure spirituelle et sa malice. J'étais là, donnant la pâture à toutes ces bêtes. Je me souvenais de ce Robinson que j'aimais tant durant mon enfance, et des scènes où le solitaire s'assied à sa table, entouré de sa ménagerie privée. Hélas! j'étais, moi, le Robinson qui a vu sur le sable l'empreinte d'un pied inconnu, et qui, retiré dans l'asile paisible, y transporte avec lui son anxiété. Julie allait et venait, dans ses vêtements de deuil. Les chats soufflaient lorsque don Juan s'approchait d'eux. Si je les négligeais, ils étendaient la patte et griffaient la nappe, en allongeant leur museau futé. J'écoutais le bruit de l'horloge posée à terre dans sa gaine, et dont le balancier de cuivre passait et repassait par la lucarne ronde découpée au milieu du bois. Et dans ce décor si doucement bourgeois, j'étais en train de raisonner les chances de culpabilité de mon beau-père. Je me disais : « La grande objection préalable à toute enquête, c'est l'alibi constaté. L'alibi se rapporte aux données physiques du crime, tandis que toute analyse de cet ordre, à côté de la série de ces données physiques, il y a la série des données morales. Tant qu'elles ne coïncident pas, il y a doute, et la grande affaire d'un assassin habile est justement de créer ce doute. Si l'on s'en tenait à l'apparence d'impossibilité matérielle, combien d'instructions on ne pousserait pas?... » Je me levais parmi ces pensées, et le plus souvent je marchais vers la forêt. Autour de moi s'étendait l'immense silence des après-midi d'hiver. Les feuilles sèches vêtissaient la futaie d'admirables teintes fauves sur lesquelles se mouvait par intervalle une tache de la même nuance, le pelage de quelque chevreuil qui détalait à mon approche. Ces mêmes feuilles sèches criaient sous mes pieds, et moi, je poursuivais mon raisonnement. Je déduisais les conditions de l'une et de l'autre hypothèse... « Soit, M. Termonde est coupable. Il est, il est encore passionné jusqu'à la violence : c'est un premier fait. Il aimait ma mère éperdument : c'en est un autre. Mon père en était jaloux jusqu'à la douleur : c'est un troisième fait. Voici où commence l'incertitude : M. Termonde s'était-il aperçu de cette jalousie? A-t-il eu avec mon père quelques unes de ces scènes muettes à la suite desquelles un homme du monde comprend que la maison de l'ami dont il courtise la femme va lui être fermée? Cette supposition peut être admise sans difficulté. De là au furieux désir de se débarrasser d'un obstacle qu'on sent à jamais invincible, e passage est plus malaisé à comprendre, mais la chose est encore possible... » A ce moment de mon analyse, je me heurtais contre ce que j'appelais les données physiques du crime. Le faux Rochdale existait, c'était de nouveau un fait. Des gens l'avaient vu, l'avaient entendu, lui avaient parlé. Il attendait dans la chambre de l'hôtel Impérial, tandis que M. Termonde était à notre table, causant avec nous. Pour que M. Termonde fût coupable du crime, il fallait donc admettre entre ces deux hommes une complicité; que l'un, le faux Rochdale, fût un instrument, une espèce de bravo chargé de tuer pour le compte de l'autre?...

Le caractère d'exception de cette nouvelle hypothèse était trop évident pour que je m'y abandonnasse. La première fois que je conçus cette idée, je me moquai de moi cruellement. Je me rappelai mes paniques d'enfant et les preuves étranges que j'avais eues alors de ma facilité à confondre l'imaginaire avec le réel. Il m'était arrivé, à plusieurs reprises, entre ma septième et ma dixième année, de me réveiller la nuit, et là, seul au milieu des ténèbres, je me disais que peut-être il faisait jour, et que j'étais devenu aveugle. C'était une folie. J'écarquillais mes yeux pour percer l'ombre. Le noir s'épaississait autour de moi. L'angoisse de ma cécité possible devenait si forte alors que je devais, pour me rassurer, chercher une allumette à tâtons, la frotter contre le phosphore de sa boîte; et la vue de la flamme dissipait mon cauchemar. Que j'étais resté pareil à moi-même, combien incapable de dominer les chimères subitement apparues devant mon esprit! Je venais d'en avoir la preuve, à l'occasion de maman, et tout de suite je recommençais d'être la proie dorée d'une chimère semblable... J'avais beau me répéter cela, et insister sur l'invraisemblance d'une telle aventure: le faux Rochdale soudoyé par M. Termonde pour assassiner mon père; — en définitive ce n'était pas là une impossibilité absolue. En matière de crime, la moindre réflexion démontre que tout arrive. Je me complaisais alors à me détailler les histoires extraordinaires de cour d'assises que me représentait ma mémoire. Mon imagination devenait couleur de sang, comme l'horizon où le soleil se couchait derrière les taillis rouillés... Je rentrais. Je dînais, comme j'avais déjeuné, tout seul; puis je passais la soirée dans le salon, assis à la place où s'était assise ma mère. J'avais si peur des frénésies de pensée, auxquelles je me laissais trop aisément entraîner, que je demandais à Julie de me rejoindre aussitôt son repas fini. La vieille femme s'installait sur une petite chaise bretonne, dans le coin de l'âtre, comme une personne accoutumée à s'acagnarder sur le banc, au coin de la grande cheminée, à la cuisine. Elle tricotait un bas, faisait aller et venir les aiguilles d'acier dans les mailles de laine brune, et, pour cette besogne, elle assurait sur son nez une paire de besicles qui donnaient à sa face ridée et tirée un aspect de caricature. Il lui arrivait de travailler ainsi toute la soirée, sans dire un mot, avec Boule-de-Poil, son favori, ronronnant à ses pieds, tandis que Pierrot, jaloux, frottait sa tête contre elle, mendiant une caresse et dressé sur ses pattes. D'autres fois, elle parlait, répondant aux questions que je lui posais sur ma tante. Elle me répétait ce que je savais déjà si bien: les angoisses de la pauvre créature à mon endroit, ses idées sur les dangers que je pouvais courir, son anxiété à son lit d'agonie. Elle insistait sur l'inconsolable chagrin que cette sœur fidèle avait eu du mariage de la veuve de son frère, et sur la haine vouée par elle à M. Termonde. « Chaque fois qu'elle se décidait à venir chez ta mère », continuait Julie, « à cause de toi, André, d'avance elle était malade d'agitation; et huit jours de tristesse au retour, à se ronger l'âme... » Ces petits détails ne m'étaient pas nouveaux. Avec ma disposition actuelle, ils me rejetaient sur le chemin des hypothèses cruelles. Je recommençais par un autre côté l'analyse de mes pensées sur M. Termonde. « Admettons qu'il soit coupable », reprenais-je, « y a-t-il un seul fait, depuis l'événement, qui ne soit éclairci par cette culpabilité? L'horreur de ma tante est cependant un indice que je ne suis pas un insensé, car elle a nourri des soupçons pareils aux miens... Mais elle soupçonnait aussi ma mère. Sans quoi, elle eût mis son veto à ce mariage, qu'elle devait considérer comme le plus épouvantable sacrilège... Hé bien! elle pouvait s'être trompée sur ma mère et avoir raison sur mon beau-père... » L'antipathie de ce dernier pour moi n'était-elle pas un signe aussi? Je la mesurais à la mienne. N'y avait-il pas là quelque chose de plus que l'antagonisme d'un beau-père et d'un beau-fils? Comme il avait dû me détester en effet si je lui représentais mon père vivant, ce père à qui je ressemblais d'une manière saisissante, et qu'il aurait tué! Et puis, ces étranges inégalités de son humeur, ces besoins alternatifs d'étourdissement et de solitude, les noires mélancolies où je savais, par ma mère, qu'il tombait si souvent?... J'avais expliqué jusqu'ici ces bizarreries de caractère par l'hépatite qui, depuis quelques années, plombait ses joues, bistrait ses paupières et, de temps à autre, le couchait au lit, en proie à des souffrances si aiguës que cet homme si ferme en craint. Ces bizarreries, et cette maladie elle-même, ne pouvaient-elles pas être aussi le contre-coup de ce phénomène obscur, indéniable pourtant, et qui revêt des formes si étranges: le remords? Ne savais-je point par expérience l'étroit rapport du moral et du physique, les ravages de l'idée fixe sur la santé, la puissance meurtrière et irrésistible de la pensée, moi qui ne traversais pas une émotion un peu violente sans être terrassé ensuite par la névralgie? Et je me sentais de nouveau emporté par le soupçon. Combien celui qui doute ainsi est malheureux! C'est comme un roulis et comme un tangage auquel son esprit ballotté se trouve en proie. Le bateau s'élève, il retombe, et, de droite à gauche, de bas en haut, le passager malade est balancé, couvert de sueur, toute son énergie dissoute, et, à chaque fois, il croit qu'il va mourir...

XI

Contre cet intolérable malaise, je n'avais qu'un remède, celui-là même qui venait de si bien me réussir vis-à-vis de ma mère. Aux envahissements de l'imagination il fallait opposer le réel, me mettre en présence de l'homme que je soupçonnais, le voir droit en face, tel qu'il était, non point tel que me le présentait mon esprit, de jour en jour plus fiévreux, plus incapable de juger ses visions. Je discernerais alors si j'avais été victime d'un cauchemar; et le plus tôt serait le mieux, car mon angoisse grandissait, grandissait dans ma solitude. Ma tête se troublait. Je finissais par ne plus même douter. Ce qui n'aurait dû être qu'un tout faible indice faisait maintenant preuve accablante devant ma pensée. Il n'était que temps de réagir, dans l'intérêt même de mon enquête, si je devais être amené à la pousser plus avant; ou bien je tomberais dans cet état nerveux que je connaissais trop, et qui me rendait impossible une action de sang-froid... Je me décidai donc à quitter Compiègne. Je voulais revenir à Paris, voir mon beau-père, et d'après la première impression que je lui produirais en me présentant à l'improviste, je jugerais du plus ou moins de valeur de mes soupçons. Je fondais cette espérance sur un raisonnement que je m'étais déjà fait à l'occasion de ma mère. Je me disais que M. Termonde, s'il était mêlé à l'assassinat de mon père, avait redouté par-dessus tout la pénétration de ma tante. Leurs relations avaient été cérémonieuses, avec un fond de haine de sa part, à elle, qui n'avait certes pas échappé à cet homme très fin. Coupable, ne devait-il pas craindre qu'à son lit de mort la vieille fille ne m'eût confié ses pensées? L'attitude qu'il aurait avec moi, lors de notre première entrevue, serait une épreuve d'autant plus concluante que cette entrevue serait plus subite et qu'il aurait moins de temps pour s'y préparer. Que risquais-je à la tenter, cette épreuve? Tout au plus resterais-je dans le doute, mais il était probable que je serais rassuré du coup.

Je rentrai donc à Paris sans avoir prévenu personne, pas même mon valet de chambre et mon concierge, et, presque aussitôt, je m'acheminai vers le boulevard de Latour-Maubourg. Je me vois encore, m'arrêtant à la porte du petit hôtel, vers deux heures de l'après-midi. C'était le moment où j'étais presque certain de rencontrer M. Termonde à la maison. D'ordinaire, il restait là jusqu'à trois heures, à fumer dans le hall après le déjeuner. Puis ma mère et lui vaquaient, chacun de son côté, aux diverses courses et aux visites, pour se retrouver vers sept heures, avant le dîner. J'étais venu à pied, afin d'apaiser mes nerfs par l'exercice, me traitant d'ailleurs moi-même le long de la route avec le dernier mépris. A mesure que je me rapprochais de la réalité, les chimères évoquées dans ma solitude me semblaient le produit d'une fantaisie d'enfant malade. Je songeais à ce qu'il y avait eu d'humiliant, de ridicule dans l'arrivée de ma mère à Compiègne. J'étais allé au-devant d'elle comme Oreste au-devant de Clytemnestre, et j'avais trouvé une femme occupée de sa robe de deuil, de son chapeau, de ses sacs, de sa pendule et de ses petits coussins. Le même ironique contraste m'attendait-il dans ce premier entretien avec mon beau-père? c'était vraisemblable, et je me convaincrais, une fois de plus, de ma facilité à me griser avec mes propres idées. Cela me peinait toujours profondément de constater cette faiblesse, ainsi que ma constante impuissance à y voir juste, précis et net. Je me comparais en pensée aux taureaux que j'avais vus dans le cirque de Saint-Sébastien, lors d'un voyage de vacances aux Pyrénées; à ces stupides bêtes qui s'affolent contre un morceau d'étoffe écarlate au lieu de fondre droit sur le gladiateur alerte qui se joue de leur colère. Je tirai la sonnette dans ces dispositions découragées. Durant la demi-minute que j'attendis là, je regardai l'espèce d'édifice de bûches artistement dressé presque à la hauteur de la maison par le marchand qui occupait le terrain d'à côté. Je me rappelai mes matinées du dimanche, autrefois, passées à contempler ces piles symétriques et leurs dessins compliqués. Étais-je beaucoup plus raisonnable qu'alors?... La porte s'ouvrit. Je reconnus la cour étroite, la cage vitrée de la marquise, le tapis rouge de l'escalier. Le concierge, qui me salua, n'était plus celui par lequel je me croyais méprisé dans mon enfance; mais le valet de chambre qui m'ouvrit la porte n'avait pas changé. Son visage rasé m'offrit son impassible physionomie d'autrefois, celle qui me donnait, quand j'arrivais du collège, une telle impression d'insolence et d'outrage. — ô puérilité! A une question que je lui fis, cet homme me répondit que ma mère était là, ainsi que M. Termonde et une dame de leurs amies, Mme Bernard.

Ce nom acheva de me remettre au vrai point de la situation. C'était une assez jolie personne, toute mince et très brune avec des cheveux sur le front, un nez un peu carré, des dents très blanches, que découvrait dans un sourire continuel sa lèvre supérieure un peu courte, — l'air d'un *Watteau-Gavroche*, et tout le bagout d'une femme du monde au fait des moindres potins. Elle était quasi célèbre par sa liaison avec un certain comte de Candele. Je tombais du haut de mes songes de justicier imaginaire en pleine frivolité parisienne. J'allais entendre parler de la pièce à la mode, de procès en séparation, d'adultères et de chapeaux !

Le domestique m'introduisit donc dans le hall que je connaissais si bien, avec son divan oriental, avec ses plantes vertes, ses meubles compliqués, ses tapis aux nuances doucement passées, son Meissonier sur un chevalet drapé, à la place où était autrefois le portrait de mon père, son fouillis de bibelots, l'énorme parasol japonais ouvert au milieu du plafond. Sur les murs, de grands morceaux d'étoffe chinoise montraient leurs personnages, dont les moustaches, la barbe et les cheveux étaient brodés avec de la soie blanche ou noire. Du premier coup d'œil, je vis ma mère, qui se balançait sur un fauteuil américain et s'abritait du feu avec un écran ; Mme Bernard, assise en face, tenait son manchon d'une main et de l'autre faisait un geste ; M. Termonde, en redingote, écoutait, debout, le dos à la cheminée, la jambe repliée pour chauffer la semelle de sa bottine, en fumant un cigare. A mon entrée, ma mère jeta un petit cri de joyeux étonnement et se leva pour venir à ma rencontre. Mme Bernard prit aussitôt cet air contrit d'une femme distinguée qui se prépare à témoigner une sympathie de commande à une personne de sa connaissance éprouvée par un grand malheur. Oui, j'aperçus ces petits détails tout de suite, et aussi le haut-de-corps de M. Termonde, le battement subit de ses paupières, l'expression, bien vite dissimulée, de désagréable surprise que lui causait ma présence. Et après? N'en était-il pas ainsi de moi-même? J'aurais juré qu'à cette minute-là son cœur se serrait un peu, comme le mien, qu'il subissait une sensation de gêne à la gorge et à la poitrine. Qu'est-ce que cela prouvait? Qu'il existait, de lui à moi, le même courant d'antipathie que de moi à lui. Était-ce une raison pour que cet homme fût un assassin? C'était mon beau-père simplement, et un beau-père qui n'aimait pas son beau-fils. Cela durait depuis des années. Pourtant, après la semaine d'angoisse soupçonneuse dont je sortais, cet involontaire et fugitif passage me frappa d'une impression singulière, tandis que je lui prenais la main après avoir embrassé ma mère et salué Mme Bernard. La main? Non, mais, comme toujours, le bout des doigts, et qui se rétractaient entre les miens. Que de fois ma main, à moi, avait frémi de même, à ce contact, par une invincible répulsion !... Je l'écoutai me débiter les phrases de sympathie qu'il me devait dans ma peine et qu'il m'avait déjà écrites à la campagne. J'écoutai Mme Bernard en prononcer d'autres. Puis, la conversation reprit son cours, et, pendant la demi-heure que la jeune femme resta encore, je regardai plutôt que je ne parlai, comparant mentalement la physionomie de mon beau-père à la physionomie de la visiteuse et à celle de ma mère. J'éprouvais devant ces trois visages une impression qui ne s'était jamais ainsi précisée pour ma pensée, celle de leur différence, non pas simplement d'âge, mais d'intensité, mais de profondeur. Que celui de ma mère était peu mystérieux, facile à lire comme une page écrite en caractères bien nets ! Que l'âme de Mme Bernard, cette légère, cette imbécile et pauvre âme mondaine, se révélait aussi, au premier regard, à travers des traits délicats tout ensemble et communs ! Qu'il y avait peu de réflexion, de parti pris volontaire, de quant-à-soi impénétrable, derrière la grâce poétique de l'une et derrière les gracieuses minauderies de l'autre ! Quel masque personnel, au contraire, et violemment expressif que celui de mon beau-père ! Avec ses yeux bleus, un peu écartés, et qui semblaient toujours fuir l'observation ; avec les touffes de ses cheveux prématurément blanchis ; avec son teint brouillé de bile, obscur et trouble, comme ce visage semblait révéler chez l'homme du monde qui causait avec ces deux femmes du monde une créature d'une autre race ! Elles étaient des civilisées, et le sauvage, en lui, était toujours là. Quelles passions avaient ravagé ce sang, quelles pensées creusé ce front, quelles veilles meurtri ses paupières? Était-ce la figure d'un homme heureux, à qui tous les événements ont réussi ; qui, né riche, d'une excellente famille, a épousé la femme qu'il aimait ; qui n'a connu ni les soucis de l'ambition, ni les tracas d'une fortune à faire, ni les affronts de l'amour-propre humilié ? Sans doute, il souffrait du foie. Pourquoi cette réponse dont je m'étais contenté jusqu'alors me parut-elle soudain enfantine, presque niaise? Pourquoi ces signes accumulés d'usure et de tourment me semblèrent-ils les effets d'une cause secrète et que je m'étonnai de ne pas avoir cherchée plus tôt? Pourquoi me trouvai-je soudain, en sa présence, au rebours de ce que j'avais prévu, au rebours de ce qui m'était arrivé avec ma mère, plongé plus avant dans le gouffre de soupçons, duquel j'avais tant espéré sortir? Pourquoi eus-je peur, nos yeux s'étant rencontrés une seconde, qu'il ne pût lire ma pensée dans les miens et pourquoi les détournai-je avec une sorte de honte et d'épouvante?... Lâche que j'étais, triple lâche! Ou bien j'avais tort de penser ainsi, et il fallait à tout prix le savoir; ou bien j'avais raison, et il fallait le savoir encore. La recherche passionnée de cette certitude était la seule ressource qui me restât pour continuer de l'estimer moi-même.

Cette recherche était difficile, je m'en rendis compte aussitôt. Des faits? Je ne pouvais pas en rencontrer. Où et comment m'y prendre? La seule position du problème que j'avais devant moi m'interdisait l'espérance de découvrir quoi que ce fût par une enquête matérielle. De quoi s'agissait-il, en effet? De m'assurer si, oui ou non, M. Termonde était le complice de l'homme qui avait attiré mon père dans un guet-apens? Je ne connaissais pas cet homme lui-même. Je n'avais d'autres données sur lui que les détails de son déguisement et les vagues hypothèses d'un juge d'instruction. Si seulement j'avais pu le consulter, ce juge, et m'éclairer de son expérience? Que de fois j'ai saisi le paquet des lettres dénonciatrices, décidé à le lui porter, à implorer de lui un conseil, une indication, un appui! J'arrivais devant la porte de sa maison, et je m'arrêtais. L'image de ma mère me barrait l'entrée. S'il allait la soupçonner comme avait fait ma tante? Je reprenais le chemin de mon appartement, où je m'enfermais pendant des heures et des heures, couché sur le canapé de mon fumoir, et m'intoxiquant de tabac. C'était alors que je relisais les fatales lettres, bien que je les susse quasi par cœur, afin de vérifier ma première impression, que j'espérais toujours anéantir. Elle augmentait, au contraire, à chacune de ces lectures nouvelles. J'y gagnais au moins de concevoir que cette certitude, dont je m'étais fait un point d'honneur, ne pouvait être que psychologique. En définitive, toutes mes imaginations avaient pour point de départ les données morales du crime en dehors des données physiques que je ne pouvais pas atteindre. Il fallait donc m'attacher, uniquement, passionnément, à ces données morales. Et je recommençais à raisonner comme à Compiègne. « Supposons, » me disais-je, « que M. Termonde soit coupable, dans quel état d'esprit doit-il être? Cet état d'esprit une fois donné, comment agir de manière à lui arracher, à lui-même, quelque signe de sa culpabilité?... » Sur l'état d'esprit, je n'avais aucun doute. Souffrant et sombre comme je le connaissais, l'âme angoissée jusqu'au tourment, si cette souffrance, cette tristesse, cette angoisse s'accompagnaient du souvenir d'un meurtre commis dans le passé, cet homme était la victime d'un affreux remords. La question était

donc d'inventer un procédé qui donnât comme une forme à ce remords, de dresser devant lui le spectre de l'action commise, brusquement, brutalement. Coupable, il était impossible qu'il ne frémît pas; innocent, il ne s'apercevrait pas même de l'épreuve. Cette soudaine évocation du crime sous les yeux de celui que je soupçonnais, comment la produire? C'est au théâtre et dans les romans qu'un vengeur représente une scène d'assassinat devant l'assassin, en épiant sur son visage la seconde où il ne se possède plus. Dans la réalité, on n'a guère à son service, quand on veut donner un coup de sonde à travers la conscience de quelqu'un, que l'outil de la parole, si malaisé à manier. Je ne pouvais pourtant pas aller droit à M. Termonde et lui dire en face : « Vous avez fait tuer mon père... » Innocent ou coupable, il me jetterait à la porte comme un fou.

Après bien des heures de réflexion, je compris qu'un seul plan était raisonnable, un seul efficace : c'était d'avoir avec mon beau-père, en tête à tête et au moment où il s'y attendrait le moins, un entretien tout en nuances, tout en sous-entendus, dont chaque mot fût comme un doigt appuyé sur les places les plus douloureuses de sa pensée, au cas où cette pensée serait celle d'un meurtrier. Il fallait que chacune de mes phrases le contraignît à se demander : « Pourquoi me dit-il cela, s'il ne sait rien?... Il sait quelque chose?... Que sait-il?... » Je connaissais ses moindres jeux de physionomie, ses gestes les plus simples. Je le possédais si bien physiquement! Aucun signe de trouble, pour léger fût-il, ne m'échapperait. Si je ne rencontrais pas le point malade en procédant de la sorte, j'en conclurais de l'inanité des soupçons qui, depuis la mort de ma tante, renaissaient et renaissaient sans cesse en moi. J'admettrais cette simple, cette vraisemblable explication — rien ne la démentait des lettres de mon père — que M. Termonde avait aimé ma mère sans espérance, du vivant de son premier mari, puis bénéficié d'un veuvage auquel il n'aurait pas même osé penser. Si, au contraire, je le voyais, durant notre entretien, comprendre mes soupçons, les deviner, suivre mes paroles avec anxiété; si je devinais dans son regard cet éclair qui révèle l'épouvante instinctive d'un animal attaqué à l'instant où il se croit le plus en sûreté; si l'épreuve réussissait, alors... Alors?... Je n'osais même pas penser à cet alors. Cette seule possibilité me bouleversait trop profondément. Mais cette conversation, en aurais-je moi-même la force? Ç'allait être un de ces combats pareils aux duels au sabre, où la victoire est à celui qui prend tout de suite la garde haute; et je me rendais bien compte qu'avec ma sensibilité frémissante ce rôle m'était plus difficile qu'à un

autre. Rien qu'en y songeant, mon cœur battait plus
vite, mes nerfs se crispaient... Quoi? c'était la première occasion offerte d'agir, de me dévouer à la
besogne de vengeance, acceptée, convoitée durant
toute ma jeunesse, et j'hésitais !... Heureusement, ou
malheureusement, j'avais pour me conseiller un com-
pagnon plus fort que mes hésitations : le portrait
de mon père, suspendu à présent dans mon fumoir
de jeune homme. La nuit, je me réveillais, bourrelé
par ces pensées. J'allumais ma bougie et j'allais le
regarder, détaché en clair sur la tenture, en face de
moi. Comme nous nous ressemblions, quoique je fusse
un peu moins robuste d'encolure ! Que nous étions
bien le même être ! Que je le sentais voisin de moi !
Que je l'aimais ! Ce front carré, ces yeux bruns, cette
bouche un peu large, ce menton un peu long, — je
contemplais ces traits avec une émotion indicible.
Cette bouche surtout, que cachait à demi une moustache noire, coupée comme la mienne, elle n'avait
pas besoin de s'ouvrir et de me crier : « André, André,
souviens-toi de moi ! » Non, pauvre mort, je ne pouvais pas te laisser ainsi sans avoir tenté jusqu'à
l'impossible pour te venger, et c'était une conversation à soutenir, rien qu'une conversation. Mon
malaise nerveux cédait la place à une volonté à la
fois fiévreuse et froide, — les deux ensemble ; et ce
fut avec une maîtrise de moi-même presque absolue,
qu'après une période assez longue de ces luttes
intimes, le plan de mon discours très arrêté, je me
rendis à l'hôtel du boulevard de Latour-Maubourg
par un après-midi du commencement de février.
J'étais presque assuré de trouver mon beau-père
seul. Ma mère déjeunait chez Mme Bernard ce jour-là ;
je le savais. Il était à la maison, et seul en effet. —
« Allons, André, » me dit la voix intérieure qui défend
au soldat de reculer, « sois un homme. » Une fois de
plus, je sentis combien l'action est apaisante, et quel
bienfait l'audace emporte avec elle. C'est de trop
penser qu'on souffre et de trop regarder son propre
cœur. Hélas ! Que ne peut-on toujours agir ?

M. Termonde se tenait dans son cabinet de travail.
Lorsque j'entrai, il fumait, assis sur un fauteuil bas,
frileusement, au coin du feu. Lui aussi, comme moi
dans mes mauvaises heures, s'intoxiquait de tabac,
ne quittant un cigare que pour en prendre un autre.
Cette pièce, où je venais rarement, n'offrait aucun
caractère très spécial et qui permît de rien préjuger
sur la personne qui s'était choisi ce décor intime.
C'était une vaste chambre, luxueuse et insignifiante.
Les voussures de bois du plafond, toutes sombres ;
le faux cuir de Cordoue tendu sur les murs, de couleur feuille morte avec des rehauts d'or, la nuance du
tapis d'un rouge obscur et les teintes effacées des

gobelins des portières s'harmonisaient avec le demi-
jour, tamisé par des vitraux mobiles, en ce moment
fermés. Et c'était une profusion de meubles de toutes
provenances qui rappelaient les voyages du diplomate élégant : deux bargueños d'Espagne aux écla-
tants reflets de pourpre, des chaises basses aux dos-
siers sculptés de style florentin ; dans la cheminée
de haut chenets en fer forgé achetés à Nuremberg,
avec les monstres chimériques de leur ciselure, et,
au-dessus de cette cheminée, une vieille copie d'un
portrait de doge par Titien. Une large bibliothèque
occupait un des pans de la pièce. Les livres d'histoire
et d'économie politique y montraient leur reliure
verte ou noire, au-dessus des casiers où s'empilaient
d'autres livres brochés, aux couvertures plus claires,
qui étaient les romans à la mode. Un grand bureau
plat s'étendait au milieu de la chambre, avec les
objets nécessaires pour écrire, soigneusement rangés,
et quelques photographies dans leurs cadres de maro-
quin, celle de ma mère, celles du père et de la mère de
M. Termonde. Ce cabinet de travail révélait au moins
un trait dominant de celui qui l'emplissait, en ce
moment, de la fumée bleuâtre de son cigare : le souci
méticuleux de la correction. Mais ce souci, qui lui
était commun avec tant de personnes de son monde,
peut servir de paravent à la banalité la plus entière,
comme à l'hypocrisie la plus raffinée. Ce n'était pas
seulement dans la tenue extérieure de sa vie que
mon beau-père se montrait impénétrable, sans qu'on
devinât s'il cachait ou non des pensées profondes derrière sa politesse et son élégance. Ces réflexions je
les avais faites souvent, à une époque où je n'avais
guère qu'un intérêt de curiosité à pénétrer le plus
intime repli de ce caractère. Elles me saisirent avec
une extrême intensité, à cette minute où je venais
à lui avec une volonté si nette de lire dans son passé.
Cependant, nous nous serrions la main, je prenais
place à l'autre côté de la cheminée ; j'allumais, moi,
une cigarette, et je lui disais, afin d'expliquer mon
insolite présence :

— « Maman n'y est pas? »

— « Mais ne t'a-t-elle pas raconté, l'autre jour,
qu'elle déjeunait chez Mme Bernard?... » me répondit-il. « C'est une petite expédition dans l'atelier
de Maitland, » — c'était le nom d'un peintre américain très goûté à Paris depuis deux ans, — « pour
voir le portrait qu'il termine de Louis de Candale... »
Et il ajouta simplement : « Est-ce que tu as quelque
chose à lui faire dire?... »

Ce peu de mots suffisaient à me montrer qu'il
avait remarqué la singularité de ma visite. Devais-je
m'en affliger ou m'en réjouir?... Je le voyais donc
prévenu que j'arrivais poussé par un motif parti-

culier. Cela même donnerait toute leur portée à mes paroles. Je commençai par mettre la conversation sur une matière indifférente, parlant de ce peintre dont je connaissais un bon tableau, une danse de gitanes dans une chambre d'auberge à Grenade. Je lui décrivais les poses hardies, les teintes pâles, les œillets rouges dans les cheveux noirs, la face de Maure du guitariste, et je le questionnais sur l'Espagne. Visiblement il me répondait par simple politesse. Tout en continuant de fumer son cigare, il fouillait le feu avec des pincettes, prenant entre leurs pointes un morceau de braise, puis un autre. Au frémissement de ses doigts, le seul signe de sa sensibilité nerveuse qu'il ne sût pas bien dompter, je constatais que ma présence lui était, comme toujours, insupportable. Il causait cependant avec son habituelle courtoisie, de cette voix douce, presque sans timbre, qui donnait l'impression d'avoir été dressée à prononcer ainsi. Ses yeux étaient fixés sur la flamme, et son visage, que je voyais de profil, gardait cet air d'infinie lassitude que je connaissais bien, un je ne sais quoi d'immobile et de triste, avec de longues rides, comme une contraction de la bouche dans une pensée toujours amère. A une seconde, je le fixai, ce profil détesté, avec tout ce que j'avais en moi d'attention, et passant d'un sujet à un autre, brusquement, je laissai tomber cette phrase :

— « J'ai fait, ce matin, une visite bien intéressante. »

— « C'est ce qui te distingue de moi, » répliqua-t-il d'un ton indifférent, « qui ai gâché ma matinée à mettre au courant ma correspondance... »

— « Oui, » continuai-je, « bien intéressante... J'ai passé deux heures chez M. Massol... »

J'avais beaucoup compté sur l'effet de ce nom, qui devait lui rappeler tout d'un coup l'enquête sur le mystère de l'hôtel Impérial. Les muscles de son visage ne bougèrent pas. Il posa les pincettes, se pencha en arrière sur son fauteuil et me demanda d'un air distrait :

— « L'ancien juge d'instruction? Que fait-il maintenant?... »

Était-il possible qu'il ne sût réellement pas où vivait cet homme, celui dont il devait se défier le plus, s'il était coupable? Comment deviner si cette impassibilité était jouée? Le traquenard que j'avais tendu me sembla soudain la conception d'un enfant naïf. En admettant que mon beau-père eût maintenant le cœur serré, que son pouls battît la fièvre, qu'il se demandât avec angoisse : « Où veut-il en venir? » — c'était une raison pour lui de mieux cacher son émotion... N'importe. J'avais commencé. Il fallait continuer et frapper fort.

— « M. Massol est conseiller à la Cour, » répondis-je, et j'ajoutai, — quoique ce ne fût plus vrai : — « Je le vois souvent... Nous avons causé, ce matin des criminels qui échappent au châtiment. Imaginez-vous qu'il est persuadé que Troppmann avait un complice. Il croit cela sur les détails du crime qui, d'après lui, supposent deux hommes... Si cela est vrai, il faut avouer que messieurs les assassins ont leur honneur à eux, quelque bizarre que cela paraisse, puisque ce monstrueux tueur d'enfants s'est laissé couper le cou sans dénoncer l'autre... C'est égal, le complice a dû passer de mauvaises heures à partir de la découverte des cadavres et de l'arrestation de son camarade... Je ne m'y fierais pas, à cet honneur-là, et, si la fantaisie me prenait de commettre un crime, j'agirais seul... » Et j'ajou'ai, comme en badinant : « Et vous? »

Ce n'était rien, ces deux petits mots, rien qu'une insignifiante plaisanterie, si celui à qui je posais cette bizarre question était innocent. Dans le cas contraire, ah! c'était de quoi lui geler la moelle dans les os. Il m'avait écouté en s'enveloppant de fumée, les paupières à demi abaissées sur les yeux. Je ne voyais plus sa main gauche, qu'il laissait pendre de l'autre côté du fauteuil, et il avait passé la droite dans la poche de sa jaquette. Il mit un peu de temps à me répondre, — bien peu, mais ce quart de minute peut-être qui sépara ma demande et sa réponse s'écoula pour moi si brûlant. Pourquoi? Les conversations précipitées n'étaient pas dans ses habitudes, et ma question n'offrait rien d'intéressant pour lui s'il n'était pas coupable. S'il l'était, ne lui fallait-il pas calculer dans un éclair la portée de la phrase qu'il me lancerait? Comment le savoir encore?... Il ferma les yeux tout à fait, ainsi que cela lui arrivait souvent, et il me dit avec l'accent détaché d'un homme qui parle d'idées générales :

— « Il est certain que des morceaux de conscience demeurent intacts chez des gens très corrompus. Cela se voit surtout quand on habite des pays où les mœurs sont plus vraies que chez nous, plus voisines de la nature. Tiens, cette Espagne qui t'intéresse tant, lorsque j'y vivais, elle avait encore ses brigands... On passait des traités avec eux pour traverser en sûreté un bout de sierra... Il n'y avait pas d'exemple qu'ils manquassent au contrat... L'histoire des causes célèbres fourmille en scélérats qui ont été des amis excellents, des fils dévoués, des amants accomplis... Mais je suis comme toi, et je pense que le mieux serait de n'y pas trop compter... »

Il souriait, lui aussi, en prononçant ces derniers mots, et, maintenant, il me regardait avec ses prunelles d'un bleu si clair tout ensemble et si mystérieux, si intraversable. Non, je n'étais pas de taille

à lire de force dans ce cœur. Il fallait un autre talent
que le mien, une autre acuité de regard, une autre
énergie pour jouer vis-à-vis de ce personnage le rôle
du policier qui magnétise un coupable. Pourquoi,
néanmoins, mes soupçons augmentaient-ils, à sentir
cet homme si dissimulé, si masqué, si boutonné?
N'y a-t-il pas des natures faites ainsi, qui se ferment
sans motifs comme d'autres s'ouvrent, des âmes
d'obscurité, comme il y a des âmes de jour?... Allons,
du courage, et frappons encore.

— « M. Massol et moi, » repris-je, « nous nous
sommes aussi demandé quelle vie pouvait bien mener
ce complice de Troppmann ou encore ce Rochdale,
que nous n'avons pas renoncé à retrouver, ni lui ni
moi... Car M. Massol a eu grand soin, avant de quitter
son cabinet, de faire un acte interruptif de la prescription. Nous avons des années devant nous pour
chercher... Ces criminels dorment-ils en paix? Sont-ils
punis, même dans leur sécurité momentanée, par
l'appréhension du danger, par le remords?... Ce serait
une ironie singulière s'ils étaient à présent de bons
et tranquilles bourgeois, fumant leur cigare comme
vous et moi, amoureux, aimés?... Est-ce que vous
croyez au remords, vous? »

— « Oui, j'y crois, » répondit-il. Était-ce le contraste entre la légèreté affectée de mon discours et
le sérieux avec lequel il avait parlé qui me fit paraître sa voix grave et profonde? Mais non, je me
trompais, car il avait supporté sans un frisson
la nouvelle que la prescription du crime avait été
interrompue, — nouvelle effrayante pour lui s'il
était mêlé au meurtre, et il ajouta d'un ton paisible,
— ne retenant de ma question que son côté philo-
sophique :

— « Et M. Massol, lui, croit-il au remords, lui qui
a étudié tant de criminels?... »

— « Justement non, » fis-je. « M. Massol est un
cynique. Il a vu trop de vilaines histoires. Il dit que
c'est là une question d'estomac et d'éducation religieuse. Il prétend qu'un homme qui digérerait à
merveille et à qui, tout enfant, on n'aurait jamais
parlé de l'enfer pourrait voler et tuer du matin au
soir sans jamais connaître d'autres remords que la
crainte des gendarmes... Cette question de l'autre vie,
on ne sait pas quel rôle elle joue dans la solitude,
prétend ce sceptique, et je crois qu'il a raison, car
bien souvent je me mets, sans raison, la nuit, à penser
à la mort, moi qui ne crois plus à grand'chose, et
j'ai peur... Oui, j'ai peur... Et vous, » continuai-je,
« croyez-vous à un autre monde?... »

— « Oui, » dit-il... Et cette fois je crus bien dis-
cerner une altération dans sa voix.

— « Et à la justice de Dieu? » insistai-je.

— « A sa justice et sa miséricorde, » répondit-il
avec un accent singulier.

— « Étrange justice, » m'écriai-je, « qui, pouvant tout, attendrait pour punir! Ma pauvre tante
aussi me disait cela, quand je lui parlais de venger
mon père. Je sais : *Ego retribuam, dixit Dominus...*
Eh bien, malgré le mot de l'apôtre, si je tenais l'assassin, si je l'avais là devant moi, si j'étais sûr... Non,
je n'attendrais pas l'heure de cette justice de
Dieu... »

Je m'étais levé en prononçant ces paroles, en proie
à une involontaire exaltation dont je sentis aussitôt
l'enfantillage. M. Termonde s'était, lui, penché de
nouveau sur le feu. Il avait repris les pincettes. Il ne
répliqua rien à ma sortie. Avait-il vraiment, comme
je l'avais cru pendant un éclair, ressenti un peu de
trouble à m'entendre parler de cet inévitable et redoutable lendemain du tombeau, dont j'ai si peur, moi,
aujourd'hui que j'ai du sang sur mes mains? Je n'en
pus rien savoir. Son profil était, comme tout à l'heure,
impassible et triste. L'agitation de ses mains, qui
me rappelait tant le geste avec lequel il tournait et
retournait sa canne de jonc, tandis que ma mère lui
annonçait la disparition de mon père, autrefois ; oui,
l'agitation de ses mains était extrême, mais tout à
l'heure elles tisonnaient avec une fièvre pareille. Le
silence s'était abattu entre nous subitement, mais
que de silences semblables nous avions traversés,
à chaque tête-à-tête!... Et puis, contre l'explosion
de ma douleur et de ma haine d'orphelin, qu'avait-il
à dire ou à faire? Innocent ou coupable, il devait
également se taire, et il se taisait. Un découragement
immense me saisit. Dans cette minute, j'aurais souhaité
avoir à mon service les instruments de torture du
moyen âge, les chevalets, les fers rouges, le plomb
fondu, de quoi arracher leur secret aux bouches les
mieux fermées. Stérile et impuissante fureur! Mon
beau-père avait regardé la pendule; il s'était levé
à son tour, et il me disait : « Veux-tu que je te mette
quelque part sur ma route? J'ai demandé la voiture
pour trois heures, j'ai rendez-vous au cercle à la
demie afin de nous entendre sur l'élection qui aura
lieu après-demain. Tu n'y viens pas?... » J'avais
devant moi, au lieu du criminel terrassé que j'avais
rêvé, un homme du monde en train de penser à ses
devoirs de club. Je déclinai son offre presque en bal-
butiant. Il me reconduisit jusque dans le hall avec
un sourire... Pourquoi donc, un quart d'heure plus
tard, lorsque nous nous croisâmes sur le quai, par
hasard, moi m'en retournant à pied, lui dans son
coupé, — oui, pourquoi son visage me sembla-t-il
si bouleversé, si tragique, si sombre? Il ne me vit pas.
Il était dans le coin. Sa face se détachait, terreuse,

sur le fond de cuir vert... Ses yeux regardaient... où et quoi?... C'était une vision de détresse qui passait devant moi, tellement différente de la physionomie souriante de tout à l'heure, qu'elle me fit me redresser avec une émotion extraordinaire et me dire, comme épouvanté de mon succès : « Aurais-je touché juste? »

XII

Cette impression d'épouvante me domina tout le soir de cette journée et durant celles qui suivirent. Il y a une distance infinie entre nos imaginations, si précises soient-elles, et le moindre atome de réalité. Certes, les lettres de mon père avaient remué en moi des fibres profondes, évoqué devant mes yeux des tableaux tragiques. Ce simple petit fait : le bouleversement du visage de mon beau-père au sortir de notre entretien, me secoua pourtant d'une autre secousse. Au fond de moi, après la lecture des lettres, même répétée, j'avais gardé la secrète espérance que je me trompais ; qu'une épreuve légère dissiperait des soupçons que je jugeais insensés, peut-être parce que j'appréhendais à l'avance le formidable devoir qui surgirait devant moi, au jour de la certitude. J'avais ressemblé à un amant que le hasard instruit d'une infidélité de sa maîtresse. Trop fier pour supporter la trahison, il procède à une enquête minutieuse, avec le désir, inavoué, mais cuisant, mais passionné, que cette femme soit innocente ; car, une fois l'enquête finie, et si elle est démontrée coupable, il faudra vouloir, et il sait trop bien ce que lui coûtera cette volonté !... Moi aussi, dès la première heure, j'avais entrevu l'inévitable résultat, si mon beau-père se trouvait coupable. Il me faudrait vouloir. *Vouloir?...* Je n'osais pas regarder en face cette nécessité. Non, je ne l'avais pas regardée, à cette rencontre de mon ennemi, terrassé de douleur sur les coussins de son coupé. Maintenant je m'aventurais à y songer. Qu'aurais-je à vouloir, s'il était coupable?... Une fois rentré chez moi, j'eus l'énergie de me poser ce problème, nettement, et j'aperçus l'horreur de la situation. De quelque côté que je me tournasse, je rencontrais une souffrance impossible à soutenir. — Que les choses durassent comme elles étaient, non, je ne le supporterais pas ! Je voyais ma mère s'approcher de M. Termonde comme elle faisait souvent, lui toucher le front de la main par un geste amical, mettre un baiser sur ce front, et je la brûlais rien que d'y penser, et c'était comme une pointe de flèche qui me pénétrait la poitrine. Soit ! J'agirais, j'aurais la force d'aller à ma mère et de lui dire : « Cet homme

est un assassin... » et de le lui démontrer ; et voici que je ressentais déjà l'effrayante douleur qu'elle éprouverait, elle, à ce discours. Il me semblait que je verrais, en lui parlant, ses yeux s'ouvrir, et, à travers ses prunelles, un déchirement de tout son être, jusqu'à son cœur, et que, sur-le-champ, là, devant moi, elle deviendrait folle ou tomberait morte... Non, je ne lui parlerais pas moi-même. Si je tenais en main la preuve convaincante, j'irais à la justice, et une scène nouvelle s'évoquait. J'apercevais ma mère, maintenant, à la minute où l'on arrêterait son mari. Elle serait dans la chambre, auprès de lui. « Et de quel crime est-il accusé?... » demanderait-elle, et elle devrait entendre la terrible réponse. Et j'en serais la cause volontaire, moi, qui avais, depuis mon enfance et pour lui épargner une tristesse, tout étouffé de mes plaintes, à l'époque où mon cœur contenait tant de soupirs, tant de larmes, tant de douleurs, que les dire eût été un soulagement suprême. Je ne l'avais pas fait alors. Je la savais heureuse de sa vie et que ce bonheur la rendait aveugle à mes peines. Je l'aimais mieux aveugle et heureuse. Et maintenant?... Je ne pouvais pas te porter ce coup. Être fragile ! Être si cher !... Cette première vue de la double perspective d'infortune offerte à mon avenir, si mes soupçons se trouvaient justes, fut trop cruelle. Et aussitôt, je me raidis de toutes mes forces contre une vision qui devait emporter avec elle de pareilles conséquences. Au rebours de mon habitude, je me fis le complice des hypothèses heureuses... Mon beau-père triste dans son coupé, que prouvait cette apparition? N'avait-il pas dix motifs possibles de soucis, à commencer par sa santé, plus chancelante chaque jour? Un seul fait m'eût été la preuve absolue, indiscutable : s'il avait tressailli d'un sursaut épouvanté tandis que nous causions ; si je l'avais vu, comme l'oncle d'Hamlet, de mon frère en agonie, se lever livide, la face convulsée, devant le spectre de son crime évoqué subitement. Or, pas un muscle de son visage n'avait bougé, pas un éclair n'avait jailli de ses yeux. Pourquoi donc interpréter, et cette froideur comme une hypocrisie prodigieuse, et le bouleversement des traits que j'avais constaté une demi-heure plus tard comme le véritable aveu?... C'étaient là des raisonnements justes ; du moins ils me paraissent tels, aujourd'hui que j'écris de sang-froid ces souvenirs. Ils ne prévalaient pas contre l'espèce d'instinct funeste qui me forçait de suivre cette piste. Oui, c'était absurde, c'était fou de supposer presque gratuitement cette chose énorme : que M. Termonde eût fait assassiner mon père par un autre. Pourtant, cette histoire invraisemblable, je ne parvenais pas à m'empêcher de l'admettre, à tous les moments, comme possible, et, à quelques minutes, comme certaine. Quand on a laissé place dans son esprit à des idées de cet ordre, on n'est plus maître d'aller, de venir. Ou bien l'on est un lâche, ou bien l'on coule à fond sa pensée. Je devais à mon père, je devais à ma mère, je me devais à moi-même de savoir. Je me promenais des heures entières dans mon cabinet de travail, roulant ces sinistres rêves. Il m'arriva plus d'une fois de prendre un pistolet, de l'armer, de me dire : « Une petite pression sur la gâchette, un tout faible mouvement, comme celui-ci... » — je faisais le geste, — « et je suis à jamais guéri de cette mortelle angoisse. » Mais de manier seulement cette arme, de sentir le froid du canon lisse, me rappelait la mystérieuse scène où mon père avait été frappé. Je me représentais le salon de l'hôtel Impérial ; l'homme grimé, qui attendait ; mon père qui entrait, qui s'asseyait à la table, feuilletait des papiers, et un pistolet, comme celui-ci, braqué à quelques centimètres de la nuque, et le foudroiement subit, la tête s'abattant sur la table, l'assassin enveloppant de serviettes ce cou troué d'où giclait le sang, et il lavait ses mains comme s'il eût achevé une besogne ordinaire, posément, à loisir. La rage de la vengeance grondait en moi à ces images. J'allais vers le portrait du mort, qui me regardait de ses yeux immobiles... Et j'avais des soupçons sur l'instigateur de ce meurtre, et je les laisserais sans les vérifier parce que j'avais peur d'agir ensuite ! Ah ! je me déterminerais après. Il fallait *savoir* d'abord, à tout prix.

Je passai ainsi trois jours à me torturer parmi ces irrésolutions coupées de projets sans cesse rejetés comme impraticables. Savoir?... C'était bientôt dit ; mais je ne pourrais jamais extorquer son secret, s'il en avait un, à cet homme si maître de lui qui était mon beau-père, moi, si passionné, si énervé, si peu capable de dominer la frénésie de mes émotions changeantes ! Ce sentiment de sa force et de ma faiblesse me faisait redouter sa présence autant que je la désirais. Au vague et douloureux malaise qui m'avait toujours rendu intolérable de respirer, de parler, de manger à côté de lui, allait se joindre l'impression plus pénible encore de la difficulté de mon attitude. J'étais comme un novice qui doit se battre en duel avec un adversaire très adroit. Il veut se défendre et vaincre ; il est courageux, résolu, mais il doute de son propre sang-froid. Que faire, maintenant que j'avais porté un premier coup, et qui ne s'était pas trouvé décisif? Si cet entretien avait eu réellement une portée sur sa conscience, comment m'y prendre pour redoubler le premier effet, pour achever de bouleverser cette âme? J'en étais là de mes réflexions,

fermant, reformant des plans toujours détruits, quand un billet de ma mère arriva, se plaignant que je ne fusse pas revenu depuis le jour où je ne l'avais pas rencontrée, et m'annonçant que, l'avant-veille, mon beau-père avait été repris d'une crise de foie très violente... L'avant-veille? C'était donc le lendemain même de notre conversation. Encore ici on eût dit que le sort se complaisait à redoubler l'ambiguïté des indices, principe de mes pires désespoirs. Cette crise imminente expliquait-elle la physionomie angoissée de mon beau-père dans sa voiture? Était-elle une cause ou bien simplement l'effet de la foudroyante terreur dont il avait dû être écrasé sous son masque d'indifférence, s'il était coupable, tandis que je lui lançais en face mes phrases menaçantes? Dieu ! l'abominable incertitude ! Et ma mère l'augmenta encore, dès que je fus rendu auprès d'elle, par ces paroles : « C'est la seconde crise depuis deux mois, » disait-elle ; « jamais les attaques du mal n'avaient été aussi rapprochées... Ce qui m'effraye le plus, ce sont les doses de morphine qu'il arrive à prendre pour échapper à ses douleurs... Il n'a jamais eu un bon sommeil... Voici des années qu'il ne dort pas une nuit sans avoir recours aux narcotiques ; mais il était raisonnable, tandis qu'aujourd'hui !... » Elle secouait la tête bien tristement, la pauvre femme, et moi, au lieu de compatir à son chagrin, je me demandais si ce n'était pas encore là un signe, si cette perte de sommeil n'était pas liée à un atroce, à un invincible remords ; et cela pouvait être aussi la banale conséquence d'un désordre organique. « Veux-tu le voir?... » continua ma mère presque timidement, et, comme j'hésitais, arguant de ma crainte de le fatiguer, en réalité tout surpris de cette offre : « C'est lui-même qui t'a demandé... Il voudrait avoir de toi des détails sur l'élection du cercle... » Était-ce bien le véritable motif de ce désir, que je ne pouvais m'empêcher de trouver singulier, ou entendait-il me prouver qu'il était demeuré indifférent à notre entretien? Devais-je apercevoir dans cette commission, dont il avait chargé ma mère, un signe entre mille de l'extrême importance qu'il attachait aux choses de la vie mondaine? Ou bien, appréhendant mes défiances, les prévenait-il? Ou bien encore était-il lui-même torturé par l'idée de savoir, par le besoin de se repaître de mes traits, pour y déchiffrer ma pensée?

Je me retrouvais, en pénétrant dans cette chambre à coucher qui, enfant, avait été la mienne, mais où je ne venais plus guère depuis des années, dans la même disposition anxieuse de l'âme que l'autre jour, alors que le valet de chambre m'ouvrait la porte du cabinet de travail de mon beau-père. J'avais pourtant une espérance de moins, celle que M. Termonde fût

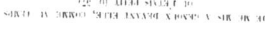

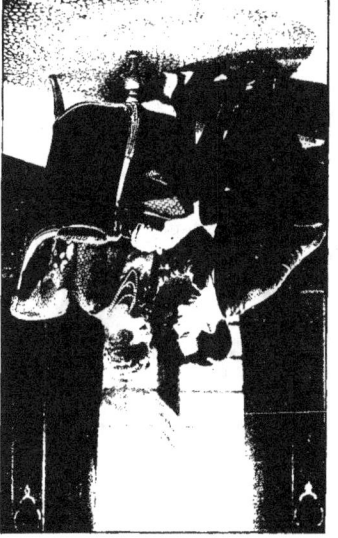

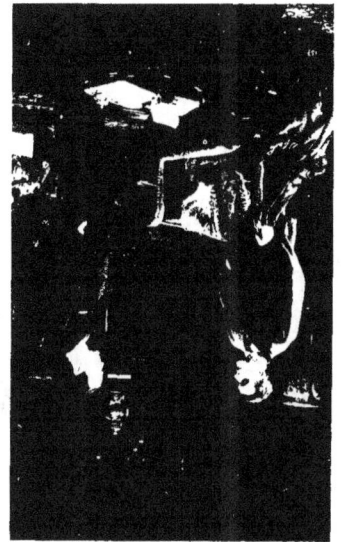

terrassé par mes allusions directes au crime dont je
l'imaginais coupable. Ma première sensation, quand
la portière retomba, fut cruelle. J'avais encore dans
la mémoire quelques phrases des lettres de mon père,
où il indiquait, sans insister, le secret divorce d'existence peu à peu établi entre lui et sa femme. Et, tout
de suite, le seul aspect de cette chambre à coucher de
mon beau-père me fournissait une preuve nouvelle de
l'étroite intimité dans laquelle ma mère avait vécu
avec son second mari. Avec sa couchette mince,
avec son mobilier un peu nu, cette pièce n'avait pas
cette physionomie habitée qui atteste une présence
continuelle. Mon beau-père n'y dormait que malade.
En temps ordinaire, il ne faisait que s'y habiller. La
tenture d'un vert sombre, mal éclairée par l'unique
lampe, à globe rose, posée sur une petite colonne et
assez loin du lit pour ne pas fatiguer le malade, avait
pour unique décoration un portrait de ma mère, une
des premières études de femme qu'ait exécutées
Bonnat. Ce n'était qu'un buste et qu'une tête, mais
d'un relief surprenant, et qu'augmentait encore le
jour incertain de la chambre. La toile était pendue
entre les deux fenêtres, en face du lit, de manière
à ce que M. Termonde, quand il dormait là, pût
reposer son dernier regard, la nuit, et son premier, le
matin, sur ce visage, dont le maître peintre avait
rendu très fortement la beauté de race, et très finement aussi le je ne sais quoi d'à demi théâtral, le pli
un peu affecté de la bouche, le regard distant, la
coiffure compliquée. Je regardai d'abord ce portrait,
qui s'offrit à moi dès que j'eus passé la porte qui
ouvrait au pied du lit. Puis, dans ce lit, j'aperçus
mon beau-père, et, parmi les oreillers, sa tête aux
cheveux blanchis, au masque jauni et creusé. Il
avait autour du cou un foulard d'un bleu pâle que
je reconnus pour l'avoir vu au cou de ma mère. Je
reconnus aussi la couverture de laine rouge qu'elle
lui avait tricotée, toute pareille à une autre qu'elle
avait faite pour moi, un gentil ouvrage de femme
auquel je l'avais vue s'occuper pendant des heures,
passementé de rubans et doublé de soie. Toujours
et toujours les plus minces détails renouvelleraient
donc la cruelle impression de partage dont j'avais
si longtemps souffert? Aujourd'hui, cette impression
m'était rendue plus cruelle encore par mon soupçon.
Je sentis que mes yeux trahissaient le tumulte de
ces sentiments. Tout en m'asseyant au chevet du
lit de mon beau-père et lui demandant de ses nouvelles, avec une voix que j'entendais eussi si c'eût
été celle d'un autre, j'évitai de rencontrer ses yeux à
lui. Ma mère était sortie aussitôt après m'avoir introduit, sans doute pour vaquer durant ma visite à
quelques menus soins relatifs à la santé de son cher

malade. Ce dernier me questionnait sur cette affaire
de cercle qu'il avait donnée comme prétexte à son
désir de me voir. J'avais le coude appuyé sur le
marbre de la table de nuit et le front dans ma main.
Quoique je ne visse point son regard, je sentais qu'il
étudiait mon visage, et je m'obstinais à fixer dans le
tiroir à demi ouvert de cette table — à côté d'une
montre et d'une bourse de soie brune, autre ouvrage
de maman — un assez fort revolver de poche, de
fabrication étrangère. Quelles préoccupations tragiques révélait la présence de cette arme, placée là
ainsi, à la portée de la main et probablement par une
habitude constante? Devina-t-il mes pensées à la
fixité de mon attention? Ou bien lui-même avait-il
rencontré des yeux ce pistolet par hasard, et s'adon-
nait-il aux idées que lui suggérait cette vue, afin de
ne pas laisser tomber la causerie toujours difficile
entre nous? Le fait est qu'il me dit, comme répondant
à la question que je m'adressais mentalement :
— « Tu regardes ce *Smith and Wetson*... Il est joli,
n'est-ce pas?... » Il prit l'arme, la tourna, la retourna,
puis la remit dans le tiroir qu'il repoussa. — « J'ai
cette bizarre manie... Je ne pourrais pas dormir
sans une arme chargée, là, tout près de moi... Après
tout, c'est une habitude qui ne fait de mal à personne
et qui peut avoir son avantage... Si ton père avait eu
sur lui un joujou comme celui-là quand il est allé à
l'hôtel Impérial, les choses se seraient passées moins
simplement pour l'assassin... »

Cette fois je ne pus me retenir de lever mes yeux
et de chercher des siens. Comment, s'il était coupable,
osait-il rappeler ce souvenir, et presque légèrement?
Pourquoi, s'il ne l'était pas, cette brisure soudaine,
cette fuite de son regard sous le mien? En parlant
ainsi de la mort de mon père, obéissait-il à une simple
association d'idées, ou bien tenait-il à marquer la
complète liberté de son esprit sur ce qui avait fait la
matière de notre dernier entretien? Ou bien était-ce
un coup de sonde destiné à mesurer la profondeur
de ma défiance? Il ajouta, prenant texte de cette
allusion au meurtre mystérieux qui m'avait rendu
orphelin :
— « Et, à ce propos, as-tu revu M. Massol?... »
— « Non, lui dis-je, « pas depuis l'autre jour... »
— « C'est un homme intelligent, » continua-t-il.
« Lors de cette terrible histoire, en ma qualité d'ami
intime du cher mort et de ta mère, j'ai beaucoup
causé avec lui... Si j'avais su que tu le voyais, ces
temps-ci, je t'aurais dit de le saluer de ma part... »
— « Il ne vous a pas oublié... » répondis-je. —
Et je mentais. M. Massol ne m'avait jamais parlé
de mon beau-père : mais je me sentais repris de cette
rage froide qui m'avait fait, dans la conversation de

6

l'autre soir, redoubler mes attaques presque follement. Cette place endolorie que je cherchais dans
cette âme obscure, ne la rencontrerais-je donc jamais?
Ses yeux, cette fois, ne faiblirent point. Ce que ma
phrase pouvait présenter d'énigmatique ne l'entraîna
pas à m'interroger davantage. Au contraire, il mit
un doigt sur sa bouche. Habitué aux moindres bruits
de la maison, il venait d'entendre qu'un pas approchait, celui de ma mère. Me trompais-je? Y avait-il
dans ce geste, par lequel il me demandait le silence,
une supplication de respecter la sécurité de l'innocente femme? Devais-je traduire ainsi le regard dont
ce mouvement s'accompagna : « N'éveille pas de
soupçons dans le cœur de ta mère ; elle souffrirait
trop... »? Était-ce simplement la préoccupation d'un
homme qui veut éviter à sa femme un reflux de
tristes souvenirs?... Elle entra. Elle nous vit, d'un
même regard, réunis sous le même rayon de la lampe,
et elle nous envoya un même sourire, qui nous enveloppait d'une même tendresse. Ç'avait été le rêve
de sa vie entière, que nous fussions ainsi l'un auprès
de l'autre, et tous les deux auprès d'elle. Elle attribuait à mon caractère ombrageux — elle m'en avait
parlé à Compiègne — les difficultés éprouvées dans
la réalisation de ce désir. Et toujours souriante, elle
venait à nous, apportant un plateau d'argent avec
un verre rempli d'eau de Vichy, qu'elle tendit à
mon beau-père. Celui-ci but avidement et rendit le
verre vide à sa femme en lui baisant la main. « Lais-
sons-le reposer, » dit-elle, « sa tête est brûlante... » Et
rien qu'à toucher l'extrémité de ses doigts, qu'il
abandonna dans les miens, je sentis qu'en effet il
avait la fièvre De quelle manière interpréter ce
symptôme aussi ambigu que les autres, et qui pouvait, comme eux, signifier également le malaise physique et le malaise moral? Je m'étais juré de savoir.
Mais comment? Comment?...

Si j'avais été surpris du désir de me voir exprimé
par mon beau-père durant sa maladie, je le fus bien
davantage, quinze jours plus tard, d'entendre mon
domestique l'annoncer chez moi en personne, tandis
que j'étais dans mon cabinet, en train de classer les
nouveaux papiers de mon père rapportés de Compiègne. J'avais passé ces deux semaines dans cette
ville, prenant pour prétexte la suite de mes affaires
à régler, en réalité pour réfléchir longuement sur la
conduite à tenir vis-à-vis de M. Termonde. Ces
réflexions avaient encore accru mes doutes. Sur ma
demande, ma mère m'avait écrit à trois reprises pour
me donner des nouvelles du malade. J'avais su ainsi
qu'il allait mieux et qu'il sortait. Revenu de la veille,
j'avais choisi, pour me rendre à leur hôtel, un moment
où j'étais presque sûr de ne rencontrer personne. Et

voici que, tout de suite, mon beau-père accourait chez
moi, lui qui n'y était pas venu dix fois depuis que je
m'étais installé dans mon appartement. — « Sa
femme l'avait, » me disait-il, « chargé pour moi d'une
commission... » Elle m'avait, en effet, prêté deux
numéros de revue, dont elle avait besoin pour envoyer
toutes les livraisons de l'année à la reliure ; et, comme
il passait devant ma porte, il était monté afin de me
les redemander... Je l'examinai, tandis qu'il me donnait cette explication de sa visite, sans deviner si ce
prétexte cachait ou non quelque motif secret. Il
avait le teint plus brouillé que d'habitude ; le regard
de ses yeux brillait davantage. Sa main maniait son
chapeau, nerveusement. « Les revues ne sont pas là »,
lui répondis-je ; « peut-être les trouverons-nous dans
le fumoir... » C'était faux que les deux volumes fussent
là-bas, et je connaissais très exactement leur place
sur la table de mon cabinet ; mais dans le fumoir
se trouvait le portrait de mon père, et l'idée m'avait
saisi d'entraîner M. Termonde en face de cette pein-
ture. Il ne l'aperçut pas tout d'abord, mais je me
dirigeai du côté du chevalet qui le supportait. Ses
yeux, qui suivaient mes mouvements, rencontrèrent
la toile ; ses paupières battirent, une espèce de
sombre frisson courut sur son visage, puis il détourna
ses regards vers un autre petit tableau accroché au
mur. Je ne lui laissai pas le temps de se remettre
de la secousse, et, fidèle au système brutal qui ne
m'avait pourtant réussi qu'à moitié, j'insistai :

— « Ne trouvez-vous pas, » lui dis-je, « que ce
portrait de mon père me ressemble d'une manière
frappante? Un de mes amis prétendait, l'autre jour,
qu'avec la même coiffure j'aurais exactement la
même tête... »

Il me regarda, moi d'abord, puis la toile longuement. On eût dit un expert en tableaux examinant
une œuvre d'art sans autre motif que d'en apprécier
l'authenticité. Si cet homme avait fait tuer celui
dont il étudiait ainsi le portrait, son empire sur lui-
même était véritablement extraordinaire. Mais
l'épreuve n'était-elle pas décisive pour lui? Montrer
son trouble, c'était avouer. Que j'aurais voulu mettre
la main sur son cœur, à cette minute, et en compter
les battements !

— « Tu lui ressembles... » dit-il enfin, « pas à ce
degré... le bas du menton surtout, le nez et la bouche ;
mais ce n'est pas du tout le même regard, ni la même
coupe des sourcils, du front et des joues... »

— « Croyez-vous, » repris-je, « que cette ressemblance soit assez grande pour que je pusse faire tressaillir l'assassin s'il me rencontrait tout à coup, là,
ainsi?... » — Et je m'avançai en le regardant jus-

qu'au fond des prunelles, comme si je mimais une scène dramatique. « Oui, » continuai-je, « cette analogie des traits serait-elle suffisante pour que je lui fisse l'effet d'un spectre, en lui disant : reconnaissez-vous le fils de celui que vous avez tué? »

— « Nous retombons dans notre discussion de l'autre soir, » répliqua-t-il, sans que son visage se contractât davantage ; « cela dépendrait des remords de cet homme, s'il en avait, et de son système nerveux. »

Nous nous tûmes de nouveau l'un et l'autre. Son masque pâle et tourmenté, mais immobile, m'exaspérait par son absence complète d'expression. Dans ces minutes-là, — et combien de scènes pareilles n'avons-nous pas jouées ensemble depuis cette première époque de mes soupçons ! — je me sentais aussi énergique, aussi résolu que je l'étais peu, tout seul, en tête à tête avec ma propre pensée. Son impassibilité m'affolait, et, encore à ce moment, je ne me bornai pas à cette seconde tentative. J'en imaginai aussitôt une troisième qui devait, s'il était coupable, l'angoisser autant que les deux autres. J'étais comme un homme qui frappe son ennemi en tenant à plein poing la lame d'un couteau dont le manche est brisé. Le coup qu'il porte l'ensanglante lui-même ; ses doigts se déchirent sur le fil, tandis qu'il fouille la blessure avec la pointe. Non, je n'étais pas exactement cet homme... Je ne pouvais pas douter du mal que je me faisais à moi-même par ces cruelles épreuves ; et lui, mon adversaire, cachait si bien sa plaie que je ne la voyais pas saigner. N'importe, la folie de savoir était plus forte que ma douleur.

— « Que ces ressemblances sont étranges ! » lui dis-je. « Nous avions, mon père et moi, exactement la même écriture... Voyez plutôt... »

J'ouvris le coffre-fort scellé dans le mur où j'enfermais les papiers auxquels je tenais particulièrement. J'y avais caché la correspondance de mon père avec ma tante. Je pris les lettres qui étaient posées sur le paquet, les premières. Je savais que c'étaient aussi les dernières en date, et je les lui tendis, telles que je les avais rangées, dans leurs enveloppes. Ces lettres portaient comme suscription le nom et l'adresse de ma tante : « Mademoiselle Louise Cornélis, à Compiègne. » Elles avaient sur elles le sceau de la poste et, bien visiblement, la marque du jour de l'expédition, en avril et en mai 1864. C'était toujours le même procédé. Si M. Termonde était coupable, il devait se dire que ces lettres expliquaient le changement subit de mon attitude à son égard, l'audace de mes allusions, l'énergie de mes attaques, et aussi que j'avais trouvé ces lettres dans les papiers de ma tante morte. Il était impossible qu'il ne se demandât pas, avec une anxiété affreuse, ce que ces lettres contenaient, pour avoir éveillé en moi de tels soupçons. Quand il eut les enveloppes entre les mains, je vis son sourcil se froncer. Une seconde, j'eus l'espérance d'avoir brisé ce masque derrière lequel il cachait son vrai visage, celui où se reflètent les intimes sentiments de l'âme. Ce n'était que la contraction des muscles de l'œil, familière à celui qui regarde minutieusement. Son front se rasséréna aussitôt et il me rendit les lettres sans me poser aucune question sur leur contenu.

— « Cette fois, » dit-il simplement, « la ressemblance est réellement surprenante ; » — puis, revenant à l'objet officiel de sa visite, il demanda : — « Et les revues?... »

J'aurais versé des larmes de rage. De nouveau, je venais d'avoir la sensation que j'étais un enfant nerveux en train de lutter contre un homme absolument calme. J'avais enfermé les lettres dans le coffre-fort. Je bousculai la petite bibliothèque du fumoir ; puis la grande, celle du cabinet. Je finis par feindre un grand étonnement à retrouver les deux livraisons sur ma table, parmi d'autres journaux. Puérile comédie ! Mon beau-père en avait-il été seulement la dupe? Quand il eut les deux numéros, il se leva du coin du feu où il s'était assis pendant ma recherche, dans le fumoir qu'il n'avait pas quitté, le dos tourné au portrait. Mais que prouvait encore cette attitude? Pourquoi se serait-il complu dans la contemplation d'une image qui ne pouvait lui être que pénible, même innocent?

— « Je vais profiter de ce soleil pour faire un tour au Bois, » dit-il ; « j'ai mon coupé ; viens-tu avec moi?... »

Était-il sincère en me proposant cette promenade en tête à tête, si contraire à nos habitudes? A quel mobile obéissait-il : désir de me démontrer qu'il n'avait seulement pas compris mes attaques, ou bien attendrissement de malade qui redoute l'isolement?... J'acceptai à tout hasard, pour continuer mes observations, et, un quart d'heure plus tard, nous roulions vers l'Arc-de-Triomphe, dans cette même voiture où je l'avais vu passer, vaincu, brisé, comme tué, à la suite de notre premier entretien. Cette fois-ci, on eût dit un autre homme. Enveloppé dans son pardessus fourré de loutre, fumant un cigare, saluant de la main celui-ci ou celui-là par la fenêtre ouverte, il parlait, parlait, me racontant, sur les personnes dont la voiture croisait la nôtre, des anecdotes de toutes sortes, que j'ignorais ou que je connaissais. Il semblait causer devant moi, et non pas avec moi, tant il se préoccupait peu de me répéter ce que je pouvais savoir ou de m'apprendre ce que je ne savais pas. — J'en concluais — car, dans certaines dispositions d'esprit, chaque nuance devient un signe — qu'il parlait ainsi pour se dérober à quelque nouvel assaut de ma part. Mais je n'avais pas l'énergie de recommencer aussitôt mes vains, mes douloureux efforts pour faire saigner la blessure de son cœur. Je l'écoutais donc, et, une fois de plus, je remarquais l'étrange contraste de ses pensées intimes avec les rigides doctrines qu'il affichait d'ordinaire. On eût dit qu'à ses yeux cette haute société dont il défendait habituellement les principes n'était qu'une caverne. C'était l'heure où les femmes du monde sortent pour leurs courses et leurs visites, et il me dénombrait leurs scandales, ou vrais ou faux. L'une était, d'après lui, la maîtresse du frère de son mari ; une autre était notoirement entretenue par un vieux diplomate, enrichi lui-même par un mariage déshonorant ; une troisième avait épousé un veuf imbécile, et, pour hériter de toute la fortune, précipité le fils de cet homme dans des débauches qui l'avaient tué à dix-neuf ans... Il me débitait ces médisances et ces calomnies avec une horrible gaieté, comme s'il se fût réjoui de trouver l'humanité abominable. Fallait-il y voir la facile misanthropie d'un ancien viveur, habitué à ces conversations de cercle ou de retour de chasse, durant lesquelles chacun montre à nu la férocité de son égoïsme et outre volontiers a noirceur de son désenchantement pour mieux prouver son expérience? Était-ce le cynisme d'un scélérat, chargé du forfait le plus hideux et content de se démontrer que les autres valent moins que lui? A l'entendre ainsi rire et parler, je tombai dans une tristesse singulière. Les derniers hôtels de l'avenue du Bois étaient dépassés. Nous suivions une allée à droite, dans laquelle les coupés se faisaient rares. C'était, sur les taillis dépouillés, une jolie et fine lumière, ce ciel léger, d'un bleu pâle, qui ne se voit qu'à Paris. M. Termonde continuait de ricaner, et je songeais qu'il avait peut-être raison, que c'était là l'envers infâme du monde... Pourquoi pas? J'étais bien là, dans la même voiture que cet homme, et je le soupçonnais d'avoir fait assassiner mon père ! Tout le fiel de sa vie me crevait à la fois sur le cœur... Mon beau-père comprit-il, à mon silence et à mon visage, que sa gaieté me suppliciait? Se trouva-t-il lui-même lassé de son effort? Brusquement il cessa de causer. Nous étions arrivés à un coin désert du Bois. Nous descendîmes de voiture pour marcher un peu. Comme ce tableau est présent à ma mémoire : le sentier écarté, tout gris entre les gazons pauvres et les arbres nus, le ciel froid d'hiver, la route à quelques pas de nous, sur laquelle le coupé vide avançait lentement, traîné par le cheval bai, qui remuait sa tête, et conduit par le cocher au visage immobile ; — puis, devant moi, lui qui marchait, avec sa haute taille prise dans un long pardessus ! Le sombre collet de fourrure faisait mieux ressortir la blancheur préma-

turée de ses cheveux. Il tenait de sa main gantée une canne avec laquelle il chassait les cailloux, comme impatiemment. Cette silhouette me revient à cette heure avec une précision presque insoutenable. A le voir cheminer ainsi, la tête un peu penchée, dans ce paysage d'hiver, je fus saisi, comme je ne l'avais jamais été, du sentiment de son absolue, de son irrémissible misère. Était-ce l'influence de notre conversation de cet après-midi, de la tristesse où m'avait jeté son ricanement. Était-ce la mort de la nature autour de nous? Pour la première fois depuis que je le connaissais, une surprise de pitié se mélangea en moi à la haine, tandis qu'il marchait, essayant de se réchauffer à ce pâle soleil, et si contracté, si évidemment lassé, si lamentable ! Combien de temps allâmes-nous ainsi?... Tout d'un coup, il se retourna et me dit, avec un visage altéré de douleur :

— « Je ne me sens pas bien. Rentrons... »

Quand nous fûmes en voiture, il reprit, mettant son malaise soudain sur le compte de sa santé :

— « Je n'ai pas longtemps à vivre, je suis touché... Je souffre tant que j'en aurais depuis bien des années fini avec cette vie, sans ta mère... » — Et il commença de me parler d'elle avec cet aveuglement que j'avais déjà remarqué en lui. Jamais, dans mes heures les plus hostiles, je n'avais douté que son culte pour sa femme ne fût sincère, et, cette fois encore, je l'écoutais, dans ce commencement de crépuscule, et tandis que nous redescendions sur Paris au grand trot, me dire des phrases qui me prouvaient combien il l'avait aimée. Hélas ! sa passion en pensait plus de bien que ma tendresse. Il me vantait le tact exquis avec lequel ma mère entendait les choses du cœur ; j'avais, moi, tant connu ses insensibilités ! Il exaltait la finesse de son intelligence ; elle m'avait si peu compris ! Et il ajoutait, lui qui avait tant contribué à nous séparer. :

— « Aime-la bien, tu seras bientôt seul à l'aimer... »

S'il était le criminel que j'avais osé penser, certes il savait qu'en me dressant ainsi ma mère entre lui et moi, il m'opposait la seule barrière que je ne pourrais jamais, jamais franchir, et je comprenais de mon côté, lucidement, amèrement, que cet obstacle serait plus fort même que les pires certitudes. A quoi bon tant chercher, alors? Pourquoi renoncer tout de suite à mon inutile enquête? Mais c'était déjà trop tard.

XIII

Ai-je été un lâche? Quand je songe à ce que j'ai pu accomplir, de cette main qui tient cette plume, il faut bien que je me réponde : « Non. » Comment expliquer, alors, que ces premières scènes, celles où j'avais essayé de torturer mon beau-père dans son cabinet de travail en lui parlant des crimes commis à plusieurs et du danger des complicités, — celle au chevet de son lit, où je lui avais dit en le regardant : « Non, M. Massol ne vous a pas oublié ; » — celle dans mon propre appartement, où je lui avais mis en main les lettres accusatrices ; — oui, comment expliquer que ces trois scènes aient été suivies de tant de journées d'inaction? Je me suis reproché cruellement de n'avoir rien su trouver pendant des mois, qui me donnât enfin la sensation de la vérité. Ah! la preuve qu'on étreint, qu'on regarde en face, qu'on a auprès de soi, comme une chose, comme une personne, le hasard seul me l'a fournie. Ce n'est pas moi qui l'ai arrachée des ténèbres où elle gisait. Mais était-ce ma faute? Du moment que mon beau-père avait trouvé en lui assez d'énergie pour ne pas succomber au premier assaut, le plus soudain, le moins attendu, que me restait-il, qu'à veiller, épiant les moindres indices, et aussi à creuser le fonds et le tréfonds de son caractère? J'en revenais à mon raisonnement primitif : puisque les données matérielles m'échappaient, ramasser du moins toutes les raisons morales de croire plus, ou de croire moins, à la probabilité du crime extraordinaire dont j'accusais cet homme dans ma pensée. Cela supposait qu'au rebours de mes habitudes anciennes je vécusse beaucoup dans la maison de ma mère. Cette intimité aurait dû nous être, à M. Termonde et à moi, un intolérable supplice. Comment me supportait-il, se sentant soupçonné de la sorte? Et moi, comment supportais-je sa présence, le soupçonnant ainsi que je le faisais? Hé bien! non... J'avais certes la morsure d'une vipère au cœur lorsque je le voyais auprès de ma mère, installé dans la sécurité de ce luxe et de cette tendresse, aimant sa femme, aimé d'elle, respecté de tous, et que je me disais : — « Si cet homme pourtant est un assassin, un lâche, un ignoble assassin?... » Et je le voyais tel qu'il aurait dû être, livide, les cheveux coupés, les mains liées, gravissant l'échafaud parmi les insultes de la foule, dans le froid de l'aube, avec l'agonie de l'expiation dans les prunelles, et, devant lui, l'oblique couteau de la guillotine, noir sur le ciel pâle... Au lieu de cela : « Souffres-tu, ami?... — Mon Jacques, pour quelle heure as-tu demandé la voiture?... — Si tu sors, couvre-toi bien... — Qui aurons-nous à dîner mercredi?... » C'était le jour où ils recevaient leurs amis, pendant l'hiver et jusqu'à la fin du printemps. La voix douce et caressante de ma mère parlait ainsi, et la constatation de leur vie à deux me crucifiait ; mais l'attrait de savoir était plus fort que cette douleur. Mes soupçons s'exaltaient jusqu'au

délire, et ils aboutissaient à un irrésistible besoin, celui de tenir cet homme, là, sous mes yeux ; de lui infliger le tourment de ma présence. Il s'y prêtait avec une facilité complaisante qui m'étonnait toujours. Subissait-il la sensation d'une attirance analogue vis-à-vis de moi? Aujourd'hui que les mystères sont dévoilés et que je sais la part qu'il avait prise à l'horrible complot, je comprends que je l'exerçais en effet sur lui, cette attraction torturante. L'idée fixe du meurtre accompli le suppliciait, et je faisais partie vivante de cette idée fixe, comme il faisait partie vivante, de ma continuelle, de ma sinistre rêverie. Il ne pouvait plus penser qu'à moi, comme je ne pouvais plus penser qu'à lui. Notre haine nous attirait l'un vers l'autre, comme un amour. Séparés, la tempête des imaginations folles se déchaînait, trop furieuse. Du moins, il en était ainsi pour moi, et sa présence, qui m'était si douloureuse, calmait en même temps les espèces d'ouragans intérieurs qui, loin de lui, m'emportaient d'une extrémité à l'autre du possible. A peine étais-je seul que les projets insensés tourbillonnaient en moi. Je me voyais lui sautant à la gorge, lui criant : « Assassin!... » et le contraignant d'avouer, par la violence. Je me voyais déterminant M. Massol à reprendre, sur frais nouveaux, l'instruction jadis abandonnée, et ce dernier arrivant au boulevard de Latour-Maubourg avec les données inédites que je lui aurais fournies. Je me voyais soudoyant deux ou trois coquins, enlevant mon beau-père et l'internant dans quelque maison isolée de la banlieue, jusqu'à ce qu'il eût confessé le crime. Ma raison s'en allait dans ces divagations auxquelles m'entraînait l'excès de mon désir, avivé encore par le sentiment de mon impuissance. Et lui aussi, quand je n'étais pas là, devait traverser des heures pareilles, former mille plans divers, et y renoncer. Il se demandait : « Que sait-il?... » se répondant selon les heures : « Il sait tout... Il ne sait rien... » — « Que fera-t-il?... » et, tour à tour, concluant que je ferais tout, que je ne ferais rien. Lorsque nous étions ensemble, au contraire, en face l'un de l'autre, la réalité s'imposait à nous et détruisait tant de chimères. Nous restions tous les deux à nous étudier, comme deux bêtes qui vont s'affronter, mais aussi chacun de nous comprenait exactement où l'autre en était. Nous ne pouvions montrer pleinement, ni lui sa défiance, ni moi mes soupçons. Nous constations que nous n'avions pas avancé d'une ligne depuis notre première causerie à mon retour de Compiègne. Pour ma part cette évidence, tout en me désespérant, m'apaisait un peu. Elle soulageait ma conscience du reproche que je me faisais trop souvent, de demeurer là, inefficace. Que pouvais-je?

Tristes souvenirs que ceux de cette époque, de ces longs mois qui se passèrent ainsi ; de ce février, de ce mars, de cet avril ! Oui, jusqu'au mois de mai de cette année 1879, je vécus cette vie étrange, voyant mon beau-père quasi chaque jour, et. proie, lorsqu'il n'était pas là, aux pires orages de l'imagination, et, quand il était là, m'ensanglantant le cœur à cette cruelle présence. Mon champ d'action était circonscrit à l'étude minutieuse de son caractère, et cette action-là, j'en usais du moins, et j'en abusais, me livrant à l'anatomie de son être moral avec une ardeur de curiosité tantôt déçue et tantôt satisfaite, suivant que j'etreignais ou non quelques détails significatifs. Je m'attachais aux plus petits, de préférence, comme plus involontaires, par suite comme moins susceptibles de tromper, comme plus capables de me renseigner sur les arrière-replis de cette nature... Nous montions à cheval, au Bois, le matin, plusieurs fois par semaine et ensemble, contrairement à nos habitudes d'autrefois. Il venait me prendre, ou bien nous nous rencontrions, sans nous être donné rendez-vous, attirés l'un vers l'autre par l'instinct de notre passion commune. Tandis que nous allions, causant de choses indifférentes, je le regardais manœuvrer son cheval d'une façon si dure qu'à chaque promenade, et quoique excellent écuyer, il courait le risque d'être jeté à terre. Il avait le goût des bêtes difficiles, et, avec cela, des passages de férocité froide, où il brutalisait l'animal presque cruellement, chose si rare chez un cavalier professionnel. Ce qu'il faisait ainsi avec les chevaux, despotique, injuste, implacable, je songeais en moi-même qu'il l'avait fait avec la vie, pliant toutes les choses, autour de lui, à sa volonté. Rancunier à l'excès, au point d'avouer qu'il ne pouvait pas attacher de sens au mot « pardon », il s'était taillé dans le monde une situation à part, peu aimé, très redouté, bien reçu partout. Sous les apparences d'une correction parfaite, il cachait une énergie extrême et qui s'était montrée pendant la guerre. Il s'était battu sous Paris, admirablement. A propos de sa tenue à cheval, j'arrivais ainsi aux inductions les plus éloignées de ce point de départ. Sa violence innée me le faisait juger capable de tout pour satisfaire ses passions. J'apercevais, dans le courage déployé par lui en 1870, un contrat passé avec lui-même, comme une réhabilitation à sa personne à ses propres yeux, au cas où il aurait réellement commis le crime. D'autres fois je me demandais si ce courage n'avait pas été simplement la mise en œuvre de cet instinct de férocité que je constatais en lui, ou bien un débouché offert au fonds de désespoir sur lequel je le sentais vivre, dans son décor de bonheur. Mais d'où

venait ce désespoir? Était-ce uniquement d'une santé détruite?... J'examinais alors sa physiologie, pendant que je galopais à son côté, cherchant une correspondance entre la construction de son corps et les équivoques indices fournis par les livres spéciaux sur l'aspect extérieur des criminels. Il avait le buste très grand pour ses jambes, les bras très développés, une expression facilement dure de la mâchoire inférieure, et le pouce un peu long. Ce dernier détail occupait une place d'autant plus importante dans ma pensée que mon beau-père avait l'habitude de fermer la main, ce pouce en dedans, comme pour le cacher. Je me rendais trop compte que je ne pouvais rien tirer de positif de pareilles remarques ; je les rejetais comme puériles et aussitôt je les reprenais, afin de les compléter par d'autres qui donnassent une valeur aux premières. C'est ainsi que, toujours galopant sur le sable des allées du Bois, je creusais l'hérédité de M. Termonde. Son aïeul maternel s'était tiré un coup de pistolet. Son frère, à lui, s'était noyé, après avoir mangé sa fortune, pris du service et déserté dans des circonstances honteuses. Il y avait du tragique dans cette famille. Que de fois, tandis que nous chevauchions botte à botte et tous deux silencieux, ai-je roulé ces mornes et folles pensées dans ma tête, de pires encore !...

Nous revenions. Quelquefois j'allais déjeuner chez ma mère, ou bien j'y passais aussitôt après mon rapide repas, pris solitairement dans ma petite salle à manger de l'avenue Montaigne, qui donnait sur le tir de Gastinne-Renette ; et le claquement des balles sur les tôles qui m'arrivait même à travers les fenêtres fermées ne s'associait que trop bien à ma sombre humeur. — Il était très rare que M. Termonde et moi fussions en tête à tête durant mes visites au boulevard de Latour-Maubourg. Que m'importait maintenant? S'il était le criminel que je m'obstinais à poursuivre, il était prévenu, et je n'avais plus la chance de lui arracher son secret par surprise. J'aimais beaucoup mieux l'étudier pendant qu'il causait, et, au cours de ces causeries soutenues devant moi avec l'un ou l'autre, je constatais combien sa maîtrise de lui-même était entière. Dans mon enfance et ma première jeunesse, j'avais haï ce pouvoir de se dominer si complètement que je sentais être le sien, tandis que moi, j'étais si fou, si naturellement victime de ma sensibilité nerveuse, si incapable du sang-froid qui masque de calme les violentes émotions. A présent, ce m'était une sorte de joie d'observer la profondeur de son hypocrisie. Il avait une telle habitude, presque une telle manie de la dissimulation, qu'il se taisait des moindres événements de sa vie, même à sa femme. Jamais il ne disait ni ses visites, ni les gens qu'il avait rencontrés, ni ses lectures, ni ses projets. Manifestement, il s'était dressé à prévoir les conséquences les plus éloignées de chaque phrase qu'il prononçait. Une surveillance de soi aussi continue, dans une vie d'apparence si aisée, si unie, avait quelque chose de trop étrange pour que cet homme ne donnât pas, même aux indifférents, une impression de personnage énigmatique. J'ajustais ensemble les diverses pièces de ce caractère, et rapprochant cette dissimulation de la frénésie passionnée que j'avais observée en lui, il m'apparaissait comme un être infi......ent dangereux. Il questionnait beaucoup et parlait très posément, très sobremen·, à moins qu'il ne fût dans un certain état singulier, comme durant l'après-midi de notre promenade en voiture, où il semblait s'étourdir du flot de ses paroles. Alors il ricanait nerveusement et découvrait des théories presque cyniques ou des particularités d'esprit qui me faisaient, moi, frissonner. Il avait par exemple une conna·ssance extraordinaire des moindres questions relat· es à la médecine légale. A l'occasion d'un procè· retentissant qui se jugeait cet hiver, et au cour· d'une discussion très animée à laquelle prenaient part plusieurs personnes, il lui échappa de citer la date du jour où fut arrêté le célèbre docteur La Pommeraie. Je vérifiai le chiffre, il était exact. Quelle étrange préoccupation des choses du crime et qui concordait trop bien avec certaines données que je devais à mes entretiens avec M. Massol ! N'est-ce pas l'obsédante, l'unique pensée que le vieux juge prétendait avoir observée chez la plupart des meurtriers ; qui les amène à retourner sur les lieux où ils ont tué ; à revenir auprès du cadavre de leur victime pour le regarder, lorsque le cadavre est exposé dans un lieu public ; à rechercher ceux qui les soupçonnent, à lire minutieusement les journaux où il est parlé de leur forfait, à suivre les affaires où l'on poursuit des actes pareils au leur?... A d'autres heures, mon beau-père tombait dans des silences terribles dont rien ne le tirait, fumant, fumant... Un cigare succédait à un autre, malgré les défenses du médecin, sans interruption aucune. Le tabac le jour, la morphine la nuit, — quelle souffrance essayait-il donc de tromper avec cet abus des stupéfiants? Étaient-ce les tortures de sa maladie, ou les autres, celles que j'imaginais quand je me livrais à mes tragiques hypothèses? Il avait aussi des instants d'une lassitude telle que même ma présence le laissait indifférent, — les lassitudes d'un homme arrivé à l'extrémité de ce qu'il peut supporter de douleur. et dont l'âme se refuse à sentir, pour avoir trop senti. Je le surpris ainsi deux ou trois fois, seul, dans la demi-obscurité de la nuit commen-

çante, si profondément abîmé dans sa fatigue qu'il ne prenait vraiment pas garde à moi qui m'asseyais en face de lui, et le contemplais sans rien dire moi-même. J'étais tenté de lui crier : « Avoue, avoue, mais avoue donc enfin !... » Et je n'aurais pas été surpris qu'il se rendît, qu'il laissât échapper son secret, qu'il me répondit : « C'est vrai !... » C'est alors aussi que je sentais l'inanité des petits faits ramassés si soigneusement : et s'il n'était pas coupable?... Je me taisais, en proie à cette fièvre du doute qui me rongeait depuis des semaines, et il finissait, lui, par sortir de son silence pour me parler de ma mère. Il évoquait de nouveau cette image entre nous. Pourquoi? Y pensait-il avec tant d'émotion parce qu'il se croyait très malade et sur le point de la quitter à jamais? Voulait-il se défendre contre moi avec ce bouclier devant lequel je reculerais toujours, il le savait bien? Était-ce une supplication de lui éviter, à elle, une suprême douleur? Oui, c'était cela plutôt que tout le reste. Avec sa bravoure native et sa violence, il n'aurait pas supporté l'outrage de mes yeux fixés sur lui, les allusions atroces de certaines phrases, la menace continue de ma présence, s'il n'avait point voulu à tout prix épargner à ma mère une scène entre nous, quoiqu'il fût bien sûr que de cette scène ne jaillirait aucune preuve certaine... Mais qu'il fût seulement accusé de cela devant elle, non, il préférait souffrir comme il souffrait ! Car il l'aimait. Si intolérable que ce sentiment pût me paraître, il fallait bien que je l'admisse, même dans l'hypothèse du crime, — surtout dans cette hypothèse. Et alors je comprenais que, malgré notre haine, nous nous trouvions devoir agir en commun pour ne pas toucher au bonheur de cette créature qui nous était si chère à tous les deux. La différence était pourtant grande entre nous. Que je fusse attaché à ma mère, il pouvait en éprouver une impression d'ombrage et de jalousie, mais non pas ce frisson d'horreur qui me saisissait quand je songeais qu'il l'aimait autant que moi, et qu'il en était ainsi, — peut-être avec le sang de mon père sur la conscience !

Il l'aimait !... C'était pour elle qu'il avait acheté la main d'un autre et fait répandre ce sang, et c'était elle qui devait causer sa perte, elle qui se mouvait entre nous deux avec ce même regard de tendresse heureuse dont elle nous avait enveloppé l'un et l'autre, le soir où elle m'avait vu assis au chevet de son mari malade et où son sourire s'était fait si tendre pour lui et pour moi : — le même sourire. Les efforts qu'il faisait pour entretenir la sécurité dans ce cœur de femme devaient tourner à sa ruine. Toutes les précautions prises par lui, en vue de parer aux éventualités qu'il croyait possibles, furent le principe même de cette ruine, depuis ses savantes confidences à la douce créature jusqu'à la menteuse affection qu'il me témoignait devant elle. Si nous n'avions pas fait semblant, lui et moi, de nous aimer, elle ne m'aurait jamais parlé comme elle me parla, je n'aurais jamais su d'elle ce que j'ai su et qui a terminé si brusquement le duel silencieux auquel j'usais mon impuissante énergie... Y a-t-il donc une fatalité, ainsi que l'ont pensé certains hommes, ceux-là même qui ont, comme Bonaparte, manié le plus vigoureusement les choses réelles? Y a-t-il une providence comme le croyait ma pauvre tante? Ce que je comprends, à regarder ma vie par delà des événements accomplis, c'est qu'il existe une logique profonde des situations et des caractères, et cette logique développe toutes les conséquences de nos actions jusqu'à leur terme, si bien que la réussite même de nos criminels projets emporte avec elle de quoi nous briser un jour. Quand j'y songe avec un peu de suite, et comment le suprême indice, que je n'espérais plus, me vint d'elle, de cette femme tant aimée par lui, d'elle encore la certitude après laquelle je ne pouvais reculer, un vertige de terreur m'envahit, comme si le grand souffle de la destinée passait sur mon front. Oui, cela m'épouvante, parce que j'ai aussi du sang sur les mains, et cela me rassure en même temps, parce que je me dis que j'ai été l'ouvrier d'une œuvre inévitable, l'esclave conscient, mais l'esclave, d'un maître invincible... Pauvre mère! Si tu avais su? Toi aussi, tu fus donc l'instrument meurtrier du sort, mais un instrument aveugle, comme le couteau qui tue et qui ne le sait pas. Au lieu que moi, j'ai vu, j'ai su, j'ai voulu... Ah! j'ai eu jusqu'à présent la force de tenir le pacte fait avec moi-même, celui de confesser mon histoire simplement, détail par détail, et sans me juger... Et voici qu'à l'approche de la scène qui détermina la nouvelle et dernière période du drame de ma vie, mon âme hésite... Lâche! lâche! lâche!... Le rêve me saisit de nouveau, cette stupéfaction que ce soit mon histoire, à moi, que j'aie agi comme j'ai agi, que je garde cela sur ma mémoire... Non, je me suis donné ma parole, je continuerai. Oui, j'ai commis l'acte, de cette main qui tient ma plume. Oui, j'ai du sang, du sang, une ineffaçable tache, là, sur ces doigts qui se crispent, mais il faudra bien qu'ils m'obéissent et qu'ils écrivent l'histoire jusqu'au bout.

XIV

J'en étais donc avec mon beau-père, vers le commencement de l'été, six mois après la mort de ma tante, juste au même point qu'au jour déjà si lointain où j'étais venu dans mon cabinet de travail, affolé de soupçons par les lettres de mon père, jouer le rôle du médecin qui palpe un corps et cherche du doigt la place sensible, symptôme probable de l'abcès caché. Comme à la minute où je l'avais vu, après cet entretien, passer dans sa voiture la face décomposée, j'avais toutes les intuitions, je n'étreignais pas une seule certitude. Aurais-je renoncé à me débattre dans une atmosphère vide et noire où j'étouffais?... A coup sûr, je n'attendais plus de solution au problème posé devant moi pour ma douleur, — et quelle douleur, stérile tout ensemble et mortelle! — lorsque j'eus avec ma mère une conversation si foudroyante, qu'à l'heure actuelle mon cœur s'arrête de battre en y songeant... Je parlais de dates ineffaçables. Si celle du 25 mai 1879 s'en va jamais de sa mémoire, c'est que l'André Cornélis qui trace ces lignes, avec un tel tremblement, sera lui-même anéanti jusqu'au cœur de son cœur, jusqu'à l'âme de son âme... Mon beau-père, qui se trouvait sur le point de partir pour Vichy, venait de subir une nouvelle crise de foie, la première depuis celle du mois de janvier, au lendemain de notre terrible conversation. J'avais la conscience de n'être pour rien dans cette reprise aiguë de son mal, du moins d'une manière positive et directe. Le combat que nous soutenions l'un contre l'autre, sans nuls témoins que nous-mêmes, et sans qu'un de nous prononçât une parole, n'avait été marqué par aucun épisode nouveau. J'attribuais donc cette complication au développement naturel de cette hépatite chronique dont il était atteint. Je me rappelle très exactement ce que je pensais ce 25 mai, à cinq heures du soir, tandis que je montais les marches de l'escalier du boulevard de Latour-Maubourg. Je souhaitais d'apprendre que mon beau-père allait mieux, d'abord parce que je voyais ma mère tourmentée depuis une semaine; et puis, il faut tout dire, ce départ pour les eaux m'apparaissait comme une délivrance, à cause de la séparation qu'il amènerait. J'étais si las de mes inefficaces agonies! Mes malheureux nerfs s'étaient tendus au point que les moindres impressions désagréables me devenaient des blessures. Je ne dormais, moi non plus, qu'à l'aide de narcotiques, et d'un sommeil traversé de rêves cruels où toujours je me promenais avec mon père, en sachant et sentant qu'il était mort. Il y avait particulièrement un cauchemar dont le retour régulier me rendait l'appréhension de la nuit presque insoutenable... Je me trouvais dans une rue pleine de peuple, occupé à regarder une devanture de magasin. Tout d'un coup j'entendais s'approcher le pas d'un homme, celui de M. Termonde. Je ne le voyais pas et j'étais sûr que c'était lui... Je voulais m'en aller, — mes pieds étaient de plomb ; — me retourner, — mon cou demeurait immobile... Le pas se rapprochait encore. Mon ennemi était là derrière moi. J'entendais son souffle. Je savais qu'il allait me frapper. Il passait le bras par-dessus mon épaule. Je voyais sa main armée d'une longue aiguille, qui cherchait la place de mon cœur ; elle y enfonçait l'acier lentement, et je me réveillais dans une inexprimable agonie... Ce cauchemar s'était répété si souvent, depuis quelques semaines, que j'en étais venu à compter les jours qui me séparaient du départ de mon beau-père, d'abord fixé au 20, puis reculé jusqu'à son rétablissement. J'espérais que ce départ m'apaiserait au moins pour un temps. Je ne trouvais pas en moi l'énergie de m'en aller plus tôt moi-même, attiré chaque jour par cette présence que je haïssais et recherchais à la fois avec fièvre ; mais je me réjouissais secrètement que l'obstacle vînt de lui, et que son éloignement me fournît l'occasion de respirer, sans avoir à me reprocher ma faiblesse.

Telles étaient mes réflexions tandis que je montais cet escalier de bois, tendu d'un tapis rouge et joliment éclairé par des fenêtres à vitraux, qui conduisit au hall affectionné par ma mère. Le valet de chambre, qui m'ouvrit la porte de cette pièce, répondit, à ma question, que mon beau-père allait mieux, et j'entrai avec plus de gaieté que d'habitude dans cette pièce où tenaient pourtant mes plus tristes souvenirs. Que j'étais loin de pressentir que le cartel appendu sur un des murs marquait une des minutes les plus solennelles de ma vie ! Ma mère était assise devant un petit bureau, placé au coin de la grande baie vitrée qui fermait la pièce du côté du jardin. Elle appuyait son front sur sa main gauche, et, de la droite, au lieu de continuer la lettre commencée, elle tenait son porte-plume levé, immobile, — un porte-plume que je vois toujours, en or, avec une perle blanche à son extrémité, petit détail qui à lui seul eût révélé l'enfantillage mignard de son luxe. — Son absorption dans sa rêverie était si forte qu'elle ne m'entendit pas entrer. Je la regardai longtemps, sans bouger, tout saisi par l'expression désolée de son visage. Quelle pensée sombre fermait sa bouche, plissait son front, crispait sa main, tendait ses traits? Cette accablante préoccupation contrastait trop avec la sérénité habituelle de cette gracieuse physionomie pour que je n'en demeurasse pas comme atterré. Rien qu'à la voir toute seule ainsi, par la fin d'une claire journée de printemps, avec les feuillages verts du jardin qui faisaient comme un fond de gaieté à sa mélancolie, j'éprouvais, une fois de plus, que j'étais incapable de supporter sur ce visage chéri les stig-

mates d'une vraie peine. Mais qu'avait-elle? Son mari allait mieux. Pourquoi donc son souci de ces derniers jours s'était-il exaspéré jusqu'à la douleur? Se doutait-elle du drame qui se jouait auprès d'elle, dans sa maison, depuis des mois? M. Termonde s'était-il décidé à se plaindre à elle, afin que je cessasse de lui infliger la torture de mes assiduités? Non. S'il m'avait deviné depuis le premier jour, comme je le croyais, sans en être sûr, il ne pouvait pas lui avoir dit : « André me soupçonne d'avoir fait tuer son père... » Ou bien le docteur avait-il pronostiqué des symptômes dangereux derrière l'apparente amélioration de l'état du malade? Si mon beau-père était en péril de mort? A cette idée, une joie me saisissait, puis aussitôt une souffrance, — la joie qu'il disparût de ma vie, et à jamais ; la souffrance que, coupable, il partît sans que je me fusse vengé. Par-dessous mes hésitations, mes scrupules, mes doutes, j'avais laissé grandir en moi ce sauvage, ce féroce appétit de la vengeance, que ne contente pas la mort de l'être haï, si l'on n'en est pas soi-même la cause. J'avais soif de cette vengeance, comme un chien a soif de l'eau après avoir couru sous le soleil un long jour d'été. Il me fallait m'y rouler, comme ce chien se roule dans cette eau, fût-ce la bourbe d'une mare... Je continuais de regarder ma mère et de ne pas bouger. Elle poussa tout d'un coup un profond soupir. Elle dit tout haut : « Ah ! Seigneur, quelle misère !... » et relevant son visage baigné de larmes, elle me vit. Elle jeta un faible cri de surprise et je m'avançai vers elle... — « Vous souffrez, maman? » lui dis-je. « Qu'avez-vous? » L'appréhension de sa réponse rendait ma voix tremblante. Je me mis à genoux devant elle, comme au temps où j'étais petit. Je pris ses mains que je couvris de baisers. Hélas ! encore à cette heure ma bouche rencontra le froid de cet anneau d'or, de cette alliance que je haïssais à l'égal d'une personne. Cette impression amère ne m'empêcha pas de lui parler enfantinement : « Ah ! » lui disais-je, « si vous avez des peines, à qui les confier, maman, sinon à moi?... Où trouverez-vous quelqu'un qui vous aime plus?... Soyez-moi amie, » reprenais-je, « est-ce que vous ne sentez pas que vous devez cela à votre enfant?... » Elle baissa la tête deux fois. Elle fit le signe qu'elle ne pouvait pas parler, et elle éclata en sanglots. — « Est-ce que je suis pour quelque chose dans votre chagrin?... » lui demandai-je. Elle secoua la tête dans l'autre sens pour me faire comprendre que non. Elle se tut de nouveau ; puis, faisant un effort, et d'une voix que l'émotion étouffait, elle me dit, en flattant mes cheveux de sa blanche main comme autrefois :

— « Tu es si gentil pour moi, mon André... »

Qu'ils étaient simples, ces quelques mots, et ils

me prirent le cœur comme si ses doigts me l'eussent serré !... Lui en avais-je mendié, de ces petites paroles qu'elle ne m'avait jamais dites ; de ces gracieuses phrases qui sont comme des gestes de l'âme ; d'involontaires, de tendres caresses d'esprit à esprit ; et voilà que j'obtenais ce que j'avais tant désiré, à quel moment et par quels moyens ! Mais c'était si doux quand même de sentir qu'elle m'aimait... Et je repris, employant, pour lui être bon, des mots dont les syllabes me brûlaient la bouche :

— « Est-ce que votre cher malade va plus mal ? »
— « Non, il est mieux... Il repose maintenant, » fit-elle en montrant du doigt la chambre de mon beau-père.

— « Ma mère, » repris-je, « parlez-moi, confiez-vous à moi, que je pleure avec vous, que je vous aide peut-être... C'est si cruel qu'il ne faille vous surprendre, moi, votre fils, pour voir vos larmes !... »

Je continuais, la pressant de mes questions et de mes plaintes. Qu'espérais-je donc arracher à cette bouche dont les lèvres tremblaient sans rien dire? A tout prix, je voulais savoir. Je n'étais pas en état de supporter de nouveaux mystères. J'étais certain que l'idée de mon beau-père était mêlée à cet inexplicable chagrin. Lui seul et moi pouvions bouleverser ainsi ce cœur de femme. Elle ne se tourmentait pas à cause de moi, elle venait de me le dire. C'était donc à lui que se rapportait ce souci, et ce n'était pas une affaire de santé. Avait-elle surpris, elle aussi, quelque indice? L'affreux soupçon avait-il traversé son esprit? A cette simple hypothèse, la fièvre me gagnait. Et j'insistais, j'insistai encore. Je la sentais céder, rien qu'à la manière dont sa tête se penchait vers moi, à sa main tremblante sur mes cheveux, au souffle plus court de sa poitrine.

— « Si j'étais sûre, » dit-elle enfin, « que ce secret mourra entre toi et moi?... »

— « Oh ! maman ! » fis-je avec un tel reproche dans la voix qu'elle eut honte et que je vis le sang monter à ses joues. Peut-être ce petit mouvement de honte acheva-t-il de la déterminer. Elle me baisa au front longuement comme pour effacer le nuage que son injuste défiance venait d'y amasser.

— « Pardon, » reprit-elle, « j'ai tort... A qui confier cela, sinon à toi? A qui demander conseil?... Et puis, » continua-t-elle comme se parlant à elle-même, « s'il s'adressait jamais à lui?... »

— « Qui, il?... » interrogeai-je.
— « André, » dit-elle presque solennellement, « peux-tu me jurer sur ton amour pour moi que tu ne feras jamais, entends-tu, jamais, jamais la moindre allusion à ce que je vais te raconter? »

— « Maman ! » répliquai-je avec le même accent

de reproche, et, tout de suite, pour l'entraîner : « Je vous en donne ma parole d'honneur. »

— « Et que tu n'en parleras jamais à... »
Elle ne prononça pas de nom, mais elle me montra de nouveau du doigt la porte de la chambre.

— « Jamais, » répondis-je.
— « Tu as entendu parler d'Édouard Termonde son frère?... »

Sa voix s'était faite basse, comme si elle avait eu peur des mots qu'elle prononçait, et, cette fois, la direction seule et ses yeux, tournés vers la porte toujours close, m'avait indiqué qu'il s'agissait du frère de son mari. Je connaissais vaguement cette histoire. C'était à ce frère que je pensais lorsque j'étudiais la vie mentale de la famille de mon beau-père. Je savais qu'Édouard Termonde avait gaspillé en quelques années sa part d'héritage, une somme énorme, douze cent mille francs ; qu'il s'était ensuite engagé ; qu'au régiment il avait continué sa vie de débauches ; que, privé d'argent du côté des siens, et à la suite d'une perte au jeu, il s'était laissé aller à voler, avec complication de faux. Puis, se voyant sur le point d'être découvert, il avait déserté. Enfin, il s'était fait justice en se jetant à la Seine, après avoir demandé pardon à son frère dans une lettre dont les termes prouvaient un dernier reste de délicatesse morale. L'argent volé avait été restitué par mon beau-père, le scandale étouffé, grâce à la disparition du misérable. J'avais reconstitué cette aventure d'après les indications de ma vieille bonne durant mon enfance, et pour en avoir trouvé la trace dans quelques passages de la correspondance de mon père. Aussi, quand ma mère me posa sa question d'un air si ému, je prévis qu'elle allait me parler des peines de famille éprouvées par son mari, lesquelles m'étaient absolument indifférentes, et ce fut avec un sentiment de déception que je lui demandai :

— « Édouard Termonde?... Celui qui s'est tué?... »
Elle inclina la tête pour répondre : « Oui, » à la première partie de ma phrase ; puis d'une voix plus basse encore :

— « Il ne s'est pas tué, il vit toujours, » dit-elle.
— « Il vit toujours... » répétai-je machinalement, et sans comprendre quel rapport unissait l'existence de ce frère aux larmes que je venais de voir sur ses joues à elle.

— « Tu sais maintenant le secret de ma douleur, » reprit-elle d'un ton plus ferme et comme soulagée, « c'est ce frère infâme qui est le bourreau de Jacques, lui qui l'assassine jour par jour avec les transes affreuses qu'il lui donne... Non, ce suicide n'a pas eu lieu. Des hommes comme celui-là n'ont pas le cœur qu'il faut pour se tuer... Ce fut Jacques qui lui dicta cette lettre pour le sauver du bagne, après avoir tout préparé pour sa fuite et lui avoir donné de quoi refaire sa vie, s'il l'avait voulu... Pauvre ami, qui espérait du moins préserver de cette horrible tache l'intégrité de son nom !... Ce nom de Termonde, il fallut bien qu'Édouard le quittât pour échapper à toute recherche, et il passa en Amérique... Il y vécut, comme il avait vécu ici... L'argent qu'il avait emporté fut bientôt dévoré. Il eut de nouveau recours à son frère... Le misérable avait calculé que Jacques n'épargnerait aucun sacrifice pour l'honneur du nom, et, quand mon mari lui refusa l'argent qu'il demandait, il se servit de cette arme qu'il savait sûre... Alors commença le plus odieux, le plus épouvantable chantage : Édouard menaça son frère de revenir à Paris... Aller au bagne en France ou mourir de faim en Amérique, il aimait mieux le bagne ici, disait-il, et Jacques a cédé une première fois... Il l'aimait, malgré tout. C'était son frère unique... Tu sais, quand on a montré à ces gens-là une faiblesse, on est perdu... Cette menace de revenir avait réussi. L'autre en a usé jusqu'à extorquer des sommes dont tu ne te fais pas une idée... Il y a des années que dure cette abominable exploitation ; mais je ne le sais, moi, que depuis la guerre... Je voyais mon mari si triste, si triste. Je sentais qu'un chagrin le rongeait, et, puis, un jour, il m'a tout dit. Le croirais-tu? C'était pour moi qu'il avait peur... « Que veux-tu qu'il me fasse? » lui demandai-je. — « Ah ! il est capable de tout pour se venger, » me répondait-il... Et puis, il me voyait si tourmentée moi-même de ses mélancolies !... Je l'ai tant supplié qu'il a résisté à la fin. Il a refusé net tout secours nouveau. Nous n'avons plus entendu parler du misérable pendant quelque temps... Il a tenu sa menace, il est à Paris... »

J'avais écouté ma mère avec une attention croissante. A toute époque de ma vie, moi, qui n'avais pas les mêmes illusions qu'elle sur la sensibilité de mon beau-père, je me serais étonné de l'influence étrange exercée par ce frère déshonoré. Il y a des fléaux semblables dans trop de familles pour que le monde n'ait pas intérêt à séparer les uns des autres les divers représentants d'un même nom. Énergique et violent comme je le connaissais, je me serais demandé pourquoi M. Termonde pliait sous la menace d'un scandale qu'il devait estimer à sa juste valeur. Puis j'aurais expliqué cette faiblesse par les souvenirs d'enfance, par une promesse faite à des parents à leur lit de mort. Mais dans la disposition d'âme où je me trouvais, avec les soupçons que je nourrissais depuis des semaines, il n'était pas possible qu'une autre pensée ne se présentât pas à moi. Et cette pensée grandissait, grandissait, prenait corps. Mes yeux

exprimèrent sans doute l'épouvante que me donna l'éclair de cette idée soudaine. Car ma mère s'interrompit de sa confidence pour me dire :

— « Est-ce que tu te sens mal, André?... »

— « Non, » eus-je la force de répondre, « c'est de vous avoir surprise à pleurer tout à l'heure, qui m'a donné un coup. Cela va passer... »

Elle me crut. Elle venait de me voir si bouleversé de son émotion. Elle m'embrassa tendrement, et je la priai de continuer son récit. Elle me dit alors que la semaine précédente un étranger avait demandé à voir mon beau-père, venant de la part d'un de leurs amis de Londres. On l'avait introduit dans ce même hall et devant elle. Aussitôt que M. Termonde avait aperçu cet homme, elle avait deviné, à son agitation extraordinaire, que c'était Édouard. Les deux frères s'étaient enfermés dans le cabinet de travail. Elle était restée là, elle, morte d'anxiété, entendant par minutes les voix qui grondaient, sans pouvoir distinguer les paroles. Le frère était sorti enfin par le hall et l'avait regardée en passant avec des yeux qui l'avaient glacée de terreur.

— « Et le soir même, » dit-elle encore, « Jacques prenait le lit... Comprends-tu mon désespoir, à présent?... Ah ! ce n'est pas notre nom qui m'importe, à moi... Je m'épuise à le lui répéter : qu'est-ce que cela nous fait? Est-ce que cette boue peut nous salir?... Mais sa santé !... Le médecin dit que chaque émotion violente est pour lui un verre de poison... Ah ! s'écria-t-elle, « il me le tuera... »

Ce cri, qui me révélait une fois de plus la profondeur de sa passion pour mon beau-père, l'entendre à cette minute, et penser ce que je pensais !

— « Vous l'avez vu? » demandai-je sans presque me rendre compte de mes propres paroles.

— « Mais puisque je te dis qu'il a passé là, » — et elle me montrait la place du tapis, avec la terreur peinte sur son visage.

— « Et vous êtes sûre que c'était son frère? »

— « Jacques me l'a dit le soir, » fit-elle ; « mais je n'avais pas besoin de cela, je l'aurais reconnu aux yeux... Comme c'est étrange ! Ces deux frères si différents, Jacques si fin, si distingué, une âme si noble... Et lui, ce gros, ce lourd personnage, ignoble, commun, un abominable scélérat !... Hé bien, ils ont le même regard... »

— « Et sous quel nom est-il à Paris? »

— « Je ne sais pas, » répondit-elle, « je n'ose plus en parler. S'il savait ce que je t'ai dit... avec ses idées?... Mais quoi, petit, tu l'aurais toujours appris un jour?... Et puis, » ajouta-t-elle avec fermeté, « il y a longtemps que t'aurais parlé de ce triste secret, si j'avais osé... Tu es un homme, toi, et tu n'es pas retenu par ce scrupule excessif de l'affection fraternelle. Conseille-moi, André, que faut-il faire? »

— « Je ne vous comprends pas, » lui répondis-je.

— « Oui, » reprit-elle, « il doit y avoir un moyen de prévenir la police et de le faire arrêter sans qu'on en parle dans les journaux ni ailleurs. Jacques ne voudrait pas, lui, parce que c'est son frère... Mais si nous agissions, nous, de notre côté?... Je t'ai entendu dire que tu voyais ce M. Massol, que nous avons connu lors de notre malheur... Si j'allais le trouver, lui demander conseil? Ah! » s'écria-t-elle, « je veux que mon mari vive, je l'aime trop!... »

Pourquoi une panique s'empara-t-elle de moi à la pensée qu'elle pourrait donner suite à ce projet nouveau et s'adresser au vieux juge d'instruction, — moi qui n'avais pas osé retourner chez lui, depuis la mort de ma tante, de peur qu'il ne devinât mes soupçons, rien qu'à me regarder? Qu'entrevoyais-je donc avec tant de netteté, pour que je me misse à la supplier, au nom même de cet amour qu'elle portait à son mari?

— « Vous ne ferez pas cela, » lui disais-je, « vous n'en avez pas le droit... M. Termonde ne vous pardonnerait pas, et il aurait raison... Ce serait le trahir. »

— « Le trahir? » dit-elle... « Ce serait le sauver!... »

— « Et si l'arrestation de son frère lui portait un coup nouveau?... Si vous le voyiez malade, plus malade, à cause de ce que vous auriez fait?... »

J'avais trouvé le seul argument qui pût la convaincre. Étrange ironie du sort! Je la calmai, je lui persuadai de ne pas agir, moi qui venais de concevoir soudain cette monstrueuse hypothèse : — que l'exécuteur du crime, l'instrument docile entre les mains de mon beau-père, avait été ce frère infâme, qu'Édouard Termonde et Rochdale ne faisaient qu'un. — O vision terrible!...

XV

La nuit que je passai après cette conversation est restée dans mon souvenir comme la plus tourmentée que j'aie dû subir, — et cependant que j'en ai connu, de ces insomnies, de ces luttes, dans l'universel sommeil autour de moi, avec une pensée qui me tenait éveillé moi-même et me rongeait le cœur!... J'étais pareil au prisonnier qui a sondé toutes les places de son cachot, les murailles, le plancher, le plafond, et qui, étreignant pour la centième fois les barreaux de sa fenêtre, sent une de ces tiges de fer se desceller sous la pression. A peine s'il ose croire à cette fortune, et il s'assied à terre, rendu comme fou par la seule possibilité de la délivrance apparue à son esprit. Depuis

si longtemps, j'étais là verrouillé dans mon angoisse, me heurtant de toutes parts à d'invincibles barrières, et, du coup, quelle perspective s'offrait devant moi!...

« Du sang-froid, » me disais-je en marchant d'un bout à l'autre de mon fumoir, où je m'étais retiré, sans avoir touché au repas que m'avait servi mon valet de chambre. Le soir était venu, puis la nuit noire; l'aube arriva, puis le jour; et j'étais encore là, qui essayais d'y voir clair dans le tourbillon d'hypothèses nouvelles qu'un événement par lui-même si simple — mais dans l'état de crise aiguë de soupçons où je me trouvais, il n'y avait plus d'événements simples — venait de soulever en moi... J'étais déjà trop habitué à ces tempêtes intimes pour ne pas savoir que le seul moyen de salut consiste à s'attacher aux faits positifs comme à des rocs solides et qui ne bougent pas. Dans le cas actuel, ces faits positifs se réduisaient à deux : — je venais d'apprendre, premièrement, qu'il existait un frère de M. Termonde, qui passait pour mort et dont mon beau-père ne parlait jamais; — secondement, que ce frère, déshonoré, proscrit, ruiné, sans état civil, exerçait sur son frère riche, honoré, irréprochable, une dictature de terreur. De ces deux faits, le premier s'expliquait de soi. C'était tout naturel que Jacques Termonde ne démentît point la légende de suicide imaginée par lui-même et qui jadis avait sauvé l'autre du bagne. Il n'est jamais agréable de reconnaître pour son plus proche parent un voleur, un faussaire et un déserteur... Mais ce n'est qu'un désagrément cruel. Il n'en allait pas ainsi du second fait. La disproportion était trop forte entre cette cause avouée par mon beau-père et le résultat d'épouvante produit sur lui. L'empire d'Édouard Termonde sur son frère ne se justifiait point par la menace d'un retour sans autre conséquence qu'un scandale de monde aussitôt étouffé. Ma mère pouvait se contenter de cette raison-là, elle, au regard de qui son mari était un grand cœur, une belle âme; mais non pas moi... L'idée me vint de consulter le Code de justice militaire. J'y trouvai à l'article 184 que la prescription du délit de désertion ne commence à courir que du jour où l'insoumis atteint quarante-sept ans. Vraisemblablement Édouard Termonde tombait encore sous le coup de la loi. Est-ce que ce désir d'épargner à ce frère infâme un châtiment disciplinaire pouvait justifier chez mon beau-père une si longue faiblesse et dans des conditions d'inquiétude semblable? J'apercevais une autre raison à cet empire, quelque ténébreux, quelque effrayant lien de complicité entre les deux hommes. Je venais de penser que peut-être Jacques Termonde avait employé son frère à tuer mon père. Et si cela était, si l'assassin possédait quelque preuve de cette

complicité? Sans doute il se trouvait les mains liées
à l'égard des magistrats ; mais c'était de quoi éclairer
ma mère, par exemple, et cette menace devait suffire
à faire trembler un mari aimant, à mater son féroce
orgueil?

— « Du sang-froid, » me répétais-je, « du sang-
froid... » Et je mettais toute ma force à reprendre
les données physiques et morales que je possédais
sur le crime. Il s'agissait, pour moi, de chercher si
un point, un seul point, demeurait obscur avec l'hypothèse de l'identité de Rochdale et d'Édouard Termonde. Les témoignages s'étaient accordés à représenter Rochdale comme grand et fort ; ma mère
m'avait dépeint Édouard Termonde comme gros et
lourd. Il y avait quinze ans de distance entre l'assassin de 1864 et le noceur vieilli de 1879, mais rien
qui empêchât que ce ne fût le même personnage. Ma
mère avait insisté sur la couleur des yeux d'Édouard
Termonde, bleus et pâles comme ceux de son frère.
Or, le concierge de l'hôtel Impérial avait, dans sa
déposition, que je savais par cœur pour l'avoir si
souvent relue, signalé la nuance très bleue et très
claire des prunelles du soi-disant Rochdale. Il avait
remarqué ce détail à cause du contraste des yeux
avec le ton bistré du visage. Edouard Termonde
s'était réfugié en Amérique, au lendemain de son faux
suicide, et qu'avait dit M. Massol? Je l'entendais
encore me répéter, avec sa voix flûtée et le geste
méthodique de sa main : « Un étranger, un Américain ou un Anglais, peut-être un Français établi en
Amérique... » D'impossibilité morale? Pas davantage.
Afin de mieux m'en convaincre, je reprenais l'histoire
du crime au moment même où la correspondance de
mon père se faisait explicite sur le compte de Jacques
Termonde, c'est-à-dire en janvier 1864. Pour dégager
mon jugement de toute impression de haine personnelle, je supprimais les noms dans ma pensée. Je
ramenais cette sinistre aventure, dont j'avais tant
souffert, à la sécheresse d'une anecdote abstraite...
Un homme est éperdument amoureux de la femme
d'un de ses amis intimes. Cet homme sait cette femme
profondément, absolument honnête. Si elle était
libre, elle l'aimerait ; il le sent, il le voit. N'étant pas
libre, elle ne sera jamais, jamais à lui. Cet homme est
doué du tempérament qui fait les criminels : une violence effrénée dans les passions, aucun scrupule, une
volonté despotique, l'habitude de tout briser devant
son désir. Il s'aperçoit que son ami devient jaloux.
Encore quelque temps, et la porte de la maison lui
sera fermée. Comment cette pensée ne lui viendrait-
elle pas : si le mari disparaissait, cependant?... Ce
rêve de la mort de celui qui fait le seul obstacle à son
bonheur trouble la tête de cet homme, une fois, deux

fois. Il la tourne et la retourne, cette idée fatale. Il s'y
accoutume. Il en arrive au : « Si j'osais... » point de
départ des scélératesses les plus affreuses. L'idée se
précise devant son esprit. Il conçoit qu'il pourrait
faire tuer celui qu'il hait maintenant et dont il se
sent haï. N'a-t-il pas, très au loin, un frère misérable
dont tout le monde ignore non seulement le domicile
actuel, mais jusqu'à l'existence? Quel admirable
ouvrier de meurtre que ce frère dépravé, besogneux,
infâme, qu'il tient à sa dévotion par les secours
d'argent qu'il lui envoie!... Et la tentation s'accroît
toujours. Une heure sonne où elle est plus forte que
le reste. Cet homme, résolu à jouer cette partie
suprême, appelle à Paris son frère... Comment? Par
une ou deux lettres qui font miroiter aux yeux du
drôle l'espérance d'une somme à gagner, en même
temps qu'elles mettent comme condition à cette
espérance un mystère absolu dans le voyage. L'autre
accepte. Il débarque en Europe après avoir multiplié autour de lui les précautions. Quoi de plus aisé?...
Ce failli de la vie n'a point de parents, point de relations. Il mène, depuis des années, une existence ano-
nyme et de hasard... Voici les deux frères face à
face... Jusque-là rien que de logique, rien que de
conforme aux étapes possibles d'un projet de cet
ordre.

J'en arrivais à l'exécution, et je continuais à raisonner de même, d'une manière impersonnelle. Le
frère riche propose au frère pauvre le marché de sang.
Il lui offre de l'argent, beaucoup d'argent : cent mille
francs, deux cent mille francs, trois cent mille francs.
Quels motifs empêcheraient le misérable d'accepter?
Les idées morales?... Que vaut la moralité d'un viveur
qui a passé du libertinage au vol? Depuis des années
et sous l'influence de mes préoccupations vengeresses,
j'avais lu trop assidûment les faits divers des journaux et les comptes rendus des procès pour ne pas
savoir comment on devient meurtrier. Des besoins
d'argent, l'habitude de la débauche, et voilà un
assassin en disponibilité. Que de coups de couteau
ont été donnés, que de revolvers mis en jeu, que de
gouttes de poison versées dans des verres, avec une
incertitude absolue du gain, parmi les pires conditions de danger, simplement pour aller, tout à l'heure,
dépenser l'argent du meurtre dans quelque bouge. —
La crainte de l'échafaud?... Personne ne tuerait,
alors. Des débauchés, d'ailleurs, qu'ils s'en tiennent
au vice, ou qu'ils roulent jusqu'au crime, n'ont pas
la vision de l'avenir. La sensation présente est pour
eux trop forte. Son image abolit les autres images,
elle absorbe les forces vives du tempérament et de
l'âme. Une vieille mère mourante, des enfants qui
ont faim, une femme qui se désespère, — ces tableaux

des conséquences de leurs actes ont-ils jamais arrêté
les ivrognes, les joueurs et les coureurs de filles?
Et pas davantage les fantômes tragiques du tribunal,
de la prison et de la guillotine, quand, altérés d'or,
ils tuent pour s'en procurer. L'échafaud est loin, la
porte du lupanar est au coin de la rue, et le goujat
saigne un rentier, comme un boucher saigne une bête,
pour aller ensuite là-bas, la poche garnie, vers le gros
numéro, où il y a de la crapule assurée. C'est le train
quotidien du crime, cela. Pourquoi le désir d'une
débauche plus relevée n'exercerait-elle pas le même
attrait scélérat sur des hommes plus raffinés, mais
aussi incapables de scrupules moraux que les chou-
rineurs du cabaret borgne? Ah! c'était une pensée
trop cruelle et que je ne pouvais supporter, — que
le sang de mon père eût payé cela, des soupers dans
un bar de nuit, à San-Francisco ou à New-York...
Je perdais l'énergie de continuer ma déduction froide,
et une hallucination commençait, qui me montrait
un cabinet particulier semblable à ceux où j'avais
passé, — par tout pays ces bouges sont les mêmes :
— la table servie, le divan de velours taché, la glace
rayée de lettres gravées avec le diamant des bagues;
le piano ouvert, où l'on joue des valses canailles, et
le champagne qui mousse dans les verres, et la fille
qui rit, avec sa blanche gorge dégrafée, ses bas de
soie, ses dents de bête, l'odeur des parfums de sa
chair mélangée à l'odeur des mets, du tabac, des
vins, — et l'homme à côté d'elle... « Non, ne mange
pas ce souper, ne bois pas ce vin, ne te laisse pas
pétrir par ces mains, ne prends pas cet or. Il y a du
sang sur tout cela... Cet homme qui t'embrasse, qui
te désire, qui t'a payée, est un assassin, un assassin,
un assassin !... »

— « Ma raison se perd, » me disais-je, lorsque j'étais
là, immobile, le cœur battant, les yeux fixes, en proie
à la même émotion que si j'eusse vu la scène hideuse,
et je la voyais, en effet, dans un éclair. Je me tour-
nais alors vers le portrait de mon père. Je le regardais longtemps. Je lui parlais comme s'il eût pu
m'entendre, je le suppliais : « Aide-moi... Aide-moi... »
Et je retrouvais, non pas le calme, mais la force du
moins de reprendre la féroce hypothèse et de la cri-
tiquer, détail par détail. Elle avait contre elle, tout
d'abord, d'être extraordinaire comme le cauchemar
d'une imagination malade. Un frère qui emploie son
frère à l'assassinat d'un homme dont il veut épouser
la femme !... Rien que la conception et l'offre d'un
pareil complot rentraient dans le domaine des plus
invraisemblables fantaisies... « Soit, » me disais-je,
« mais en matière de crime, il n'y a pas d'invraisemblance. Par cela seul qu'il se décide au meurtre,
l'assassin cesse de se mouvoir dans le cadre d'habi-

tudes de la vie sociale. » Et vingt exemples se présentaient à ma mémoire, de forfaits commis dans des
circonstances aussi exceptionnelles, aussi étranges
que celles dont je discutais en ce moment le plus ou
moins de probabilité. Une objection surgissait aussitôt. En admettant que ce crime compliqué fût seulement possible, comment étais-je le premier à en avoir
le soupçon? Pourquoi M. Massol, le magistrat si fin,
si délié, si habile, n'avait-il pas cherché de ce côté-là
une explication du sanglant mystère devant lequel
il s'avouait impuissant? « Hé bien ! » me répondis-je,
« M. Massol n'y a point pensé, voilà tout. La question est de savoir, non si le juge d'instruction a
soupçonné le fait, mais si ce fait en lui-même est réel
ou s'il ne l'est point. » Et puis, quels indices auraient
mis M. Massol sur cette piste? S'il avait étudié à
fond le ménage de mon père, il avait acquis la certitude que ma mère était une très honnête femme. Il
avait vu sa douleur sincère, et il n'avait pas eu,
comme moi, entre les mains, les lettres où mon père
avouait sa jalousie et dénonçait la passion de son faux
ami. Est-ce que, d'ailleurs, Jacques Termonde n'avait
pas dû se pourvoir à l'avance d'un alibi sentimental,
comme il s'était prémuni d'un alibi physique, et
entretenir à cette époque une maîtresse affichée? Et
puis, supposons que le juge ait cherché de ce côté-là,
qu'il ait soupçonné dès les premiers jours la félonie
de mon futur beau-père. Il s'agissait de découvrir
le complice, puisqu'en tout état de choses la présence
de M. Termonde chez nous à l'heure du meurtre était
un fait avéré. M. Massol est arrivé à penser au frère
disparu. Soit. Où trouver les traces de ce frère? Où
et comment? Si Édouard et Jacques ont été complices
dans le crime, leur premier soin n'a-t-il pas dû être
d'imaginer un moyen de correspondance qui défiât
la surveillance de la police? N'ont-ils même pas cessé,
pour un temps, tout commerce de lettres? Qu'avaient-
ils à se communiquer? Édouard tenait l'argent du
meurtre, Jacques s'occupait d'achever de conquérir
le cœur de ma mère... « Soit encore, » reprenais-je;
« mais si M. Massol manquait du document essentiel,
s'il ignorait la passion de Jacques Termonde pour la
femme de l'assassiné, — ma tante, elle, savait cette
passion; elle avait en main la preuve indiscutable des
défiances de mon père, comment n'avait-elle pas
pensé ce que je pensais à l'heure présente?... » Et
qui m'assurait qu'elle ne l'eût pas pensé? Les soupçons l'avaient dévorée, elle aussi. Elle avait vécu,
elle était morte haineuse. Seulement elle y avait
évidemment mêlé ma mère, incapable de lui par-
donner les souffrances d'un frère qu'elle adorait.
Agir contre ma mère, c'était agir contre moi. Cela,
elle se l'était interdit à jamais. L'eût-elle osé, com-

ment fût-elle sortie du domaine des vagues inductions, puisqu'elle ne pouvait ni mettre en doute, elle non plus, l'alibi de mon beau-père, ni deviner l'existence actuelle d'Édouard Termonde?... Que je fusse le premier à expliquer l'assassinat de mon père comme je faisais, cela prouvait uniquement que je possédais des données nouvelles sur les alentours du crime, et non pas que les hypothèses fondées sur ces données fussent insensées.

D'autres objections se présentaient. Si mon beau-père avait employé son frère à cette besogne d'assassinat, comment avait-il révélé à sa femme l'existence de ce frère? La réponse à cette question s'offrait d'elle-même. Si le crime avait été commis dans ces conditions de complicité, une seule preuve pouvait en demeurer, à savoir les deux ou trois lettres écrites par Jacques Termonde à Édouard pour l'appeler en Europe et lui tracer son itinéraire. Ces lettres, Édouard les avait gardées. C'était par elles qu'il devait tenir son frère et par la menace de les livrer à ma mère. Prévenir cette dernière comme mon beau-père l'avait fait et dans cette mesure, c'était parer d'avance à cette menace, au moins en partie. Si jamais l'ouvrier du meurtre se décidait à livrer le commun secret à la veuve de la victime, devenue la femme de l'inspirateur de ce meurtre, ce dernier pourrait à tout le moins nier l'authenticité des lettres, arguer de la confidence ancienne ; montrer, dans la dénonciation, l'infamie d'une atroce vengeance compliquée d'un faux. Et puis, cette confidence à ma mère n'était-elle pas justifiée par une autre raison, précisément si le crime avait été commis de la manière que j'imaginais? Ces remords, dont je croyais mon beau-père torturé, n'avaient certes pas échappé à l'affection inquiète de sa femme. Elle n'avait eu de peine à démêler, dans l'âme de celui qu'elle aimait et dont elle se savait aimée, la sombre et fixe présence d'une tristesse jamais chassée. Que de nuages elle avait dû voir sur ce front, que sa présence ne dissipait pas ! que de rêveries mornes dans ces yeux, que sa tendresse ne suffisait point à remplir d'un profond, d'un absolu bonheur ! Qui sait? Elle avait peut-être connu cette jalousie, la pire de toutes, devant une pensée constante et qu'on ne vous dit pas, devant une émotion étrangère et qu'on vous cache. Et il avait révélé une portion de la vérité, afin de lui épargner, à elle, une certaine sorte d'inquiétude, afin de s'épargner à lui-même des questions que sa conscience lui rendait intolérables. Donc aucune contradiction entre cette demi-confidence faite à ma mère et mon hypothèse sur la complicité des deux frères... Je comprenais aussi que, dans cette confidence, il n'avait pas pu insister, au delà d'un certain point, sur la nécessité du silence à mon égard, — silence qui n'eût jamais été rompu sans un hasard d'émotion, sans mon insistance attendrie, sans cette arrivée subite d'Édouard Termonde qui avait littéralement affolé la pauvre femme... Mais comment expliquer cette imprudence, ce refus d'argent à ce frère aux abois et capable de tout oser? De cela encore, j'arrivais à me rendre compte. C'était avant la mort de ma tante, à une époque où mon beau-père se jugeait pour toujours garanti de mon côté. Il se croyait abrité de la justice par la prescription. Il se sentait malade. Quoi de plus naturel que de désirer reprendre à tout prix ces papiers qui pouvaient, lui une fois mort, et entre des mains scélérates, devenir un moyen de chantage exercé sur sa veuve et déshonorer sa mémoire dans le cœur de cette femme, aimée jusqu'au crime? Une négociation pareille ne pouvait être tentée que de vive voix. Mon beau-père s'était dit que son frère n'exécuterait pas sa menace sans avoir essayé une dernière tentative. Il viendrait à Paris. Les deux complices se retrouveraient face à face après tant d'années. Ce serait une nouvelle offre d'argent à faire, mais la dernière, et contre la livraison de la seule preuve capable d'éclairer les ténèbres du mystère de l'hôtel Impérial. Dans ce calcul, mon beau-père avait omis de prévoir que son frère arriverait ainsi à l'hôtel du boulevard de Latour-Maubourg, qu'on l'introduirait dans le salon devant ma mère, et que la secousse trop forte lui donnerait, à lui-même, déjà ébranlé par de longues angoisses, une crise de sa maladie de foie. Il y a dans les événements une part d'inconnu qui déjoue les habiletés de nos plus subtiles prudences. Et quand je songeais que tant de ruse, une si continuelle surveillance de soi-même et des autres avait abouti à ce résultat, je sentais de nouveau le passage sur nous tous du souffle de la destinée, — à moins que ces hypothèses ne fussent un roman éclos dans ma tête, envahie par la fièvre et par le désir de vengeance qui me consumait ! Réalité ou roman, ces hypothèses se tenaient là devant moi, et je ne pouvais pas demeurer sur une ignorance et sur un doute. A l'extrémité de ces raisonnements divers, dont les uns appuyaient, les autres combattaient, la vraisemblance de ma nouvelle explication de la sanglante énigme, je rencontrais aussi un fait positif : — à tort ou à raison, j'avais conçu la possibilité d'un complot dans lequel Édouard Termonde aurait servi d'instrument de meurtre à son frère. Quand il n'y eût eu qu'une chance, une seule contre un millier, pour que mon père eût été tué de la sorte, je devais suivre cette piste jusqu'au bout, sous peine de me mépriser cette fois définitivement comme le dernier des lâches. Le temps était passé des douloureuses rêveries ; il fallait agir, et ici, agir, c'était savoir.

Le matin arrivait parmi ces pensées. Ma lampe, qui avait éclairé cette veillée funèbre, mêlait sa clarté triste à la pâle lumière de l'aube. J'ouvris ma fenêtre, je vis la face livide des hautes maisons dans le jour naissant, et je me jurai solennellement, devant ce réveil de la vie, que ce jour me verrait commencer de faire ce que je devais, et le lendemain continuer, et les autres jours, jusqu'à ce que je pusse me dire : « Je suis certain... » J'eus l'énergie de dompter la tempête de sensations folles qui s'était déchaînée en moi durant la nuit et de fixer mon esprit sur ce problème : « Existe-t-il un moyen de vérifier si Édouard Termonde et le soi-disant Rochdale de 1864 ne font qu'un? » Pour répondre à cette question ainsi posée je ne pouvais compter que sur moi seul, sur les ressources de mon intelligence et de ma volonté personnelles. Je dois me rendre ce témoignage que je n'eus pas une minute, durant ces cruelles heures, la tentation de me décharger des difficultés de ma tâche tragique en m'adressant à la justice. Je l'aurais fait, si je n'avais pas tenu compte de la souffrance de ma mère. Mais je m'étais dit que jamais elle ne recevrait par moi ce coup horrible : apprendre qu'elle avait été, quinze ans durant, la femme d'un assassin. Pour qu'elle ignorât toujours ce drame criminel, il fallait que la lutte restât circonscrite entre mon beau-père et moi. « Et cependant, si je le trouve coupable? » pensais-je... A cette seule idée qui maintenant n'était plus vague et lointaine, qui pouvait devenir une vérité indiscutable, aujourd'hui, demain, dans quelques heures, un projet terrible se dessinait devant les yeux de mon esprit. — Je ne voulais pas regarder de ce côté-là. Je me répondais : « J'y songerai plus tard, et je me contraignais à porter toutes mes réflexions sur le jour actuel. Je reprenais mon problème : « Comment vérifier l'identité d'Edouard Termonde et du faux Rochdale? » Arracher ce secret à mon beau-père était impossible. Vainement, depuis ces mois, j'avais cherché le défaut de sa dissimulation, une déchirure dans cette cuirasse contre les mailles de laquelle j'avais brisé, non pas un, mais dix, mais vingt poignards. J'aurais eu à mon service tous les bourreaux de l'Inquisition que je n'aurais pas desserré ces lèvres minces, ni extorqué une confidence à ce visage si douloureux et si impénétrable à la fois. Restait l'autre. Mais pour m'attaquer à lui, je devais découvrir, d'abord, sous quel nom il était caché à Paris et à quelle adresse. Il n'était pas besoin de beaucoup d'imagination pour apercevoir un moyen assuré de cette découverte. Il suffisait que je me rappelasse les circonstances mêmes où j'avais appris l'arrivée d'Édouard Termonde à Paris. Pour une raison ou pour une autre, — souvenir d'une sanglante complicité ou crainte d'un scandale mondain, — mon beau-père ferait certainement tous ses efforts pour le décider à partir de nouveau. Il le reverrait, et pas à l'hôtel du boulevard de Latour-Maubourg, à cause de ma mère et à cause des domestiques. J'avais donc un procédé sûr pour savoir la demeure d'Edouard Termonde : je ferais suivre mon beau-père. De deux choses, l'une : — ou bien il fixerait un rendez-vous à son frère dans quelque endroit désert, ou bien il se transporterait au domicile choisi par l'autre. Dans le second cas, je tenais mon renseignement tout de suite. Dans le premier cas, il suffisait de donner le signalement d'Édouard Termonde, tel que je l'avais recueilli de la bouche de ma mère et de le faire suivre aussi, au moment même où il rentrerait chez lui au sortir de ce rendez-vous. L'espionnage m'a toujours paru quelque chose d'infâme, et même, à cette minute, je me rendais compte de l'ignominie de ce traquenard tendu à mon beau-père. Mais, quand on se bat, on ne choisit pas ses armes. Pour aller au but, que je voyais briller comme un phare, j'aurais marché sur tout ce qui n'était pas le chagrin de ma mère...

— « Hé bien! » reprenais-je, « une fois que je saurai le faux nom d'Édouard Termonde et son adresse, que faire?... » Je ne pouvais pas, à l'imitation de la police judiciaire, mettre la main sur sa personne et sur ses papiers, quitte à le relâcher, avec force excuses, une fois la perquisition finie. Je me souviens d'avoir machiné en pensée vingt plans successifs, tous plus ou moins ingénieux et tous rejetés. Je finis par m'attacher de nouveau aux faits. A supposer que cet homme eût tué mon père, il était impossible que la scène du meurtre ne fût pas demeurée dans sa mémoire en traits ineffaçables. Il devait avoir revu bien souvent, durant ses mauvaises heures, le visage de ce mort auquel je ressemblais tant. Je regardai de nouveau ce visage sur la toile que mon beau-père avait à peine osé fixer. Je me souvins de la conversation que nous avions eue dans cette même pièce et de ce que je lui avais dit : « Croyez-vous que la ressemblance soit suffisante pour que je fasse au criminel une impression de spectre?... » Pourquoi ne pas utiliser cette ressemblance? Je n'avais qu'à me présenter à Edouard Termonde brusquement, et à l'interpeller en même temps de ce nom de Rochdale dont les syllabes devaient sonner pour lui comme un glas. Oui, c'était cela : entrer dans sa chambre actuelle, comme mon père était entré dans la chambre de l'hôtel Impérial, et le demander par le nom sous lequel mon père l'avait demandé, en lui montrant le

LE NOM SI VIVANT (p. 29)

C'EST MA MÈRE QUI, SANS LE VOULOIR, ME REND DE NOUVEAU

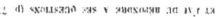

ET J'AI DÛ RÉPONDRE À SES QUESTIONS (p. ?)

PLATE VIII.—INTERIOR NO. IV.—A

visage même de sa victime. — S'il n'était pas coupable, j'en serais quitte pour m'excuser d'avoir frappé à sa porte, comme d'une erreur. S'il était coupable, il subirait pendant quelques instants un sursaut fou de terreur. Quels mobiles pourraient agir sur lui, cette terreur passée? Deux sans plus : la crainte de l'expiation et l'amour de l'argent. Il fallait arriver armé, avec une forte somme, et lui donner le choix entre ces deux alternatives : ou bien il me vendrait les quelques lettres qui lui avaient permis de tyranniser son frère depuis des années, ou bien je le menacerais de lui brûler la cervelle. Et s'il refusait de me livrer les lettres? Allons donc... Est-ce qu'un bandit comme celui-là pouvait hésiter? Il accepterait le marché. Il me donnerait les papiers qui convainquaient mon beau-père d'assassinat, — et alors?... Alors il s'en irait ainsi, je le laisserais partir comme il était parti de l'hôtel Impérial, fumant un cigare, payé de sa trahison envers son frère comme il avait été payé de sa trahison envers mon père!... Oui, je le laisserais s'en aller, puisque le tuer de ma main, ce serait me mettre dans la nécessité de tout dévoiler du crime que je voulais à tout prix cacher. « Ah! ma mère! ce que tu m'auras coûté!... » sanglotais-je. Et je revenais au portrait du mort, et il me semblait que de cette bouche, que de ces yeux s'échappait un ordre de ne jamais toucher au cœur de celle que ce mort avait tant aimée, — fût-ce pour le venger. — « Je t'obéirai, » répondais-je à mon père, et je disais adieu à cette partie de ma vengeance. — Cela m'était très cruel. C'était cependant possible. Après tout, éprouvais-je de la haine pour le misérable? Il avait frappé, c'est vrai, mais comme un instrument servile au bras d'un autre. Cet autre, en revanche, je ne le laisserais pas échapper, lui qui avait conçu, médité, machiné, payé l'attentat ; lui qui m'avait tout volé, depuis la vie de mon père jusqu'à la tendresse de ma mère ; lui, le réel, l'unique coupable. Oui, je le tiendrais, et j'aurais du loisir pour combiner ma vengeance, pour l'exécuter, sans que ma mère soupçonnât rien de ce duel d'où je sortirais vainqueur. J'en étais sûr. L'ivresse du supplice que je trouverais moyen d'infliger à cet homme exécré m'enivrait à l'avance. J'avais chaud dans le cœur en y songeant. Cela compensait le long, le dur martyre... « A l'action! A l'action!... » me dis-je. Je tremblais que tout cet espoir ne fût qu'un leurre, qu'Édouard Termonde fût déjà reparti, que mon beau-père eût déjà payé son silence... Dès neuf heures, j'étais dans une de ces abominables entreprises d'espionnage privé dont passer seulement le seuil m'eût paru, la veille encore, une telle honte. A dix heures, je donnais à mon agent de change l'ordre de vendre pour cent

mille francs de valeur. Ce jour passa, puis un second. Comment je supportai ces heures les unes après les autres, je ne sais plus. Ce que je sais bien, c'est que je n'eus pas le courage de passer au boulevard de Latour-Maubourg, ni de revoir ma mère. Je tremblais qu'elle ne devinât dans mes yeux ma folle espérance et qu'elle ne prévint mon beau-père, sans même s'en douter, comme elle m'avait prévenu, par une phrase, un mot. Vers midi, le troisième jour, j'appris par mes informateurs que mon beau-père était sorti le matin même. C'était un mercredi. Ce jour-là, ma mère se rendait à une œuvre pieuse dont le siège était dans le quartier de Grenelle. — M. Termonde avait changé de fiacre deux fois, et il s'était fait conduire au Grand-Hôtel. Il y avait rendu visite à un voyageur qui occupait, au second étage, une chambre numérotée 353. Ce voyageur était inscrit comme arrivant de New-York et sous le nom de Stanbury. A midi, je savais ces détails, et, à deux heures, un revolver chargé dans ma poche, mon portefeuille garni de cent billets de banque qui devaient me servir à l'achat des lettres, décidé à jouer la partie jusqu'au bout, et à la gagner, je montais l'escalier du Grand-Hôtel... Touchais-je à une scène formidable de ma vie, ou bien étais-je au moment de me convaincre qu'une fois encore j'avais été dupe de mon imagination? Du moins j'aurais fait tout mon devoir.

XVI

J'étais arrivé au second étage. A l'angle d'un long corridor, était fixée une plaque sur laquelle je pus lire écrit : « Du numéro 300 au numéro 360... » Dans le couloir, un garçon de service passait en sifflant. Deux filles riaient dans une espèce d'office ménagé à la sortie de l'escalier. Un grand bruit montait de la cour à travers les fenêtres ouvertes. Le moment était bien choisi pour l'exécution de mon projet. L'homme ne pourrait pas espérer une fuite facile, à travers la maison ainsi remplie de monde... 345... 350... 351... 353... J'étais devant la porte de la chambre où logeait Édouard Termonde. La clef était sur cette porte. Le hasard servait donc mon projet au delà de ce que j'eusse osé souhaiter. Ce petit détail attestait aussi la sécurité où vivait celui que je venais surprendre. Soupçonnait-il seulement mon existence? Je m'arrêtai une minute devant cette porte close. Je m'étais habillé avec un veston, afin d'avoir mon revolver dans ma poche, bien à portée. J'assurai ma main droite sur la crosse, et j'ouvris la porte sans frapper.

— « Qui est là?... » fit la voix d'un homme qui lisait

5

un journal en fumant, couché plutôt qu'assis dans un fauteuil, les pieds posés sur une table, le dos tourné à l'entrée. Il ne se donna même pas la peine de se lever pour voir qui avait ouvert, persuadé sans doute que c'était un domestique de l'hôtel. Je ne lui laissai pas le temps de se retourner tout à fait.

— « Monsieur Rochdale?... » demandai-je.

A peine eus-je prononcé ces mots que l'homme fut sur pied. Il repoussa le fauteuil et se réfugia de l'autre côté de la table, me regardant en face avec un visage décomposé... Ses yeux s'ouvraient démesurément, tout clairs, dans ce visage livide qu'encadrait une barbe jadis blonde, aujourd'hui grisonnante. Sa bouche béait, ses jambes flageolaient. Ce grand et robuste corps venait de subir une de ces secousses d'épouvante folle devant lesquelles toutes les puissances de la vie sont comme paralysées. Il avait seulement jeté un cri dans sa terreur : — « Cornélis !... »

Cette preuve que je poursuivais depuis des mois, je la tenais donc enfin ! A cette seconde, je sentais, moi, tous les ressorts de mon être tendus. Oui, j'étais aussi lucide, aussi maître de moi que mon adversaire était bouleversé. Il n'avait pas, comme son complice, l'habitude quotidienne et réfléchie de la dissimulation. Ce nom de Rochdale, cette ressemblance effrayante, cette arrivée inattendue, — je ne m'étais pas trompé dans mon calcul. J'aperçus, avec cette prodigieuse rapidité de pensée dont s'accompagne l'action, qu'il fallait redoubler ce premier sursaut de terreur morale par un sursaut de terreur physique... Sinon, cet homme allait s'élancer sur moi, dans le mouvement de défense qui suivrait ce saisissement. Il me bousculerait, il s'enfuirait comme un fou, au risque d'être arrêté dans l'escalier par les gens qui le verraient courir, éperdu, et alors... Mais j'avais déjà tiré mon revolver de ma poche. J'avais mis en joue le misérable et je lui disais, l'appelant par son vrai nom, pour lui prouver que je savais tout :

— « Monsieur Édouard Termonde, si vous faites un mouvement vers moi, je vous tue, comme un assassin que vous êtes... »

J'ajoutai, lui montrant une chaise au coin de la fenêtre entre-bâillée :

— « Asseyez-vous ! »

Il m'obéit machinalement. J'exerçais sur lui, à cet instant, une espèce de domination absolue qui allait cesser, je le sentais, aussitôt qu'il reprendrait ses esprits. Mais, quand le reste de l'entretien tournerait contre moi, maintenant, est-ce que cela empêchait que je ne fusse maître d'une certitude? J'avais voulu savoir si Édouard Termonde et Rochdale ne faisaient qu'un seul et même personnage. Cela, je le savais. Je venais d'en étreindre l'indéniable preuve. Je me devais cependant d'arracher à mon ennemi l'autre preuve, celle qui mettrait mon beau-père à ma discrétion. C'était une nouvelle phase de la lutte. D'un coup d'œil je fis le tour de la chambre où je me trouvais enfermé avec mon ennemi. Sur le lit, à ma gauche, une canne plombée, un chapeau et un par-dessus ; sur la table de nuit, un coup de poing en acier et un revolver. A ma droite, la commode, avec un couteau-poignard parmi les objets de toilette ; une malle, à côté de cette commode, contre une porte condamnée ; une armoire à glace contre une autre porte condamnée aussi, le lavabo ; — et lui, acculé, sous le coup de mon arme braquée, entre la table et la fenêtre. Il ne pouvait ni s'échapper ni atteindre aucun moyen de défense sans engager avec moi une lutte corps à corps. Mais il devrait essuyer mon feu d'abord, et puis, s'il était grand et robuste, je n'étais, moi, ni petit ni faible. J'avais vingt-cinq ans. Il en avait près de cinquante. Toutes les forces morales étaient pour moi. Je devais vaincre.

— « Maintenant, » lui dis-je en m'asseyant moi-même et sans cesser de le tenir en joue « causons... »

— « Qu'est-ce que vous voulez de moi? » répliqua-t-il brutalement. Sa voix était sourde à la fois et rauque. Le sang était remonté à ses joues, ses yeux brillaient, ces yeux si pareils à ceux de son frère. C'était l'animal qui revient à lui après avoir subi un effroyable danger, comme stupéfait de se retrouver encore vivant. — « Allons, » ajouta-t-il en fermant les poings, « je suis pris... Tirez-moi dessus et que ce soit fini... » Et comme je ne répondais rien et que je continuais de le tenir ainsi, sous la menace de mon pistolet :

— « Ah ! » s'écria-t-il, « je comprends ; vous êtes le fils... Et cette canaille de Jacques m'a vendu à vous pour se débarrasser de moi... Il y a prescription... Il se croit en sûreté, lui. Mais est-ce qu'il vous a dit aussi qu'il en était, lui, l'honnête homme, que j'en ai la preuve?... Ah ! il croit que je vais vous laisser me tuer comme cela, sans parler?... Non pas, je vais crier, on nous arrêtera, et l'on saura tout... Il sera perdu, lui aussi, l'honnête homme, » et il répétait : « L'honnête homme ! l'honnête homme ! » La fureur le gagnait. Il allait appeler. Je voyais déjà ses lèvres s'ouvrir pour jeter le cri : « Au secours !... » Le pire était que la colère me saisissait moi-même... C'était lui, de cette même main que je voyais errer sur la table, forte, velue, cherchant un objet à me jeter, oui, c'était lui qui avait tué mon père... Un degré d'émotion de plus, et c'était moi qui étais perdu. Je lui logeais une balle dans le corps, je voyais son sang couler. Que cela m'eût fait de bien !... Mais non.

J'avais sacrifié cette vengeance-là. Dans l'hallucination d'une seconde, je me vis arrêté, obligé d'expliquer tout, et la douleur réservée à ma mère. Heureusement pour moi, il eut, lui aussi, un passage de réflexion. La première idée qui avait dû lui venir à l'esprit était que son frère l'avait trahi, en ne disant que la moitié de la vérité, afin de le livrer à ma vengeance. La seconde fut sans doute que, pour un fils qui vient venger son père mort, je paraissais peu décidé à en finir tout de suite. Il y eut un court silence entre nous, qui me permit de reconquérir toute ma tête, et de lui dire : — « Vous vous trompez, monsieur, » avec un calme qui fit naître une stupeur nouvelle dans ses yeux. Il me regarda, puis je le vis fermer les paupières en plissant le front. Ma ressemblance avec mon père lui était insupportable, je le sentais.

— « Oui, vous vous trompez, » continuai-je posément, et pour amener ce terrible entretien sur le ton d'une conversation d'affaires, — « je ne suis venu ni pour vous faire arrêter ni pour vous tuer. A moins, » ajoutai-je, « que vous ne m'y obligiez vous-même, comme j'ai craint que vous ne fissiez tout à l'heure... Je suis venu vous proposer un marché, mais c'est à la condition que vous m'écouterez, comme je vous parle, avec sang-froid... »

Nous nous tûmes de nouveau l'un et l'autre. Un bruit de voix et de pas se faisait entendre dans le couloir, presque contre la porte, et des éclats de rire. C'en était assez pour me rappeler, à moi, la nécessité de me dominer, à lui, qu'il jouait une partie dangereuse. Une détonation d'arme, un cri, et quelqu'un entrait aussitôt dans cette chambre, placée comme elle était, contre le corridor. Édouard Termonde m'avait écouté avec une attention extrême. Un éclair d'espérance avait passé sur son visage, puis une singulière expression de défiance.

— « Faites vos conditions, » dit-il d'une voix sourde encore, mais apaisée.

— « Si j'avais voulu vous tuer, » repris-je en insistant, afin de mieux le convaincre de ma bonne foi par l'évidence... « vous seriez déjà mort... » — Et je levai mon arme. — « Si j'avais voulu vous faire arrêter, je ne me serais pas donné la peine d'entrer moi-même, deux agents de police auraient suffi, car vous n'oubliez pas que vous êtes déserteur et toujours sous le coup de la loi. »

— « Juste, » répliqua-t-il simplement. Puis il ajouta, suivant un raisonnement intérieur qui avait son importance capitale pour l'issue de notre entretien : — « Si ce n'est à Jacques qui m'a vendu... »

— « Je vous tenais à ma disposition, » continuai-je sans relever sa phrase, « et je n'en ai pas usé... J'avais donc une raison puissante pour vous épargner hier, avant-hier, ce matin, tout à l'heure, maintenant... Et il dépend de vous que je vous épargne tout à fait... »

— « Et vous voulez que je vous croie? » répondit-il en montrant du doigt mon revolver, que je continuais à tenir dans ma main, mais sans le braquer sur lui. « Non, non... » fit-il ; et il ajouta, employant un terme énergique où réapparaissait l'ancien sous-officier : — « Je ne coupe pas dans ces ponts-là... »

— « Écoutez-moi, » répliquai-je sur un ton d'extrême froideur. « Cette raison puissante que j'ai de ne pas vous abattre comme un chien enragé, je vais vous la dire... Je ne veux pas que ma mère sache jamais quel homme elle a épousé dans votre frère... Comprenez-vous maintenant pourquoi je suis décidé à vous laisser aller?... Si vous vous y prêtez, toutefois... Car même l'idée de ma mère ne m'arrêterait pas, poussé à bout. J'ajouterai, pour votre gouverne, que la prescription, par laquelle vous vous croyez couvert au sujet du meurtre de 1864, a été interrompue par les soins du juge. Vous jouez donc votre tête en ce moment... En deux mots, voici ce que je vous propose : depuis une dizaine d'années, vous exercez sur votre frère un chantage qui vous a réussi assez bien... Je ne suppose pas que vous fassiez vibrer en lui la corde de l'affection fraternelle, n'est-il pas vrai?... Quand vous êtes venu d'Amérique pour tenir le personnage de Rochdale, il a bien fallu qu'il vous envoyât quelques instructions... Ces lettres, vous les avez gardées... Je vous en offre cent mille francs. »

— « Monsieur, » me répondit-il, — et rien qu'à son accent je pouvais constater qu'il était momentanément redevenu maître de lui, — « pourquoi voulez-vous que je prenne au sérieux une proposition pareille?... En admettant que ces lettres aient été écrites et que je les ai gardées, pourquoi vous livrerais-je un document comme celui-là?... Qui me garantirait qu'une fois ces papiers entre les mains, vous ne me feriez pas empoigner aussitôt? » Ah ! dit-il en me regardant cette fois bien en face, « vous ne saviez rien?... Ce nom... Cette ressemblance.. Idiot que je suis, vous m'avez joué... » La fureur empourpra de nouveau son visage; il poussa un juron. — « Tu me le paieras, » cria-t-il. Et, à cette seconde où je ne le tenais pas au bout du canon de mon arme, il poussa la table sur moi si violemment que j'eusse été renversé si je n'avais fait un bond en arrière. Il avait eu le temps déjà de se jeter sur moi et de me prendre à bras-le-corps. Heureusement pour moi, la violence de l'attaque avait fait tomber de mes mains mon pistolet, en sorte que je ne pus être tenté de m'en servir, ce que j'aurais sans aucun doute fait, instinctivement ; et une lutte commença entre nous, durant laquelle nous ne prononçâmes ni l'un ni l'autre une parole. De son premier élan il m'avait jeté à terre, mais j'étais vigoureux, et les étranges préoccupations de danger dont ma jeunesse avait été la victime m'avaient poussé à développer en moi toutes les énergies et toutes les adresses physiques. Je sentais le souffle du brigand sur mon visage, sa peau contre ma peau, ses muscles sur les miens, l'odeur de son corps. La haine décuplait mes forces, et, en même temps, l'angoisse que l'on entendît le bruit de notre lutte me donnait le sang-froid qu'il avait perdu. Après quelques minutes de cette sauvage étreinte, et comme il se sentait faiblir, il me mordit à l'épaule si cruellement que la douleur m'affola. Je pus dégager un de mes bras, et je le saisis à la gorge au risque de l'étouffer... Je le tenais sous moi maintenant, et je lui frappai la tête contre le parquet comme pour la briser. Il demeura une minute sans mouvement. Je crus l'avoir tué. Je ramassai mon pistolet qui avait roulé jusqu'à la porte, et j'allai jusqu'au lavabo prendre de l'eau pour lui baigner le front.

Je me vis dans l'armoire à glace de la chambre, le collet de mon veston déchiré, la figure meurtrie, la cravate en lambeaux, et je fus pris d'un frisson comme si j'avais eu là devant moi le spectre d'un autre André Cornélis. L'ignoble caractère de cette aventure me fit frémir de dégoût, mais il ne s'agissait pas de mes délicatesses de gentleman. Je n'avais pas encore trempé la serviette dans le pot à eau que mon ennemi était déjà revenu à lui. Cette fois, j'étais résolu à en finir. J'avais la conscience d'avoir fait mon possible pour tenir mon serment envers ma mère. Que la faute retombât sur la destinée ! Le misérable s'était relevé à demi, et il me regardait, le buste en avant. J'avançai, et je lui posai le canon du revolver presque sur le front :

— « Il est encore temps, » lui dis-je ; « je te donne cinq minutes pour te décider au marché que je t'ai proposé tout à l'heure : les lettres, et cent mille francs avec la liberté, je t'en donne ma parole d'honneur. Sinon, une balle dans la tête. Je t'en donne ma parole aussi... J'ai voulu t'épargner à cause de ma mère ; mais je ne veux pas perdre mes deux vengeances... Si tu bouges, tu es mort... On m'arrêtera, on fouillera tes papiers, on trouvera les lettres, on saura que j'avais le droit de te casser la tête... Ma mère sera folle de douleur... Mais je serai vengé... Tu as cinq minutes, pas une de plus. »

Sans doute mon visage exprimait une résolution invincible. L'assassin regarda ce visage, puis la pendule. Il voulut faire un geste. Il vit que mon doigt se repliait sur la gâchette.

— « Je me rends, » dit-il.

— « Relevez-vous, » repris-je.

Il m'obéit de nouveau machinalement.

— « Où sont les lettres? » lui demandai-je.

— « Quand vous les aurez, » implora-t-il avec une lâcheté de bête traquée sur sa face abjecte, « vous me laisserez partir?... »

— « Je vous l'ai juré, » lui dis-je ; et, comme je voyais une inquiétude suprême dans ses prunelles, j'ajoutai : — « Je vous le jure de nouveau, sur le souvenir de mon père... » Et encore une fois, je demandai : — « Où sont les lettres?... »

— « Là, » dit-il en me montrant la malle posée dans un coin.

— « Voici l'argent, » fis-je en lui jetant le portefeuille qui contenait la liasse des billets de banque. Y a-t-il comme un magnétisme moral dans l'accent de certaines paroles et dans certaines expressions de physionomie? Était-ce la nature, particulièrement saisissante à cette minute, du serment que je venais de prononcer? Ou bien Édouard Termonde avait-il assez de force d'esprit, même dans son déconcertement, pour se dire que la croyance à ma bonne foi lui offrait seule une chance de salut? Quoi qu'il en soit, il n'eut pas un instant d'hésitation. Il ouvrit la malle cerclée de fer, retira de l'un des casiers une boîte en cuir jaune fermée avec une serrure de sûreté, puis, de cette boîte, une enveloppe, assez grande qu'il me jeta comme il lui avais jeté les billets de banque. Moi, de mon côté, je n'eus pas un moment la crainte qu'il ne prît une arme dans sa malle, tandis que je vérifiais le contenu de l'enveloppe, laquelle renfermait trois lettres seulement, timbrées, les deux premières au double timbre de Paris et de New-York, la troisième à ceux de Paris et de Liverpool, et toutes les trois estampillées à la date de janvier ou de février 1864.

— « Est-ce tout?... » me demanda-t-il.

— « Pas encore, » répondis-je ; « il faut que vous vous engagiez à partir ce soir par le premier train, sans vous être trouvé avec votre frère, sans lui avoir écrit?... »

— « C'est promis, » dit-il, « et puis?... »

— « Quand devait-il revenir vous voir?... »

— « Samedi, » fit-il, et il haussa les épaules... « Le marché était conclu. Il a voulu attendre, pour se compter l'argent, que ce fût le jour de mon départ pour le Havre, afin d'être bien sûr que je ne m'attarderais pas à Paris... C'est joué, c'est perdu, » ajouta-t-il, « et maintenant je m'en lave les mains... »

— « Adieu donc, » dis-je en me levant, « et rappelez-vous qu'il ne faudrait pas me tenter une seconde fois

en vous retrouvant sur mon chemin ou sur celui d'un
être que j'aime... »

J'esquissai un geste de menace et je sortis, le
laissant assis à la table près de la fenêtre. A peine
fus-je dans le corridor que mes nerfs, après m'avoir
été si étrangement soumis durant la lutte, me trahirent
tout d'un coup. Mes jambes défaillaient sous moi.
J'eus peur de tomber là, sur le tapis de ce couloir,
et comment expliquer le désordre de mes vêtements?
J'eus le courage d'ajuster les débris de ma cravate,
de relever le col de mon veston pour dissimuler et
sa déchirure et l'état de ma chemise, d'enlever la
poussière de mon chapeau, qui avait été tout bossué
dans la lutte. J'essuyai mon visage avec mon mouchoir, et je descendis l'escalier d'un pas que je con-
traignis à rester paisible. L'inspecteur du premier
étage se trouvait sans doute occupé à un autre bout
du corridor. Deux garçons me regardèrent et parurent
étonnés de mon aspect. Mon bon destin voulut qu'ils
ne s'attardassent pas à essayer de savoir la cause du
visible désordre où je me trouvais... J'étais prêt à
imaginer la fable d'une fausse agression, mais je
sentais que mon trouble risquait d'entraîner les plus
graves conséquences. Enfin j'étais dans la cour...
Je la traversai avec épouvante. Si une personne de ma
connaissance eût été là?... Je me jetai dans le premier fiacre. Je donnai mon adresse. J'avais tenu ma
parole. J'avais vaincu.

XVII

Ces lettres achetées bien cher, — puisque je les
avais payées du sacrifice d'une de mes deux vengeances, — ces lettres accablantes pour mon beau-
père, et qui le mettaient à ma discrétion comme elles
l'avaient mis à la discrétion de son frère, durant des
années, qu'allais-je en faire? Je commençai de les
lire dans le fiacre qui me ramenait avenue Montaigne.
La première, très longue et très détaillée, rappelait
à Édouard Termonde ses fautes passées et l'irrémissible détresse de sa situation. Cette lettre indiquait
ensuite, sans rien préciser, un moyen possible de
réparer en partie tant de désastres et de reconquérir
une fortune. La première condition était que le proscrit se soumît scrupuleusement aux ordres de son
frère. Il devait d'abord annoncer à ceux qu'il fréquentait d'ordinaire son départ de New-York, passer
dans un nouveau quartier sous un nouveau nom et
y attendre la prochaine lettre. Celle-ci était la seconde.
Visiblement une réponse d'Édouard avait pris place
entre les deux, acceptant l'offre de Jacques. Cette
nouvelle lettre enjoignait au misérable de gagner

Liverpool, où d'autres instructions l'attendraient.
Ces instructions, objet du troisième billet, se bornaient
à un rendez-vous fixé pour une date toute rappro-
chée, vers dix heures du soir, dans Paris et sur la
portion du trottoir d'une rue perdue, celle de Jussieu qui fait face à la rue Guy-de-la-Brosse. A ce
moment, ces deux rues, situées entre le vieux jardin
des Plantes et les bâtiments de l'Entrepôt des vins,
sont, en effet, aussi désertes qu'une place abandonnée
de province. Du projet conçu par Jacques Termonde
et qui devait faire la matière de ce premier entretien
après tant d'années, il n'en était pas plus question
dans ce billet que dans les deux autres. Mais quand
je n'aurais pas eu, moi, l'aveu arraché à la surprise
épouvantée du faux Rochdale, la concordance des
dates entre ce rappel clandestin et l'assassinat de
mon père constituait seule une preuve indéniable.
Je les lus et les relus, ces feuilles accusatrices, —
comme j'avais lu et relu les pages écrites à la même
époque par mon père, — d'abord dans cette voiture
de place, puis chez moi, dans la solitude de mon
appartement. L'horrible complot qui m'avait rendu
orphelin acheva de s'éclairer d'une lumière de plus
en plus précise et affreuse. Cette rue de Jussieu, où
Jacques avait joué auprès d'Édouard le rôle d'un
sinistre tentateur, je me trouvais par hasard la connaître parfaitement. Mon ancien camarade de Versailles, Joseph Dediot, avait occupé à deux pas,
rue Cuvier, un petit logement, durant les années qui
avaient suivi notre sortie du collège. Que de fois
j'étais venu le surprendre, l'après-midi ou le matin,
pour passer avec lui quelques heures et l'emmener
dans un de ces restaurants du quai, à travers les
fenêtres desquels nous aimions à regarder l'eau verte
de la Seine, le travail des mariniers et le défilé des
bateaux! Mes pieds avaient foulé joyeusement ce
pavé sur lequel les deux complices s'étaient pro-
menés aux heures de ce premier rendez-vous
du crime... Maintenant je les voyais, qui allaient et
venaient, d'un bec de gaz à l'autre. J'entendais le
bruit de leurs pas. Je discernais l'accent de la voix
de celui qui devait être mon beau-père. Elle disait,
cette voix insinuante et passionnée, des paroles dont
les conséquences avaient pesé sur toute ma vie. Mon
père était mort de ces paroles, ma tante aussi,
puisque le chagrin était à la source de cette maladie
du cerveau qui l'avait emporté. Moi-même, je
n'avais tant souffert durant mon enfance, je ne souffrais si cruellement dans cette minute même, qu'à
cause des phrases prononcées sur ce trottoir... Et je
revoyais aussi le visage décomposé de l'infâme coquin
dont la morsure avait si profondément marqué mon
épaule gauche que je la remuais avec douleur. Je

l'apercevais maintenant, moi à peine sorti de sa
chambre, qui réparait le désordre de ses vêtements,
bouclait ses malles, pressait sur le timbre pour appeler
le domestique, demandait sa note, la réglait avec
un des billets que je lui avais jetés... — et il partait.
On chargeait la malle sur la voiture, il se faisait conduire en hâte à une gare, — sans doute celle du Nord,
parce qu'elle est plus près de la frontière. Il prenait
le premier train, il l'avait pris... Et il s'en allait, et
jamais plus je ne le tiendrais à ma merci... La fureur
m'envahissait de nouveau... Il n'avait pas eu le temps
de fuir très loin... Si je courais à la préfecture de
police? Le signalement que je pouvais donner suffi-
rait. On l'arrêterait. Je lui avais juré sur le souvenir
de mon père que je le laisserais partir. Mais qu'est-ce
que cela compte, des serments envers un pareil
bandit?... On l'arrêterait. On *les* arrêterait. — Et
ma mère?... Ma mère?... Pour la première fois depuis
que le soupçon de la funeste vérité me possédait, je me
révoltai contre son souvenir. A cette minute, et sous
le coup de la colère dont m'enflammait l'image du
meurtrier s'enfuyant, j'osai me reprocher comme une
faiblesse le mouvement de piété qui m'avait fait
sacrifier une moitié de ma vengeance au repos de
cette mère tant aimée. « Qu'elle souffre ! » me disais-je
avec férocité. « Qu'elle soit punie de n'être pas demeurée fidèle au souvenir du mort !... » Et puis
j'avais honte d'un pareil égarement de ma pensée
comme d'un crime... Avoir vécu pendant quinze ans
auprès d'un assassin, partageant son nom, sa maison,
sa vie ! Elle ne supporterait pas cette révélation. Je
ne supporterais pas, moi, le remords de lui avoir
révélé une si hideuse chose. « Non, » reprenais-je,
« qu'il s'échappe !... » Et, malgré moi, je regardais la
pendule. Le balancier allait, et à chacun de ses re-
tours les chances de fuite du misérable devenaient
plus nombreuses. « Quel chemin a-t-il pris? » me
demandais-je. « Il doit être parti pour l'Angleterre... »
Et je me représentais un train dans la nuit, un vaste
port... La noire houle frissonne sous le paquebot...
Les voyageurs se précipitent sur la passerelle, éclairée
par des falots... Un long sifflement... L'hélice bat la
mer... Le bateau s'ébranle... Encore quelques heures,
et l'homme est à Londres... Il a disparu dans l'immense ville... « O ma mère !... Ma mère !... » m'écriais-je
en me jetant sur le canapé et me tordant de désespoir. « Ce que j'aurai fait pour toi !... »

Je me relevai. J'écartai violemment cette image,
afin de lui substituer celle de l'autre, du frère.
Celui-là du moins ne pouvait pas m'échapper. Si
la vengeance est un plat qui se mange froid, comme
dit un tragique proverbe, j'avais tout le loisir de
préparer la mienne. Celui-là ne s'enfuirait pas comme

son complice. La réussite même de son forfait, son
mariage avec la veuve de sa victime faisait de lui
mon prisonnier. Je savais où le trouver toujours,
et toujours j'aurais la liberté de l'aborder, de provoquer entre nous la scène nécessaire à l'exécution de
mon dessein. Quel dessein? Mais celui-là même qui
m'avait déjà hanté, celui qui d'avance m'avait paru
la compensation suffisante, si je laissais échapper
l'un de mes deux ennemis. Brusquement ce dessein
se formula devant mon esprit avec la netteté d'une
résolution prise, et je m'entendis prononcer à haute
voix ces paroles : « Je vais le tuer... » Je répétais
plusieurs fois : « Je vais le tuer... Je vais le tuer... »
avec une sorte de frénésie, comme enivré d'une subite
hallucination, qui me montrait le cadavre de cet
infâme mari de ma mère, rigide, — éteints ces yeux
dont j'avais tant subi le regard, — muette cette
bouche qui avait proposé le marché, — glacé le front
où avait germé le projet, — immobile cette main
qui avait écrit les lettres. Il ne bougerait plus jamais,
jamais, ce corps dont j'avais abominé tous les mouvements. Cette vision de haine me procura un sursaut d'un étrange délice. « Enfin, enfin, » repris-je
tout haut encore, « je vais le tuer... » Et tout de suite
l'inévitable question se posa : — « Comment?... »
Ce que j'avais voulu éviter à tout prix, c'était que
ma mère fût éclairée sur le drame de la mort de mon
père. Je n'avais pas sacrifié à ce respect religieux de
ses illusions ma première vengeance, pour atteindre
la malheureuse femme plus cruellement encore par
les conséquences de la seconde. Il fallait donc combiner cette seconde vengeance de manière à être bien
sûr que j'échapperais moi-même à la justice... Je
devrais mettre, à tuer mon beau-père, autant de
précaution que lui autrefois à faire tuer mon père...
Tranchons le mot : il me fallait l'assassiner... L'assassiner? C'est bien de ce mot qu'on appelle l'action
de tuer un homme sans qu'il se défende, — et les
choses se passeraient ainsi. Quelque ingénieux que
fût le piège où je l'attirerais, que je lui versasse du
poison goutte par goutte, que je l'attendisse au coin
d'une rue pour le poignarder, que je lui tirasse un
coup de pistolet, il n'y avait pas deux façons de
nommer cela. Un assassinat? Je serais, moi aussi,
un assassin?... Tout ce que ce terme représente de
basse infamie s'évoqua tout d'un coup devant ma
pensée et, pour la première fois, j'eus peur de la vengeance que j'avais tant souhaitée, à laquelle j'avais
vécu suspendu depuis mon enfance, comme à l'unique,
à la suprême réparation de mes misères. Lorsque
je constatai cette soudaine défaillance de mon énergie
devant l'acte enfin possible, je demeurai d'abord
comme étonné. Je fermai mes yeux pour mieux

ramasser mon âme sur elle-même, et je dus me dire de nouveau : « J'ai peur... » Pour de quoi? Peur d'un mot. Oui, ce n'était là qu'un mot. Cette vengeance à laquelle j'avais sacrifié même le respect que l'on doit à la volonté des mourants, — puisque j'avais manqué au vœu exprimé par ma tante dans son agonie, — cette vengeance me trouvait soudainement épouvanté, parce que la besogne à faire répugnait, — à quoi?... « Au préjugé de ma classe et de mon temps, » répondis-je, aussitôt que j'eus lucidement aperçu ce brusque arrêt de ma lâcheté. « Oui, » continuai-je, « de ma lâcheté. J'ai peur d'assassiner... Mais si je fusse né dans l'Italie du quinzième siècle, hésiterais-je à empoisonner le meurtrier de mon père? Hésiterais-je à lui tirer un coup de fusil, si j'avais seulement grandi dans la Corse d'il y a cinquante ans, ou dans la Sicile d'aujourd'hui? Ne suis-je donc rien qu'un civilisé, un misérable et impuissant rêveur, qui voudrait bien agir, mais qui n'ose pas se tacher les mains à l'action?... » Et je me posai le dilemme de ma situation présente, dans toute sa netteté impérieuse, absolue, inévitable : — ou bien venger mon père en livrant son assassin à la justice des magistrats, puisque le sage M. Massol avait eu la prudence d'accomplir les quelques actes interruptifs de la prescription ; — ou bien me faire justice moi-même. Il y avait une troisième hypothèse, une seule : épargner le scélérat, souffrir qu'il occupât la place de sa victime au foyer de ma mère, à mon foyer à moi, dont il m'avait chassé! A cette idée, la fureur me reprenait. Si le civilisé hésitait devant le scrupule, cette hésitation n'empêchait pas le sauvage qui sommeille en nous de m'éprouver cet appétit du talion qui remue, comme la faim et comme l'amour, toute la nature animale de l'homme, toute sa chair et tout son sang. « Allons, » me dis-je, « j'assassinerai mon beau-père, puisque c'est le mot propre. Est-ce qu'il a eu peur, lui, d'assassiner mon père? Il a tué. Il sera tué. Œil pour œil, dent pour dent, c'est la loi primitive. Le reste est un mensonge... »

La nuit était venue tout à fait, à travers ces rêveries. J'étais la proie d'une agitation fébrile, qui contrastait singulièrement avec le calme dont j'étais rempli si peu d'heures auparavant, lorsque je gravissais les marches de l'escalier du Grand-Hôtel. C'est qu'aussi la situation avait bien changé. Alors je me préparais à une lutte, à une espèce de duel. J'allais affronter un homme que j'avais à vaincre, l'attaquer en face et sans traîtrise, et je n'avais pas tremblé. C'était l'ignoble hypocrisie de l'assassinat clandestin qui venait de me faire trembler à l'idée de tuer mon beau-père, ainsi, dans les ténèbres d'un guet-apens. J'avais dominé ce tremblement, une première fois.

J'appréhendai qu'il ne me ressaisît, et de subir une de ces insomnies où l'on se lève incapable d'agir avec sang-froid. Déjà je me sentais impuissant à supporter l'attente, je voulais agir dès le lendemain, exécuter aussitôt le plan auquel je m'arrêterais, dans les vingt-quatre heures, quel qu'il fût. Dès maintenant, je pouvais tromper mon trouble nerveux par un commencement de cette action. Pour parer d'avance à tout soupçon, ne devais-je pas me montrer à des gens qui attesteraient, au besoin, qu'ils m'avaient vu tranquille, insouciant et presque gai? Je m'habillai, décidé à dîner dans un endroit où j'étais connu, et à user le reste de cette nuit au club. Lorsque je fus dans l'avenue des Champs-Élysées, toute fourmillante de voitures et de promeneurs, par la tiède soirée de ce jour bleu du mois de mai, j'eus la sensation physique d'une douceur de vivre, éparse dans l'air. Le ciel frissonnait de l'innombrable palpitation des étoiles. Les jeunes feuillages tremblaient sous la caresse d'une brise lente. Des guirlandes de lumière annonçaient l'entrée des jardins de plaisir. Je passai devant un restaurant qui répandait ses tables jusqu'au bord de l'allée. Des jeunes gens et des jeunes femmes achevaient de dîner là, gaiement. Les cuivres des cafés-concerts m'arrivaient, affaiblis par la distance, et les voitures roulaient, roulaient toujours, emportant du côté du Bois des milliers de baisers et de paroles tendres. L'opposition entre cette fête de printemps à Paris et le tragique de ma destinée me saisit avec trop de force. Qu'avais-je fait au sort pour mériter d'être seul, parmi cette foule, à subir une pareille épreuve? Pourquoi un homme s'était-il rencontré sur mon chemin, capable de pousser la passion jusqu'au crime, dans un monde où la passion est si bénigne, si chétive, si médiocre d'habitude? Il n'y avait peut-être pas, dans la société, deux personnages assez audacieux pour concevoir un projet semblable à celui que Jacques Termonde avait exécuté avec une si intrépide logique dans son désir. Et justement ce scélérat, d'une effrayante profondeur de sentiment, était mon beau-père. Une fois de plus passa sur moi ce souffle de fatalité qui, souvent déjà, m'avait frappé d'une horreur mystérieuse. Je me sentis incapable de supporter la vue de la face humaine. Je tournai brusquement le dos à la portion bruyante et claire des Champs-Élysées, et je montai vers l'Arc-de-Triomphe. Je pris sans réfléchir l'avenue du Bois. J'inclinai à droite pour fuir les voitures, puis je m'engageai sur des routes presque désertes. Avais-je obéi, sans m'en rendre compte, à une de ces réminiscences presque animales, qui nous ramènent dans les chemins où nous sommes déjà venus? Voici que je reconnus, à la clarté de la molle et fleurâtre lune du printemps, la place où j'avais marché cet hiver, en compagnie de mon beau-père, lors de la première promenade que nous eussions faite au Bois ensemble. C'était le jour où, arrivé chez moi, sous le prétexte d'une livraison de revue à redemander, je l'avais contraint de regarder en face le portrait de sa victime. Je le revis en pensée, qui avançait sous le ciel froid d'hiver, sur le même sentier, entre les gazons pauvres, et ses cheveux grisonnants, et sa haute taille, prise dans son pardessus. Je me rappelai quelle étrange pitié avait serré mon cœur à le regarder ainsi, tout triste, tout brisé, comme vaincu. L'évocation de ce souvenir me le rendit soudain vivant, comme s'il eût été là encore, à côté de moi, et cette sensation aiguë de son existence me fit mieux sentir, du même coup, toute la signification du mot effrayant et mystérieux : Tuer!... Tuer?... J'allais le tuer, dans quelques heures peut-être, ou plus tard dans quelques jours. L'angoisse que j'avais essayé de fuir, en sortant de ma maison, et en marchant ainsi, venait de me reprendre, et je me posai enfin la question devant laquelle j'avais reculé tout à l'heure : « Je vais le tuer, en ai-je le droit?... » Comme les feuillages remuaient doucement autour de moi, qui m'étais laissé tomber sur un banc, écrasé de souffrance! J'étais dans l'ombre. J'entendis des voix qui s'approchaient. Deux formes passèrent sur la route, à quelques mètres de moi. C'étaient un jeune homme et une jeune femme, qui ne me virent pas. Ils s'arrêtèrent pour unir leurs lèvres. La lune les baignait de sa lumière. Je me mis à fondre en larmes. Je pleurai, je pleurai, indéfiniment. J'étais jeune, moi aussi, j'avais dans le cœur un flot de tendresse dont j'étouffais, et par cette nuit parfumée, étoilée, frissonnante, j'étais là dans un coin d'ombre, à méditer un assassinat !

— « Non, » me dis-je, « une exécution. — Est-ce que mon beau-père a mérité la mort? — Oui. — Est-ce que le bourreau qui fait tomber dans le panier la tête du condamné s'appelle un assassin? — Non. Hé bien! je serai le bourreau, et pas autre chose... » Je me levai de ce banc où j'avais versé mes dernières larmes de lâcheté. — C'est ainsi que je qualifiai en moi-même ces chaudes larmes dont je me souviens aujourd'hui comme d'une preuve dernière que je n'étais pas né pour ce que j'ai fait. — Je repris la route de Paris, et je tendis toutes les forces de mon esprit sur ce point unique : « J'ai le droit d'exécuter l'assassin de mon père... Quand la société frappe un coupable, au nom de quoi décrète-t-elle que ce coupable a mérité la mort? Est-ce qu'elle possède mission d'en haut pour cette œuvre de justice? Elle a simplement reçu délégation de tous les membres qui la composent, pour agir en leur nom. C'est leur droit, à eux, de se défendre, qui fait son droit, à elle, de punir. Il existe comme un contrat tacite passé entre elle et nous. Si chaque citoyen n'avait pas son droit propre de se défendre, la communauté n'aurait pas le droit de châtier les criminels, puisque son droit n'est que l'addition des droits de tous. Il se trouve que le contrat passé entre elle et moi ne peut pas s'exécuter, pour des raisons supérieures. Je dénonce le pacte et je reprends mon droit premier... Quel droit? Celui de me défendre... N'y a-t-il pas en effet un droit de défense morale, comme il y a un droit de défense physique? Mon beau-père a tué mon père, et il a épousé ma mère. Il m'a volé les deux plus chères affections de ma vie, et il ne serait pas légitime de l'abattre comme un voleur qui entre, la nuit, par la fenêtre?... » Je multipliais les arguments. Par minute, j'arrivais à faire faire une voix qui parlait en moi plus fort que mon appétit de vengeance et que mes raisonnements, et cette voix prononçait les paroles qui avaient été celles de ma tante autrefois : « C'est moi qui rétribuerai, dit le Seigneur. — Le Seigneur?... » répliquais-je, « et s'il n'y a pas de Dieu? S'il y en a un, que la faute retombe sur lui, qui a laissé les circonstances se disposer de la sorte... » Je reprenais : « Ce sont des images d'enfance qui me reviennent, parce que mon cerveau est fatigué d'émotions. C'est mon christianisme qui reparaît, comme chez les malades qui tremblent devant l'enfer, auquel ils ne croyaient pas quand ils étaient bien portants... Et puis tous ces scrupules de ma conscience me paraissaient de froides et vaines discussions, bonnes pour des philosophes ou des confesseurs. Il y avait un fait indiscutable, absolu : je ne pouvais pas subir davantage que l'assassin de mon père continuât d'être le mari de ma mère. — Il y avait un second fait non moins évident : je ne pouvais pas dénoncer cet homme à la justice sans tuer ma mère du coup, ou du moins empoisonner à jamais sa vie. — Donc, c'était à moi d'être mon propre tribunal, le juge et le bourreau dans ma propre cause. Que m'importaient les sophismes ou pour ou contre? Je devais d'abord écouter mon instinct de fils, et cet instinct me criait : « Tue! » — Je devais tuer.

Je marchais vite, fixant mon regard intérieur sur cette idée, avec une sorte de sinistre délice, car je sentais que, du moins, mes irrésolutions avaient cessé, et que j'agirais. Tout d'un coup, et comme je débouchais sur l'Arc-de-Triomphe, je me rappelai avoir rencontré, pour la première fois, un de mes compagnons de cercle, qui s'était brûlé la cervelle le lendemain. Par quel mystère ce souvenir fit-il tout d'un coup surgir en moi une série de nouvelles pensées? Je m'arrêtai, le cœur battant... Je venais d'entrevoir le salut. Fou que j'avais été, comme toujours, et entraîné par une imagination sans discernement! Mon beau-père mourrait. Je l'avais condamné au nom de mon droit imprescriptible de fils vengeur; mais ne pouvais-je pas le contraindre à mourir de sa propre main? N'avais-je pas en ma possession de quoi l'acculer au suicide? Si j'allais à lui, sans plus d'ambages ni de sous-entendus, et si je lui disais : « Je tiens la preuve que vous êtes le meurtrier de mon père. Je vous donne le choix : vous vous tuerez ou je vous dénonce à ma mère... » Que me répondrait-il? Lui, qui aimait sa femme avec cette idolâtrie partagée dont j'avais tant souffert, il consentirait à ce qu'elle sût la vérité, à ce qu'elle le considérât comme un infâme, comme un lâche assassin! Cela, jamais. Il préférerait mourir... Et tout de suite mon cœur, épuisé de sensations douloureuses, se précipita vers cette porte d'espérance, subitement ouverte... « J'aurai fait mon devoir, » me disais-je, « et je n'aurai pas de sang sur les mains... Ma conscience ne sera pas salie de cette tache. » Et j'éprouvai comme un soulagement immense du poids des remords ressentis par avance dans mon agonie de tout à l'heure. Je continuai, me traçant le tableau de l'avenir, enfin délivré de ce sombre nuage qui avait voilé de son deuil le ciel de ma jeunesse : « Il se tuera... Ma mère le pleurera... Mais je saurai l'art d'essuyer ses larmes... Son cœur saignera, mais, sur cette blessure, je poserai le baume de ma tendresse... Toutes les heures douces que l'assassin nous a volées, nous les vivrons ensemble quand il ne sera plus là, quand je pourrai lui montrer, à elle, comment je l'aime. Les caresses que je ne lui ai pas données lorsque j'étais enfant, parce que l'autre me glaçait de sa seule présence, je les lui donnerai. Les mots que je ne lui ai pas fait entendre, les tendres phrases qui se sont arrêtées sur le bord de mon cœur et de mes lèvres, je les prononcerai. Nous quitterons Paris et ces tristes souvenirs. Nous nous retirerons dans quelque endroit perdu, bien loin, où elle n'aura que moi, où je n'aurai qu'elle... Je me consacrerai à sa vieillesse. Qu'ai-je besoin d'autres amours, d'une autre famille?... La souffrance attendrit l'âme. Cette souffrance la fera m'aimer davantage. Ah! que nous serons heureux!.. » Des larmes, de nouveau, me vinrent, qui séchèrent sur mes joues, comme elles avaient jailli, — sous le coup de la brusque apparition d'une pensée. La voix intérieure venait de reprendre : « Et si le misérable refuse de se tuer?... » Oui, s'il allait ne pas me croire, quand je le menacerais de le dénoncer? Ne m'avait-il pas vu, depuis des mois, me faire son complice dans les soins qu'il prenait d'entretenir l'aveuglement de ma mère? Ne savait-il pas combien je l'aimais, cette mère, lui qui avait été jaloux de mon affection de fils, comme j'étais jaloux de sa tendresse de mari? Ne me répondrait-il pas : « Dénonce-moi.., » sûr à l'avance que je ne voudrais pas porter ce coup à la pauvre femme?... « Allons donc, » répondais-je à ces objections; « jusqu'ici, je soupçonnais. Aujourd'hui je sais. Il ne doutera pas que cette évidence ne me rende capable de tout oser... Et puis, s'il refuse, j'aurai tenté l'impossible pour éviter le meurtre... Que la destinée s'accomplisse !... »

XVIII

Il était quatre heures de l'après-midi, le lendemain, lorsque je me présentai à l'hôtel du boulevard de Latour-Maubourg. Je savais que, selon toute probabilité, ma mère serait sortie pour quelques visites. Je pensais aussi que mon beau-père ne se serait pas senti mieux à la suite de la course matinale qu'il avait faite la veille jusqu'au Grand-Hôtel. J'espérais donc le trouver au logis, peut-être couché. Ma mère, en effet, n'était pas là, et il était, lui, resté à la maison. Il se tenait dans ce cabinet de travail au plafond revêtu de sombres voussures de bois, aux murs garnis de cuir de Cordoue, couleur de feuille morte et d'or, où nous avions eu notre première explication. Celle que je venais provoquer était d'une autre importance, et cependant j'étais moins ému cette fois-ci que l'autre. La certitude enfin possédée me procurait un calme singulier, au point que je me souviens d'avoir pu causer une minute avec le valet de pied qui m'introduisait et qui avait un enfant malade. Je me rappelle aussi que je remarquai pour la première fois, à travers une des fenêtres de l'escalier, un long et fumeux tuyau d'usine dressé, depuis cet hiver sans doute, par delà le petit jardin. La liberté de mon esprit était donc intacte — il faut bien que je le reconnaisse pour être sincère jusqu'au bout. — À la minute où je pénétrai dans la vaste pièce. J'aperçus aussitôt mon beau-père, qui, plongé dans un grand fauteuil au coin de la cheminée, dont la trappe était baissée, coupait les pages d'un livre nouveau avec un poignard à lame large, courte et forte. Il avait rapporté ce couteau d'Espagne, comme beaucoup d'autres armes qui traînaient un peu partout dans les diverses pièces où il habitait. Je comprenais maintenant à quel ordre d'idées se rattachait cette singulière manie. Il était habillé comme pour sortir, mais le caractère altéré de sa physionomie révélait l'intensité de la crise qu'il avait subie et qui pesait encore sur tout son être.

Probablement mon visage, à moi, exprimait une résolution extraordinaire, car je reconnus à ses yeux, dès que nos regards se furent rencontrés, qu'il venait de lire jusqu'au fond de ma pensée. Il me dit néanmoins un : « C'est toi, André ; comme tu es aimable d'être venu... » qui me prouva, une fois de plus, le degré de son empire sur lui-même, et il me tendit une main que je ne pris pas. Cet étrange refus opposé à son geste d'accueil, le silence que je gardai pendant les premières minutes, la contraction de mes traits sans doute et mes yeux menaçants, achevèrent de l'éclairer sur la disposition d'esprit dans laquelle je venais à lui. Tranquillement, il posa, sur la grande table qui tenait le milieu de la chambre, et son livre et le couteau espagnol dont il venait de se servir. Il se leva, s'adossa au marbre de la cheminée et, croisant les bras, me regarda de cet air altier qu'il savait prendre, et dont il m'avait humilié tant de fois, durant ma jeunesse. Je fus le premier à rompre le silence. Je lui dis, répondant à sa phrase gracieuse sur un ton de rudesse et le regardant, moi aussi, bien en face :

— « Le temps des mensonges est passé... Vous avez deviné que je sais tout... »

Il fronça le sourcil comme cela lui arrivait quand il était en proie à une colère qu'il lui fallait dompter ; ses yeux soutinrent les miens avec une invincible fierté.

— « Je ne te comprends pas..., » me répondit-il simplement.

— « Vous ne me comprenez pas?... » répliquai-je. « Soit. Je vais éclaircir vos idées... » Ma voix tremblait en prononçant ces mots, car mon sang-froid commençait à s'en aller. La veille et dans ma conversation avec le frère, j'avais pu voir à plein l'infâme bassesse d'un drôle et d'un lâche. Tout au contraire, mon ennemi d'à présent, plus scélérat que l'autre cependant, trouvait le moyen de garder une espèce de supériorité morale, même à cette heure terrible où il savait bien que son forfait allait se dresser devant lui. Oui, cet homme était un criminel, mais de grande race et sans vilenie. L'orgueil allumait ses flammes hardies sur ce front chargé de cruelles pensées, où la peur n'apparaissait point, non plus que le repentir. Dans ses yeux, tout semblables à ceux de son frère, résidait une résolution farouche. Je sentis qu'il se défendrait jusqu'au bout. Il ne se rendrait qu'à l'évidence. Cette force d'âme déployée dans un pareil moment eut pour résultat de m'exaspérer. Le sang me montait à la tête et mon cœur battait plus vite, tandis que je continuais :

— « Permettez-moi de reprendre les choses d'un peu haut... En 1864, il y avait à Paris un homme qui aimait la femme de son ami le plus intime... Quoique cet ami fût bien confiant, bien noble, bien facile à duper, il s'aperçut de cet amour, et il commença d'en souffrir. Il devint jaloux, quoiqu'il ne doutât point de la pureté du cœur de sa femme... jaloux comme on est quand on aime trop. L'homme qui lui portait ainsi ombrage s'aperçut de cette jalousie. Il comprit que la maison lui serait fermée. Il savait, lui, de son côté, que la femme dont il était amoureux ne s'abaisserait jamais jusqu'à prendre un amant... Et voici le plan qu'il osa concevoir : il avait un frère, quelque part, au loin, un infâme qui passait pour mort, couvert d'ailleurs des pires hontes, voleur, faussaire, déserteur. Il s'avisa que ce frère était un instrument tout trouvé pour se débarrasser de l'ami qui gênait sa passion... Il fit venir le misérable, secrètement. Il lui donna rendez-vous dans un des coins les plus déserts de Paris, — sur le trottoir d'une rue qui touche au jardin des Plantes, et la nuit... Vous voyez que je suis bien renseigné... Comment il s'y prit pour déterminer l'ancien voleur à jouer le rôle de bravo, il n'est pas difficile de l'imaginer... Quelques mois après, le mari était assassiné dans un guet-apens par ce frère, qui échappait à la justice. Le félon épousait celle qu'il aimait, presque aussitôt. C'est aujourd'hui un homme du monde, riche, honoré, qui voit sa pure et sainte femme à voué un culte de tendresse et de respect... Commencez-vous à comprendre maintenant?... »

— « Pas davantage... » répondit-il avec ce même visage impassible. Il avait raison de ne pas faiblir. Ce que je venais de lui dire pouvait n'être qu'une tentative pour lui arracher son secret en feignant de tout savoir. Déjà, cependant, le détail sur l'endroit où il avait donné le premier rendez-vous à son frère l'avait fait tressaillir. C'était à cette place qu'il fallait frapper, et vite.

— « Le lâche assassin, » continuais-je, « oui, le lâche, puisqu'il n'avait pas osé accomplir son crime lui-même, avait bien reculé toutes les circonstances du meurtre... Il avait compté sans quelques petits accidents, par exemple que son frère garderait les trois lettres reçues, les deux premières à New-York, la dernière à Liverpool, et qui contenaient les instructions relatives aux étapes de ce voyage clandestin. Il n'avait pas compté non plus que le fils de sa victime grandirait, qu'il deviendrait un homme, qu'il concevrait des soupçons sur les causes véritables de la mort de son père et qu'il arriverait à se procurer la preuve accablante du ténébreux complot... Allons, à bas le masque ! » ajoutai-je brutalement. « Monsieur Jacques Termonde, c'est vous qui avez fait tuer mon malheureux père par votre frère Édouard... »

J'ai entre mes mains les lettres que vous lui avez écrites en janvier 1864 pour le faire venir en Europe sous le faux nom d'abord de Rochester, puis de Rochdale. Ce n'est pas la peine de jouer l'indigné ou l'étonné avec moi. . La comédie est finie... »

Il était devenu affreusement pâle. Ses bras cependant restaient croisés et son audacieux regard ne faiblissait pas. Il fit une dernière tentative pour parer le coup droit que je venais de lui porter, et il eut l'énergie de me dire :

— « Combien ce misérable Édouard t'a-t-il demandé d'argent pour te vendre ces faux, fabriqués par lui afin de se venger de mes refus d'argent? »

— « Mais taisez-vous donc, » lui dis-je plus brutalement encore : « c'est à moi que vous osez parler ainsi, à moi !... Malheureux ! Est-ce que j'avais besoin de ces lettres pour tout apprendre? Est-ce que, depuis des semaines, nous ne savons pas tous deux, moi que vous avez commis le crime, et vous que j'ai deviné que vous l'avez commis?... Ce qui me manquait, c'était la preuve écrite, indiscutable, indéniable, celle que l'on peut livrer à un magistra"... Des refus d'argent?... Mais vous alliez lui en donner, de l'argent, à votre frère. Seulement vous vous êtes défié. Vous avez voulu attendre le jour de son départ... Vous ne soupçonniez pas que je fusse sur cette piste... Voulez-vous que je vous dise quand vous l'avez vu pour la dernière fois?... Hier, vous êtes sorti à dix heures du matin... Vous avez changé de fiacre une première fois place de la Concorde, une seconde fois au Palais-Royal... Vous êtes allé au Grand-Hôtel... Vous avez demandé si M. Stanbury était dans sa chambre. Et quelques heures après, j'étais, moi, dans cette même chambre. Combien Édouard Termonde m'a demandé pour me vendre ces lettres? Mais je les lui ai arrachées, le pistolet au poing, après une lutte où j'ai failli être tué... Vous voyez bien que vous ne pouvez plus me tromper, et que ce n'est plus la peine de nier... »

Je crus qu'il allait tomber mort devant moi. Son visage se décomposait à mesure que j'allais, accumulait les faits précis, traquant son mensonge comme on traque une bête chassée et lui prouvant que son frère s'était défendu, à sa manière, comme il se défendait lui-même. Il prit sa tête dans ses mains, tandis que j'achevais de parler, afin de comprimer les affolantes pensées qui l'envahissaient. Puis, me regardant de nouveau, mais cette fois avec des yeux où résidait un infini désespoir, il me dit, sans me tutoyer cette fois, précisément la phrase que m'avait dite son frère, mais avec quel autre visage, quel autre accent, quelle autre douleur !

— « Cette heure aussi devait venir... Que voulez-vous de moi, maintenant?... »

— « Que vous vous fassiez justice, » répondis-je... « vous avez vingt-quatre heures devant vous... Si demain, à pareil moment, vous ne vous êtes pas tué, je livre les lettres à ma mère... »

Toutes sortes de sentiments se peignirent sur cette face livide, pendant que je lui jetais ce tragique ultimatum avec une voix raffermie et qui n'admettait pas de discussion. J'étais debout, appuyé contre la grande table. Il s'avança vers moi, avec un délire dans ses prunelles, qui cherchaient les miennes.

— « Non, » s'écria-t-il, « non, André, pas encore !... Pitié, André, pitié !... Vois, je suis condamné, je n'en ai pas pour six mois à vivre... Ta vengeance, tu n'as pas eu besoin de t'en charger... Va, si j'ai commis une action terrible, crois-tu que je n'en ai pas été puni?... Mais regarde-moi, je meurs de cet effroyable secret... C'est fini. Mes jours sont comptés. Ce peu qui me reste, ah! laisse-le-moi!... Comprends-le bien, je n'ai pas peur de mourir. Mais me tuer, m'en aller en léguant cette douleur à celle que tu aimes comme moi... C'est vrai que j'ai osé, pour la conquérir, un crime atroce... Depuis, est-ce qu'il s'est écoulé une heure, une minute, réponds, où je n'aie eu pour but son bonheur?... Et tu veux que je la quitte ainsi, que je lui inflige ce supplice de penser que, pouvant vieillir auprès d'elle, j'ai préféré partir, l'abandonner avant le temps? Non, André, cette dernière année, ah! laisse-la-moi!... Laisse-la-nous!... Puisque je te dis que je suis perdu, que je le sais, que les médecins ne me l'ont pas caché!... Dans quelques mois, fixe une date... Si la maladie ne m'a pas emporté, alors, tu reviendras... Mais je serai mort... Elle me pleurera, sans l'horreur de cette idée que j'aie devancé mon heure, elle si pieuse! Tu seras là pour la consoler, pour l'aimer seul... Pitié pour elle, si ce n'est pour moi !... Vois, je n'ai plus de fierté avec toi, je te supplie en son nom, au nom de son cœur, dont tu connais la tendresse... Tu l'aimes, je le sais. Je l'ai bien deviné, que tu lui cachais tes soupçons pour lui épargner une douleur... Je te le dis encore une fois : ma vie est un enfer, et je te la donnerais avec délice pour expier ce que j'ai fait. Mais elle, André, mais elle, ta mère, et qui n'a jamais, jamais nourri une pensée qui ne fût noblesse et pureté, non, ne lui impose pas cette torture... »

— « Des mots, des mots, » répondis-je, remué malgré moi jusqu'au fond de l'âme par l'explosion de cette souffrance où j'étais bien forcé de reconnaître un accent sincère; « c'est parce que ma mère est ce qu'elle est que je ne veux pas qu'elle reste un

jour de plus 'a femme d'un assassin... Vous vous
tuerez, ou elle saura tout... »

— « Ose-le donc ! » répliqua-t-il, rendu soudain à
l'orgueil naturel de son caractère par 'a férocité de
ma réponse. « Ose-le donc !... Oui ! elle est ma femme.
Oui, elle m'aime. Va lui parler et l'assassiner toi-
même avec cette parole... Tu le vois bien... Tu pâlis
à cette seule pensée... Je t'ai bien laissé vivre, moi,
à cause d'elle, et crois-tu que je ne te haïsse pas autant
que tu me hais?... Je t'ai respecté pourtant, parce
que tu lui étais cher, et il faudra bien que tu fasses
de même avec moi. Entends-tu? Il le faudra bien... »

C'était lui qui commandait maintenant, lui qui
menaçait. Comme il avait lu dans mon âme, pour
se tenir devant moi dans une attitude semblable !...
Et la passion se déchaînait en moi, furieuse. J'apercevais la vérité de ma situation. Cet homme avait
aimé ma mère assez follement pour l'acheter au prix
du meurtre de son plus intime ami, et il l'aimait
assez profondément, après tant d'années, pour ne
pas vouloir perdre un seul des jours qu'il pouvait
encore passer auprès d'elle. Et c'était vrai aussi
que je ne trouverais jamais en moi l'énergie de révéler
ce mystère horrible à la pauvre femme. Je me sentis
soudain exalté par la colère, au point de perdre tout
empire sur ma frénésie intérieure. « Ah ! » m'écriai-je,
« puisque tu ne veux pas te faire justice toi-même,
meurs donc tout de suite !... » J'étendis le bras, je
saisi le poignard qu'il venait de poser sur la table.
Il me regarda sans reculer, m'offrant sa poitrine pour mieux braver ma rage d'enfant...
J'étais à sa gauche, ramassé sur moi-même et prêt
à bondir. Je le vis sourire de mépris, et alors, de toute
ma force, je le frappai avec le couteau dans la direction du cœur. La lame entra jusqu'à la garde... J'eus
à peine fait cela, que je reculai, fou de terreur devant
ce que je venais d'oser. Il jeta un cri. Une angoisse
terrible se peignit sur son visage, il porta sa main
droite vers sa blessure comme pour arracher le poignard. Il me regarda, paralysé par une insoutenable
souffrance. Je vis qu'il voulait parler. Ses lèvres
remuèrent, mais aucun son ne sortit de sa bouche.
L'expression d'un suprême effort passa dans ses
yeux. Il se tourna vers la table. Il prit une plume,
qu'il eut encore l'énergie de plonger dans l'encrier. Il
traça deux lignes sur une feuille de papier à sa portée.
Il me regarda encore, ses lèvres remuèrent de nouveau, puis il tomba comme une masse.

Je me souviens... Je vois le corps étendu sur le
tapis, entre la table et la haute cheminée, à deux
pas de moi... Je marchai vers lui, je me penchai sur
son visage. Ses yeux semblaient me poursuivre de
leur regard, même après la mort... Oui, il était mort.

Le médecin qui constata le décès expliqua plus tard,
en s'étonnant de la force du coup et l'attribuant à
un excès fou de douleur, causée par la maladie du
foie, que le couteau avait traversé l'épaisseur du
muscle cardiaque sans pénétrer tout à fait dans la
cavité gauche du cœur. Le sang ne s'étant pas
épanché tout d'un coup, la mort n'avait pas dû
être instantanée. Moi, je ne peux pas dire combien
de minutes avait duré l'affreuse crise, je ne sais pas
non plus combien je restai de temps ainsi, foudroyé
par cette pensée : « On va venir, et je suis perdu... »
Ce n'était pas pour moi que je tremblais. Que pou-
vait-on faire à un fils qui venait de venger son père
assassiné?... Mais ma mère? Ces résolutions de la
ménager à tout prix, ce souci quotidien de son
bonheur, mes larmes cachées, mes tendres silences,
voilà où venait aboutir cette sollicitude de tant de
semaines. I faudrait bien maintenant, ou m'expliquer ou lui laisser croire que j'étais un vulgaire meurtrier, et dans quel but?... J'étais perdu... Mais si
j'appelais, si je criais subitement que mon beau-
père s'était tué devant moi? Est-ce qu'on me croi-
rait? Et d'ailleurs ne venait-il pas d'écrire lui-même
de quoi me convaincre d'assassinat, sur cette feuille
de papier qui restait là, sur la table? Allais-je la
supprimer, comme un bandit, avant de quitter le
théâtre d'un crime, détruit tout vestige de sa présence?... Je la saisis, cette feuille de papier, grande
et large, couverte de caractères tracés avec une
écriture un peu plus grosse que d'ordinaire. Comme
elle tremblait dans ma main, tandis que j'y lisais ces
mots : « Pardon, Marie, je souffrais trop. J'ai voulu
en finir... » Et il avait eu la force de signer !... Ainsi
sa dernière pensée avait été pour elle. Dans ces
courtes minutes, qui s'étaient écoulées entre mon
coup de couteau et sa mort, il avait aperçu cette
terrible chose : que j'allais être arrêté, que je parlerais pour expliquer mon acte, que ma mère saurait
son crime, à lui, et il m'avait sauvé, en me forçant,
moi aussi, de me taire... Allais-je profiter de ce moyen
de salut? Accepterais-je cette épouvantable géné-
rosité, par laquelle cet homme, que j'avais tant
détesté, s'acquittait avec moi à tout jamais?... Je
dois rendre à mon honneur cette justice, que mon
premier mouvement fut de déchirer ce papier,
d'anéantir avec lui jusqu'au souvenir de cette dette
imposée à ma haine par un atroce et sublime dévouement de celui qui avait été l'assassin de mon père.
A ce moment, j'aperçus devant moi, sur la table, le
portrait de ma mère, une photographie de sa jeunesse, où elle était représentée dans un costume de
soirée, les bras nus dans des manches de dentelle,
des perles dans les cheveux, mieux que gaie, heureuse,

avec une expression si tendre de son visage penché...
Mon beau-père avait tout sacrifié pour la sauver
du désespoir d'apprendre la vérité, et elle recevrait
par moi le coup fatal, et elle saurait en même temps
que l'homme qu'elle aimait avait tué son premier
mari, puis qu'il avait été tué par son fils !... Je veux
croire, pour continuer de m'estimer encore, que l'image
de sa douleur me détermina... Je posai de nouveau
la feuille de papier sur la table. Je m'éloignai du
cadavre, qui gisait sur le tapis, sans lui jeter un
regard. L'idée de ma fuite hors du Grand-Hôtel,
la veille, me rendit courage. Il fallait essayer une
seconde fois de partir sans trembler. J'avisai mon
chapeau, je sortis de la chambre, j'en refermai la
porte comme un indifférent. Je traversai le hall.
Je descendis l'escalier. Je passai devant le valet de
pied, qui se leva machinalement, puis devant le concierge, qui me salua. Ces deux domestiques ne
m'avaient même pas dévisagé. Je rentrai comme
j'avais fait la veille, mais dans quelle anxiété plus
tragique encore !... Étais-je sauvé? Étais-je perdu?
Tout dépendait de l'instant où l'on pénétrerait chez
mon beau-père. Que ma mère fût revenue quelques
minutes seulement après mon départ, qu'un autre
visiteur fût arrivé aussitôt, que le valet de pied fût
monté avec quelque lettre, je me voyais soupçonné,
en dépit de la déclaration écrite par M. Termonde,
— et je sentais que mon énergie était à bout. Si j'étais
accusé, je ne trouverais plus assez de vigueur morale
pour me défendre, tant ma lassitude était grande, si
grande que je ne souffrais même plus. Il ne me
restait qu'une force, celle de suivre sur la pendule
l'allée et la venue du balancier, avec la marche des
aiguilles... Un quart d'heure s'écoula, puis une demi-
heure, puis une heure. Il y avait une heure et demie
que j'étais sorti de la chambre fatale, quand un
coup de sonnette retentit à la porte. Je l'entendis à
travers les murs. Un domestique m'apportait un
laconique billet de ma mère, griffonné, au crayon,
d'une main affolée, et qui m'annonçait que mon beau-
père venait de se tuer dans une crise de douleur. La
pauvre femme me conjurait d'accourir aussitôt. Du
moins, elle ne saurait jamais la vérité !

XIX

Cette confession que je voulais écrire, elle est
écrite. A quoi bon y ajouter à présent de nouveaux
faits? J'espérais soulager mon cœur, et voici qu'à
repasser en esprit le détail de ce drame sinistre, j'ai
seulement ravivé la mémoire des scènes où je fus
acteur, depuis la première, celle où je vis mon père
étendu, rigide, sur son lit, au pied duquel pleurait
ma mère, jusqu'à la dernière, celle où j'ai franchi le
seuil d'une chambre dans laquelle la malheureuse
femme pleurait aussi, agenouillée, — et sur le lit il y
avait un cadavre encore, et elle se leva comme autrefois, et elle jeta le même cri désespéré : « Mon André !...
Mon fils !... » Et j'ai dû répondre à ses questions. J'ai
dû lui raconter une fausse causerie avec mon beau-
père, lui dire que je l'avais laissé triste, mais sans
que rien annonçât une funeste résolution. J'ai dû
faire les démarches nécessaires pour que ce prétendu
suicide restât ignoré. J'ai dû voir le commissaire,
le médecin des morts. J'ai dû présider aux funérailles,
recevoir les invités, conduire le deuil. Et toujours,
toujours, je le revoyais debout devant moi, le couteau dans la poitrine, écrivant ces lignes qui m'avaient
sauvé, me regardant et remuant les lèvres... Ah !
va-t'en ! va-t'en ! fantôme abhorré ! Oui ! je l'ai fait ;
oui ! je t'ai tué ; oui ! c'était juste. Tu le sais bien que
c'était juste. Pourquoi es-tu là encore maintenant?
Je veux vivre, je veux oublier. Si seulement je pouvais ne plus penser à toi, un jour, rien qu'un jour,
respirer, marcher, voir le ciel sans que ton image
revienne hanter ma pauvre tête, que l'hallucination
envahit, qui se trouble !... Mon Dieu ! ayez pitié de
moi. Je n'ai pas demandé ce sort. C'est vous qui
me l'avez donné. Pourquoi m'en punissez-vous?
Pitié, mon Dieu. *Miserere mei, Domine...*

Folles prières ! Est-ce qu'il y a un Dieu, un bien,
un mal, une justice? Rien, rien, rien, rien. Il n'y
a qu'une destinée impitoyable qui pèse sur la race
humaine, inique, absurde. distribuant au hasard la
douleur et la joie. Un Dieu qui dit : « Tu ne tueras
point, » à celui dont on a tué le père? Non, je n'y
crois pas. Non, l'enfer fût-il à ouvert, je répondrais :
« J'ai bien fait, » et je ne me repentirais pas. Je ne
me repens pas. Mon remords n'est pas d'avoir pris
l'arme et d'avoir frappé, c'est de lui devoir — à
lui — cet infâme bienfait. C'est de me contraindre, à
l'heure présente, secouer de moi ce don horrible
que j'ai reçu de cet homme. Si j'avais détruit ce
papier, si j'étais allé me dénoncer, si j'avais paru
devant les jurés, révélant, proclamant mon acte,
je le sens, je n'aurais plus de honte, je porterais
haut la tête. Quel délice si je pouvais crier à tous
que je l'ai tué, qu'il a menti, que j'ai menti, que
c'est moi, moi qui ai pris l'arme et qui l'ai enfoncée !...
Et cependant je ne devrais pas souffrir d'avoir
accepté, — non, — d'avoir subi le hideux bienfait.
Est-ce que j'ai agi ainsi par lâcheté? De quoi ai-je
eu peur? De torturer ma mère. Rien de plus. Pourquoi donc éprouvé-je cette intolérable angoisse?

Ah! C'est elle, c'est ma mère qui, sans le vouloir, me rend de nouveau le mort si vivant, si présent, par son désespoir. C'est elle qui le venge et qui me punit. Enfermée au fond de cet hôtel où ils ont vécu ensemble treize ans, elle n'a pas touché à un seul des meubles. Elle entoure ce souvenir maudit du culte pieux que ma tante eut jadis pour mon malheureux père. C'est le mort dont je retrouve l'influence invincible dans la pâleur de son teint, dans les rides de ses paupières, dans les touffes blanchies de ses cheveux. Il me la dispute du fond de sa bière. Il me la reprend, heure par heure, et je ne peux rien contre cet amour. Je voudrais tout lui dire, depuis le crime qu'il avait commis jusqu'à l'exécution que j'ai accomplie. C'est moi qu'elle haïrait pour l'avoir frappé, lui. Elle vieillira ainsi, et je la verrai le pleurer toujours, toujours! — A quoi bon avoir fait ce que j'ai fait, puisque je ne l'ai pas tué dans son cœur?...

Grenade avril. — Bâle, novembre 1886.

PARIS. — TYPOGRAPHIE PLON, 8, RUE GARANCIÈRE. — 1927. 35292.

ANDRE CORNELIS : Coll. du film, n°

urg

www.ingramcontent.com/pod-product-compliance
Lightning Source LLC
Chambersburg PA
CBHW071121260626
47162CB00006B/2417